Eine Verführerische Melodie

Die Kelly Brüder, Buch 5

von

Crista McHugh

The Sweetest Seduction

Edited by Gwen Hayes
Cover Art by Sweet N' Spicy Designs

Eine Verfürherische Melodie

ISBN-13: 978-1-940559-42-1

Kapitel Eins

„Wir gaben zu, dass wir der Sucht gegenüber machtlos sind - und unser Leben nicht mehr meistern konnten."

Ohne Scheiß.

Ethan Kelly las die *Zwölf Schritte der Narcotics Anonymous* zu Ende und faltete das Blatt in der Mitte, als die Sitzung eröffnet wurde. Der spärliche Haarwuchs von zwei Wochen auf seinem Kopf fühlte sich unter seinen Händen fremd an, als er darüber rubbelte, während er sich gleichzeitig im Raum umsah. Er hatte seine langen, schwarzen Haare abrasiert, als er sein Entzugsprogramm gestartet hatte, eine symbolische Geste dafür, dass er sein altes Leben hinter sich lassen wollte. Aber immer noch befürchtete er, dass ihn jemand erkennen und ihn auf seine Identität ansprechen würde. Er war nicht hier, um für die Medienwelt eine Show abzuziehen. Er war hier, weil er clean bleiben musste, und dies hier war eine Maßnahme, die ihm empfohlen worden war.

Unter dem Ärmel brannte es in seinem linken Arm, und er rieb sich über die Stelle seines letzten Tattoos. Auch wenn die Haut inzwischen wieder verheilt war, blieb der Schmerz darunter noch immer so gegenwärtig wie an dem Tag, als er es sich hatte stechen lassen.

An jenem Tag, an dem er seinen besten Freund an das Heroin verloren hatte.

Es war der Weckruf gewesen, den er gebraucht, aber gleichermaßen auch gefürchtet hatte. Er hatte zusehen müssen, wie Tyler immer tiefer in die Fänge seiner Sucht geriet, aber zu sehr hatte Ethan sich davor gefürchtet, etwas zu sagen. Und irgendwann war es zu spät gewesen, etwas zu sagen. Zwei Tage nach dem Tattoo hatte er sich selbst zum Entzugsprogramm angemeldet. Er hätte sich nur gewünscht, dass er es gemeinsam mit Ty hätte absolvieren können. Aber stattdessen war sein bester Freund nun nur noch Asche in einer Urne, und Ethan war übrig geblieben, um die Scherben seines eigenen zu Bruch gegangenen Lebens aufzulesen.

Das unbändige, heftige Verlangen, „Scheiß drauf"zu sagen und sich einen Schuss zu setzen, überfiel ihn plötzlich mit aller Macht. Es wäre so einfach, high zu werden und die Schmerzen zu vergessen, zurückzukehren zu den Höhenflügen, auf denen die inspirative Kraft alles beherrschte, auf denen es nur um ihn selbst und seine Musik ging und alle anderen sich zum Teufel scheren konnten. Er ballte seine Hände zu Fäusten und presste seine Augen zu. *Ich kann es schaffen. Ich muss es schaffen. Ich darf der Realität nicht mehr entfliehen.*

Er sog einige tiefe, beruhigende Atemzüge ein, so wie man es ihn zur Unterstützung der Entziehungskur gelehrt hatte, und das Verlangen ließ allmählich wieder nach.

Fürs Erste.

Er öffnete seine Augen genau in dem Moment, als sich eine Frau auf den Stuhl direkt vor ihm setzte. Sie entledigte sich ihres knielangen Ledermantels und eröffnete ihm damit einen ansehnlichen Blick auf einen kleinen Teil ihrer nackten Oberschenkel zwischen ihren cremefarbenen Stiefeln und dem minzgrünen Minirock im Stil der sechziger Jahre, als sie die Beine übereinanderschlug. Ein Verlangen ganz anderer Art wurde augenblicklich in ihm geweckt, eines, das sich direkt in einer Regung in seiner Leistengegend niederschlug. Er schickte im Stillen ein Dankgebet eine Etage höher, dafür, dass ein Abstand von zwei Metern Gang zwischen ihnen lag, denn ansonsten geriete er womöglich noch in Versuchung, selbst herausfinden zu wollen, ob ihre Haut wirklich so seidig und geschmeidig war, wie sie aussah.

Ihr entging aus den Augenwinkeln heraus nicht, wie er sie anstarrte. Eine zarte Röte legte sich auf ihren Hals und ihre Wangen, und verlegen zupfte sie am Saum ihres Rockes, aber er konnte einfach seinen Blick nicht von ihr abwenden. Alles an ihr schrie nach Park Avenue, von ihrer Designer-Handtasche bis hin zu ihren makellos manikürten Fingernägeln. Alles an ihr sah danach aus, als sei sie wesentlich besser in Edelboutiquen und Luxuskaufhäusern aufgehoben als in einem modrig riechenden Untergeschoß einer Kirche voller Süchtiger auf Entzug.

Schließlich konnte er doch noch seinen Blick von ihren Beinen abwenden und studierte ihr Gesicht. Er konnte nicht einmal sagen, ob ihre Augen blau oder grün waren, aber die hochgezogene Braue über ihrem linken Auge stellte die unausgesprochene Frage, ob er sie nicht endlich lange genug angestarrt habe.

Und zum ersten Mal seit zwei Wochen verzogen sich

seine Lippen zu einem Grinsen. Nein, er hatte sie keinesfalls schon genug angestarrt. Nicht, solange sie ihm diese Beine präsentierte!

Sie verdrehte die Augen und legte ihren Mantel über ihren Schoß, wodurch sie ihm weitere Blicke auf diese köstlichen Schenkel verwehrte. In diesem Moment bat Gary, der Gruppenleiter, die neuen Mitglieder, sich selbst der Gruppe vorzustellen.

Mist. Dies war der Teil, vor dem er sich gefürchtet hatte. Glücklicherweise brauchte er seinen Nachnamen nicht preiszugeben. Er war bereits von Gary gewarnt worden, dass er bestürmt werden würde, wenn er nicht klarmachte, dass er darauf keinen Bock hatte. Ethan räusperte sich, um den Kloß in seinem Hals zu verdrängen und stand auf.

„Hallo, ich heiße Ethan, und ich möchte gern auf Distanz bleiben."

So. Das war alles, was sie wissen mussten. Mit seinem inneren Schweinehund musste er selbst zurechtkommen. Er ließ sich wieder auf seinen Stuhl fallen und verschränkte demonstrativ die Arme, um allen zu signalisieren, dass ihm nur ja keiner zu nahe kommen möge.

„Hallo Ethan", erwiderten die Anwesenden unisono.

Dann eröffnete Gary die Sitzung und ermutigte die Mitglieder, ihre Geschichten zu erzählen.

Ethan streckte die Beine aus und schloss die Augen. Er hörte nur mit halbem Ohr hin, was sie zu berichten hatten. Er war nur hier in dieser Kirche, weil seine Mutter und der Entzugsberater ihm vorgeschlagen hatten, es einmal auszuprobieren. Händchenhalten oder „Kumbaya My

Lord"-Gesänge zur Vermeidung eines Rückfalls konnte er nicht gebrauchen. Er hatte bereits die gesamte Palette an körperlichen Folgeerscheinungen des Entzugs durch. Und er hatte die wirksamste Abschreckung in Form eines Tattoos über seiner Lieblingsvene.

Tyler Bransford, 1987–2014.

Jedes Mal wenn er in Versuchung geriete, sich erneut einen Schuss zu setzen, würde er den Namen seines besten Freundes sehen und an das Leben und das Talent erinnert werden, das dieser dem Heroin geopfert hatte. Für Ethan war das weit effektiver als eine wöchentliche Sitzung, bei der er Menschen bei langatmigen Erklärungen darüber zuhören musste, wie schwierig es war, clean zu bleiben.

Er wusste nicht, wie viel Zeit vergangen war, aber als er ein Auge aufklappte, bemerkte er, wie die Frau auf der anderen Seite des Ganges ihn mit einem leichten Kräuseln über der mehr als perfekten Nase studierte. Ihre Lippen waren gespitzt, so als konzentriere sie sich angestrengt darauf, eine Art Rätsel zu lösen, doch trotz ihrer vor lauter Fokussierung angespannten Gesichtszüge gelang es ihr gleichzeitig, fast beiläufig eine Locke ihrer dunkelbraunen Haare zwischen ihren Fingern zu zwirbeln.

Er blickte mit dem gleichen, fragenden Gesichtsausdruck, den sie ihm zuvor mit hochgezogenen Augenbrauen zugeworfen hatte, zurück.

Ihre Lippen öffneten sich zu einem stummen Aufstöhnen. Sie wandte ihren Blick ab, richtete sich auf und konzentrierte sich nun wieder ganz auf Gary statt auf ihn.

Einerseits fühlte er sich geschmeichelt, von ihr

gemustert zu werden. Andererseits riet ihm eine innere Stimme, die Hände weit weg von Fräulein Park Avenue zu lassen. Er hatte schon jetzt genug Probleme. Da konnte er sich nicht auch noch mit einer Frau einlassen, die ganz offensichtlich höchste Ansprüche stellte. Sie war sowieso nicht sein Typ. Er bezweifelte, dass sie jemals auf sein Motorrad steigen und mit ihm durch die Straßen von Manhattan fahren würde. Er mochte wilde und furchtlose Frauen, keine verklemmten und braven Tussis.

Gary verkündete, dass für heute Schluss sei und bat alle, sich zu einem kurzen Gebet im Kreis zu versammeln. Ethans Magen rebellierte angesichts dieser Vorstellung. Er konnte es nicht leiden, mit verdammten Gebeten oder Religion belästigt zu werden. Und doch schloss er sich den anderen an, um sich kurz darauf direkt neben Fräulein Park Avenue wiederzufinden. Sie roch nach Bernstein und Sandelholz, vermischt mit etwas Weichem und Blumigem. Exotisch, und doch irgendwie ausgesprochen feminin. Der betörende Duft lenkte ihn ein wenig ab, so dass darüber seine Wut etwas verrauchte, und als das Gebet schließlich beendet war, war auch sein Magen soweit wieder hergestellt.

Der Kreis zerstreute sich, und Gary kam auf ihn zu. „Ich bin gleich bei dir, Ethan", sagte er, zog aber zunächst Fräulein Park Avenue zur Seite. Die beiden unterhielten sich flüsternd, was in Ethan die Frage aufkommen ließ, ob Gary sich wohl darüber beklagte, dass sie zu spät gekommen war. Einige Minuten später nickte sie, und beide kamen auf ihn zu.

„Ethan, ich möchte dir Rebecca vorstellen. Normalerweise können unsere Neuankömmlinge selbst einen Betreuer auswählen, wenn sie nach einigen Wochen die Gruppe kennengelernt haben, aber ich möchte sie dir persönlich empfehlen, da sie dir sehr gut dabei helfen kann, dich in das Programm zu integrieren."

Warum? Weil ich sie gemustert habe?

„Sie hat sich freundlicherweise bereiterklärt, dir zu helfen, bis du einen Betreuer gewählt hast, falls du interessiert bist, und vermutlich wird sie deine Situation weit besser verstehen als die meisten von uns."

Ethans Mund wurde ganz trocken. Er hatte so viel Mühe darin investiert abzutauchen, während er seine Sucht bekämpfte. Er hatte sein äußeres Erscheinungsbild verändert. Er war von Los Angeles nach New York umgezogen. Er war peinlich darauf bedacht gewesen, die Medien zu meiden, die ihn bis zum Beginn seiner Entziehungskur auf Schritt und Tritt verfolgt hatten. Aber er hatte den Fehler begangen, sein Bedürfnis nach Vertraulichkeit Gary anzuvertrauen, und nun hatte der Gruppenleiter also Ethans Identität preisgegeben. Ethan knirschte mit den Zähnen und presste die Finger in seine Handflächen. Vielleicht war das Ganze ja doch ein Fehler gewesen.

Gary nickte Rebecca zu und schenkte ihr ein aufrichtiges Lächeln, das diese erwiderte. „Ich lasse euch jetzt alleine, damit ihr euch ein wenig kennenlernen könnt."

Ethan wagte nicht, sich zu regen, als der Gruppenführer sich entfernte, um mit einer anderen Person zu sprechen, und ihn alleine mit ihr zurückließ. Jede Faser seines Körpers war in Alarmbereitschaft. Wenn er seine Privatsphäre wahren wollte, durfte er nichts

Persönliches enthüllen.

Ihr Lächeln wich einem nervösen Zittern ihre Lippen. „Hör mal, Ethan, du magst vielleicht denken, dies hier sei nichts für dich, aber bitte warte noch eine Woche oder zwei ab! Die erste Woche ist immer die schlimmste. Wenn du diesem Programm eine Chance gibst…"

„Was genau hat er über mich erzählt?"

„Na, jedenfalls hat er nicht dein sonniges Gemüt gelobt, das steht mal fest."

Ihr Sarkasmus überraschte ihn, und unwillkürlich ging er einen Schritt auf sie zu. „Was hat er also dann gesagt?"

„Er sagte, wenn überhaupt, wisse nur ich, was du durchmachst, und dass er davon überzeugt sei, dass ich dich mit großer Sorgsamkeit behandeln würde, bis du bereit dazu bist, dir einen Betreuer auszuwählen."

Der Gedanke daran, mit Sorgsamkeit behandelt zu werden, widerstrebte ihm. Es war ja schon schlimm genug, dass seine Mutter ihn jeden Abend anrief, um, wie bei einem Kind, zu prüfen, ob auch alles in Ordnung war. „Und hat er auch gesagt, warum?"

Sie schüttelte den Kopf, so dass ihre lang herabhängenden Ohrringe gegen ihren Unterkiefer schlugen. „Nein."

Die ganze Situation machte ihn stutzig, und er beschloss, einen Versuchsballon zu starten, indem er einen weiteren Schritt auf sie zuging und damit ihre ganz persönliche Distanzzone verletzte, nur um zu sehen, wie sie reagieren würde. „Und wer genau bist du?"

Als sie zu ihm aufblickte, konnte er endlich die Farbe ihre Augen erkennen. Blau an den Außenseiten ihrer Pupillen und nach innen hin grün. Auffallend, klar und unerschütterlich hielten sie seinem Blick stand. „Eine Süchtige auf Entzug, genau wie du."

Einen Moment lang schnürte es ihm die Kehle zu, so dass ihm die Luft wegblieb, aber er wollte nicht klein beigeben.

„Nur für den Fall, dass es dir entgangen ist", fuhr sie fort, „das ‚A' steht für ‚anonym.' Das ist ein Punkt, den wir hier sehr ernst nehmen. Wenn du dich immer noch fragst, warum Gary der Ansicht ist, dass ich dir helfen kann, bin ich aber gern bereit, dir bei einem Kaffee etwas mehr über mich zu erzählen. Aber du musst bis nächste Woche warten."

„Ach, ihr wollt mich doch nur ködern", murmelte er vor sich hin und wandte sich zum Gehen. Aber irgendwie faszinierte sie ihn doch, so dass er vielleicht doch nochmals kommen würde, und sei es nur, um herauszufinden, wer sie war und was sie hier tat.

„Sieh es einfach als Anreiz!" Sie kramte in ihrer Handtasche und förderte einen Notizblock und einen Stift zutage. „Hier ist meine Nummer. Wenn du glaubst, einen Schuss zu brauchen, rufe mich vorher an, und ich werde versuchen, es dir auszureden."

„Na, du hast ja großes Vertrauen in mich." Aber dennoch nahm er den Zettel mit ihrer Nummer entgegen. Unter anderen Umständen würde er annehmen, dass er wohl etwas richtig gemacht hatte, wenn er die Nummer einer verführerischen Frau erhielt. Aber in seiner jetzigen Situation bedeutete es einfach nur, dass sie erwartete, dass er wieder in sein altes Verhaltensmuster zurückfallen würde.

„Hey, ich habe das auch schon durchgemacht,

erinnerst du dich? Ich weiß, wie es ist, neu hier zu sein, und wie schwierig es ist, nein zu dem Suchtdruck zu sagen. Wir alle straucheln. Wir alle machen Fehler. Aber wir sind nicht allein." Sie zog ihren Mantel wieder an und musterte ihn erneut von Kopf bis Fuß. „Und vielleicht hast du nächste Woche eine bessere Idee, wie ich dir helfen kann, da herauszukommen."

Er konnte sich ein Dutzend Möglichkeiten vorstellen, ihm zu helfen, da herauszukommen, aber keine von ihnen bezog sich auf diese Selbsthilfegruppe. Doch er trat einen Schritt beiseite, um sie gehen zu lassen, und beobachtete den Schwung ihrer Hüften, als sie an ihm vorbeimarschierte. Ja, ganz entschieden wollte er die Geschichte von Fräulein Park Avenue hören.

Ethan sammelte die Broschüren und Informationsschriften zusammen, die Gary ihm vor Beginn der Sitzung ausgehändigt hatte, und verstaute sie in seinem Rucksack. Der Zettel mit Rebeccas Nummer aber wurde sorgfältig gefaltet und verschwand in seiner Brieftasche. Ethan bezweifelte, dass er sie jemals benötigen würde, aber man wusste ja nie…

Seine Ducati Streetfighter war einige Häuserzeilen weiter weg geparkt. Er setzte seinen Helm auf, stieg auf das Motorrad und gab Gas, bis das pulsierende Dröhnen des Motors seine Muskelverspannungen fortvibrierte. Er würde nächste Woche wiederkommen, und sei es auch nur, um mehr über Rebecca zu erfahren. Dann schaltete er hoch und raste die Straße hinunter, bevor seine Zweifel ihn einholen konnten.

***

„Ari, ich bin wieder da", rief Rebecca, während sie die

Tür hinter sich zustieß.

Ihre Mitbewohnerin, Ariela Horowitz, erschien, mit Yogahose und ärmellosem Hemd bekleidet, aus dem Schlafzimmer und nahm ihr die Pizzaschachtel ab. „Perfektes Timing. Ich sterbe vor Hunger."

„Sie haben mir vier Dollar extra für den glutenfreien Teig berechnet."

„Ich werde es dir wiedergeben." Ari nahm ein Stück der warmen, klebrigen und mit Gemüse belegten Pizza und faltete es einmal in der Mitte, bevor sie abbiss. „Das schmeckt göttlich."

Rebecca holte einen Teller aus der Küche und gab ihn Ari. „Bitte nimm ihn! Ich möchte hinterher nicht die Sauerei wegmachen müssen."

„Schon gut." Grollend nahm sie den Teller und ließ sich auf das Sofa fallen. Beide Frauen waren in wohlhabenden Familien aufgewachsen, die mehrere Haushälterinnen beschäftigt hatten, aber Ari benahm sich immer noch so, als hätten sie in dem Apartment, das sie gemeinsam bewohnten, immer noch eine Reinigungskraft zur Verfügung.

Stattdessen aber fiel dieser Job Becca zu, als Ausgleich dafür, dass sie mietfrei hier wohnen durfte.

Sie legte sich selbst ein Stück Pizza auf ihren Teller und gesellte sich zu ihrer besten Freundin auf das Sofa. „Warum willst du nur immer alles glutenfrei essen? Du hast doch gar keine Unverträglichkeit."

„Ich weiß, aber es bläht mich immer so auf." Ari klopfte sich auf den perfekt flachen Bauch, der jedes Model neidisch machen würde. Die zierliche, blonde und praktisch makellose Ari war wirklich die Verkörperung einer Frau in ihren Zwanzigern , wie man sie sich im vornehmsten und elegantesten Viertel New Yorks nur vorstellen konnte.

„Meinetwegen." Becca biss ein Stück von der Pizza ab und kaute systematisch auf dem Teig herum. Sie wünschte sich, es wäre echtes Brot. Aber seit Ari beschlossen hatte, dass Gluten etwas Schlimmes sei und es aus der Wohnung verbannt hatte, merkte sie immerhin, dass ihre Bekleidungsstücke etwas weiter geworden waren.

Nach einigen Minuten holte sich Ari ein weiteres Stück aus der Küche. „Du bist so ruhig heute Abend."

„Ach, ich bin mit meinen Gedanken nur ganz woanders."*Hauptsächlich bei diesem mürrischen, missmutigen, höllisch verführerischen Kerl, dem ich meine Nummer gegeben habe und von dem ich hoffe, dass er mich aus Gründen anruft, die nichts mit der Selbsthilfegruppe zu tun haben.*

„Stress im Beruf?"

Diese Theorie konnte nur ein müdes Lächeln bei ihr hervorrufen. Becca war Redaktionsassistentin bei der *Moderne*, einer Zeitschrift, die voll und ganz auf die Selfie-Generation abzielte. „Wohl kaum. Anstatt mir grünes Licht für meinen Artikel über Menschenhandel zu geben, haben sie mich gebeten, die besten Plätze für Sex in der Öffentlichkeit zu recherchieren."

„Ankleidekabinen, die erste Handlung am Morgen", erwiderte Ari augenzwinkernd. „Was ist es also dann? Ist etwas bei deinem Treffen vorgefallen?"

„Das kann man wohl sagen." Rebecca zwang sich dazu, den letzten Bissen herunterzuschlucken, und setzte den Teller auf der Ottomane ab. „Ich wurde gebeten, diesem neuen Kerl ein wenig zur Seite zu stehen, bis er seinen eigenen Berater wählen kann."

Ari zog die Nase kraus. „Soll das bedeuten, dass du deine Zeit mit einem dahergelaufenen, drogenabhängigen Fixer verbringen musst?"

Becca atmete tief durch die Nase ein und setzte sich kerzengerade auf. „Sag mal, geht‘s noch? Das war ich doch wohl selbst noch vor einigen Jahren."

„Das habe ich nicht gemeint."

„Was hast du also *dann* gemeint?"

Verlegen wand sich Ari auf ihrer Seite des Sofas und umklammerte eines der Wurfkissen. „Ich meine nur, dass du immer noch funktioniert hast, selbst als es dir schlecht ging. Nun, zumindest bis zum Abend des Tribeca-Balls. Aber weißt du, selbst da hast du immer noch gut ausgesehen."

„Und du glaubst, dass ich eine Ausnahme bin, was das Aussehen eines ‚normalen' Abhängigen anbelangt?"

„Nun, du siehst ja selbst all die Leute auf der Straße, die um Geld betteln, damit sie sich den nächsten Schuss holen können…"

Becca stand auf, um ihren Teller in die Küche zu bringen. Nachdem sie ihn im Waschbecken kurz abgespült und in die Geschirrspülmaschine gestellt hatte, drehte sie sich um und sah eine Ari, die mit vorgeschobener Unterlippe und entschuldigendem Schmollmund an die Wand gelehnt war.

„Tut mir leid, Becca. Ich würde mir einfach nur wünschen, dass du an einer Selbsthilfegruppe teilnehmen könntest, in der es Menschen gäbe, die eher so wie wir sind. Dann würde ich mir weniger Gedanken machen müssen."

„Ich werde schon nicht überfallen oder erdolcht werden, oder was immer du dir in deinen Gedanken ausmalst." Sie nahm Aris Teller und stellte ihn ebenfalls in den Geschirrspüler. „Übrigens hat mich Gary persönlich gebeten, diesem Mann zu helfen, weil er dachte, ich könne am besten nachvollziehen, wie es um ihn steht."

Mit einer Miene, die jetzt eher Neugier als Sorge ausdrückte, drückte sich Ari von der Wand ab. „Was ist er? Irgendein Broker von der Wall Street?"

„Nicht mal annähernd."Alles an Ethan roch förmlich nach einem schlimmen Finger, angefangen bei den Tattoos, die unter seinen Ärmeln hervorlugten, bis hin zu der Art und Weise, wie er mit seinem Motorrad die Straßen unsicher machte. „Aber ich muss Garys Urteilsvermögen vertrauen und sehen, wohin das führt."

„Ich habe diesen Blick bei dir bemerkt." Ari klappte die Geschirrspülmaschine zu, näherte sich Becca bis auf wenige Zentimeter und stieß ihre Hüfte an Beccas an. „Du findest, dass er ein heißer Typ ist."

Beccas Wangen glühten, während sie die Überreste der Pizza einpackte. Mit überraschend großer Deutlichkeit erinnerte sie sich auch an kleinste Details seiner Person. An die Wärme seines Körpers. Den Duft, der von seiner Haut ausging. Die Aura purer Männlichkeit, die ihn umgab. „Er sieht nicht schlecht aus."

„So, so", sagte Ari gedehnt und blieb ihrer Freundin auf den Fersen. Ari würde Becca so lange nicht in Ruhe lassen, bis diese alles über Ethan erzählt hatte.

Höchste Zeit aufzugeben, sonst ist kein Ende in Sicht. „Was willst du wissen?"

„Was hat er angehabt?"

„Abgetragene Jeans, die die richtigen Stellen zur Geltung brachte, weißes T-Shirt mit einem offenen, roten Button-Down-Hemd darüber, schwarze Lederstiefel."

„Arsch?"

Die Hitze in ihren Wangen wanderte jetzt in ihre Magengrube. „Hübsch und fest."

„Augen?"

„Grau." Und zornig wie Gewitterwolken.

„Haare?"

„Sie schienen schwarz sein."

„Sie *schienen* schwarz zu sein? Was meinst du damit? Hat er einen Hut oder so etwas getragen?"

Becca schüttelte den Kopf. „Sie waren wirklich sehr kurz, so als hätte er sie kürzlich abrasiert."

„Igitt!" Ari rümpfte die Nase und wich einen Schritt zurück. „Hat er Haarausfall oder so etwas?"

„Nicht, dass ich wüsste." Eigentlich hätte sie sogar ganz gerne mit ihren Händen über die dicken, dunklen Stoppeln gestrichen.

„Dann ist er wohl so ein Möchtegern-G.I. Joe?"

„Nein." Rebecca schob die Pizza in den Kühlschrank und ging aus der Küche, ließ Ari aber nur kurz allein dort zurück.

So leicht würde Ari nicht aufgeben. „Ach so, jetzt verstehe ich es. Lass mich raten! Tattoos?"

„Jawoll."

„Piercings?"

„Nein."

„Motorrad?"

„Ducati Streetfighter 848."

Ari schüttelte vehement den Kopf, wobei ihr

hellblonder Pony in ihrem Gesicht hin- und herwippte. „Keine Chance, Becca. Dem steht ja förmlich ‚bleib mir vom Leib' ins Gesicht geschrieben."

„Ich weiß, aber gerade das macht ihn ja so faszinierend." Aber da war noch mehr als dieser rebellische Ausdruck als Fassade seiner Qualen, den sie in seinen Augen gesehen hatte. Sie wurde einfach den Eindruck nicht los, dass sie ihn von irgendwoher kannte.

„Dein Vater würde einen Schlaganfall erleiden, wenn du ihn mit zum Abendessen nach Hause brächtest."

„Stimmt, und genau deswegen sollte er auch tabu bleiben, was die Romantikabteilung anbelangt. Nebenbei gesagt helfe ich ihm ja lediglich dabei, in das Programm integriert zu werden, bis er seinen eigenen Betreuer hat - jemanden, den er anrufen kann, wenn er in einer akuten Krise steckt."

„Und was ist, wenn sich seine Krise als verzweifelte Sehnsucht nach einer Affäre entpuppt?"

„Also bitte, das sehe ich ganz nüchtern. Der Mann sieht ganz so aus, als habe er sehr stark damit zu kämpfen, erst einmal clean zu bleiben, und es gibt einen guten Grund, warum zwischenmenschliche Beziehungen in dieser frühen Entzugsphase tabu sind." Wenn sie ihn allerdings in einer Disco getroffen hätte, hätte sie sicherlich keine Bedenken gehabt, sich mit ihm einzulassen. Ethan konnte ihren Puls ganz schön auf Trab bringen. Er wirkte finster, gefährlich und mysteriös. Sie konnte es kaum erwarten, ihm seine Geschichte aus der Nase zu ziehen.

Das hieß, wenn er ihr jemals genügend vertrauen würde, um sie ihr zu erzählen.

„Schön und gut, aber wenn er anruft, melde dich bei mir, damit ich weiß, wo du bist." Ari streckte sich. „Ich sollte wohl besser Gabe anrufen, bevor ich schlafen gehe. Und da wir gerade von Brüdern sprechen: Jacob hat angerufen, um sich zu erkundigen, ob du den Neujahrstag bei deinen Eltern feiern möchtest. Er würde aus New Haven anreisen, wenn du auch kommst."

„Ihr wisst doch beide, dass ich nicht kommen werde." Zur Entziehung gehört es auch dazu, Situationen zu meiden, in denen man leicht in Versuchung geraten könnte, wieder rückfällig zu werden, und der Umgang mit ihrem Vater hatte stets das Verlangen in ihr ausgelöst, nach der nächsten Spritze zu greifen.

„Es ist dein Leben." Ari zuckte gleichgültig mit den Schultern, aber ihr Gesichtsausdruck sagte deutlich, dass sie darauf nochmals zurückkommen würde. „Hast du immer noch Bock, morgens mit mir kurz joggen zu gehen?"

Becca musste ein Stöhnen unterdrücken. Kurz mit Ari joggen zu gehen, bedeutete einen Sprint von fünf Kilometern durch den Central Park. „Kann ich darauf lieber verzichten?"

„Sicher, damit deine Oberschenkel immer schlaffer werden."

Nun konnte Becca nicht mehr an sich halten. Ein lautes Stöhnen begleitete ihr Wimmern, das ihr schon allein bei dem Gedanken an das Brennen in ihren Oberschenkeln nach dem Laufen entfuhr. „Na schön, ich komme mit."

„Gute Entscheidung. Um Punkt fünf geht es los."

Soweit zum Thema Qualen. „Woher hast du nur so viel

Energie? Kannst du mir nicht etwas davon abgeben?"

„Verbrauche Energie, um Energie zu erzeugen. Bis morgen früh also." Ari zog ihr Handy hervor und wählte die Nummer ihres Bruders, während sie im Schlafzimmer verschwand.

Becca schüttelte noch kurz die Kissen auf dem Sofa auf, bevor sie sich selbst auch in ihr Schlafzimmer zurückzog. Sie hatte nicht mehr viel Kontakt zu ihrer Familie. Sie hatte es irgendwie selbst geschafft, ein recht angenehmes Leben zu führen. Um das frisch renovierte, gepflegte, moderne und gut geschnittene Apartment mit zwei Schlafzimmern beneideten sie sämtliche Kollegen. Die Aussicht war spektakulär, die Sicherheitsvorkehrungen außergewöhnlich gut, und die Kostenfrage einfach ein Traum. Das Wohngebäude an der Upper East Side gehörte Aris Großmutter, was bedeutete, dass sie beide dort mietfrei wohnen konnten. Becca hatte das kleinere Zimmer von beiden, aber auch dort gab es einen begehbaren Schrank und ein angrenzendes Bad.

Sie zog das Kleid, das sie bei H&M gekauft hatte, aus und schleuderte es in den Wäschekorb, bevor sie in bequeme Boxershorts und ein ärmelloses Hemd schlüpfte. Während sie so, mit Block und Stift bewaffnet, in ihrem Bett saß und versuchte, sich einige Orte für ihren Artikel auszumalen, schweiften ihre Gedanken immer wieder zu Ethan ab. Erneut kam ihr in den Sinn, dass sie ihn von irgendwoher kannte, aber sie hatte keine Ahnung, woher. Er sah definitiv nicht so aus wie die Leute, mit denen sie aufgewachsen war. Aber irgendetwas war an ihm…

Sie schleuderte ihren Block quer durch das Zimmer

und ließ sich auf ihr Kopfkissen fallen. Wenn Sie in dieser Woche irgendetwas gebacken kriegen wollte, sollte sie wohl besser schleunigst damit aufhören, sich wegen eines Mannes verrückt zu machen, den sie gerade erst kennengelernt hatte.

Ein Mann, der versuchte, clean zu bleiben.

Ein Mann, der sich so verhielt, als wolle er absolut nichts mit ihr zu tun haben.

Höchste Zeit für ein wenig musikalische Ablenkung. Sie scrollte durch die Musikliste auf ihrem iPod Shuffle, bis sie auf eines ihrer Lieblingsstücke von Ravinia's Rejects stieß. Im Gegensatz zu dem sonstigen harten, rockigen Beat ihrer anderen Songs war dieses Lied leise und ruhig, mit einer Akustikgitarre, die sich in perfekter Harmonie mit dem Gesang der beiden Leadsänger vereinte. Während der ersten Tage ihrer Abstinenz hatte sie diesen Song wieder und wieder angehört, so lange, bis er sie in ihren Träumen verfolgt hatte. Sie schloss die Augen und genoss es, von dieser Musik berieselt zu werden. Als es zum Refrain kam, sang sie laut mit und empfand – einmal mehr – die Worte wie Balsam für ihre Seele.

Lass es ruhig angehen

Ein Wunsch auf jedem Stern lässt den Himmel strahlend aussehen

Ein Herzschlag mehr, und es wird mir besser ergehen

Lass es einfach nur ruhig angehen

Als das Stück endete, atmete sie tief durch und machte das Licht aus.

Lass es einfach nur ruhig angehen.

Kapitel Zwei

Ethan schlug seine Gitarre an, aber statt harmonischer Akkorde war nur eine grässliche Kakophonie zu vernehmen, die an alles Mögliche, nur nicht an Musik erinnerte. Wenn er früher eine Blockade gehabt hatte, hatte er sich einfach einen Schuss gesetzt und auf seinem traumhaften Höhenflug, den ihm das Heroin bescherte, neue Inspirationen gefunden. Die Noten tanzten dann nur so vor seinem geistigen Auge wie eine Fata Morgana in der Wüste, und seine Finger streichelten die Saiten in solcher Perfektion, dass man hätte glauben können, sie seien göttlich gesteuert.

Doch an diesem Nachmittag, den er stundenlang mit einem Stapel leerer Notenblätter vor sich verbrachte, erlebte er das krasse Gegenteil dieser Höhenflüge.

Ein Zucken packte seinen Arm, und er wusste schon, dass nun das Verlangen wieder einsetzen würde. Er krümmte seine Finger und versuchte, dieses Gefühl wieder loszuwerden, aber es legte sich nur noch fester um seinen Arm und bahnte sich langsam einen Weg bis hin zu seiner Brust. *Nur noch einmal, damit ich wieder die richtigen Töne finde.*

Als er das Klingeln seines Handys vernahm, ließ er von seinen erbärmlichen kompositorischen Versuchen ab. Er blickte auf die Nummer im Display, bevor er den Anruf annahm. „Hallo, Mutter."

„Hallo, Ethan. Wie geht's dir?"

„Wie immer." *Nicht besser und nicht schlechter.*

„Gehst du heute Abend zu deinem Treffen?"

Mist. Er hatte glatt vergessen, dass heute Abend das NA-Treffen stattfand. „Wahrscheinlich."

„Nun, müsstest du dann nicht schon längst unterwegs sein?"

Er sah auf die Uhr. Noch 20 Minuten bis zum Beginn. Gerade noch Zeit genug, um auf das Motorrad zu springen und einen Parkplatz in der Nähe der Kirche finden zu können. Mit der U-Bahn würde es schneller gehen, aber das Risiko, erkannt zu werden, war zu groß. Und Taxis konnte man in dieser Stadt vergessen. „Ja, vermutlich."

„Ethan…" Wenn seine Mutter anfing, seinen Namen so gedehnt auszusprechen, war dies normalerweise der Vorbote einer deutlichen Warnung. Diesmal war es aber eher ein Flehen. Sie wollte gern an seiner Seite stehen, auch wenn der Kampf gegen die Drogen sein alleiniger, persönlicher Kampf war. Sie war sofort nachdem sie von Tys Tod gehört hatte, nach Los Angeles geflogen, um ihn in den Stunden seines schwersten Kummers zu unterstützen, und hatte auch seinen Umzug nach New York organisiert, während er sich in der Entziehungskur befand. Aber sie respektierte auch, dass er ihr Grenzen setzte, und war klug genug, nicht an ihm herumzunörgeln.

Und dennoch hatte das Flehen in ihrer Stimme etwas Anklagendes. Er stand auf und griff nach seiner Jacke. „Ich bin schon unterwegs."

„Lass mich wissen, wenn du etwas brauchst." Das Zögern in ihrer Stimme kannte er gar nicht von ihr. Als frühere Rechtsanwältin war seine Mutter gewohnt, direkt zum Punkt zu kommen. Aber genau wie Adam und seine anderen Brüder ging sie behutsam mit ihm um. Vermutlich hatte sie panische Angst davor, dass ein falsches Wort von ihr ihn wieder auf den falschen Weg bringen würde.

Die Verärgerung setzte ihm zu und fuhr ihm in die Glieder. Alle dachten sie, dass er schwach und zerbrechlich sei. Aber er würde ihnen schon zeigen, dass sie falsch lagen. „Danke, Mutter, mir geht es gut."

„Das freut mich." Aber der Unterton in ihrer Stimme konnte nicht verbergen, dass sie ihm nicht so ganz glaubte.

„Ich muss jetzt los, Mutter. Ich möchte nicht zu spät kommen." Er legte auf, bevor ihn womöglich neue Zweifel befielen.

Zu seiner Dachgeschosswohnung in Hell's Kitchen gehörte keine Parkgarage, aber es gab einen Lastenaufzug, der groß genug war, um ihn und sein Motorrad zu befördern. Als er auf die Straße trat, setzte er sich auf das Fahrzeug und fuhr durch die Straßen der Midtown Manhattan, bis er schließlich zu der Kirche gelangte, wo die Sitzungen abgehalten wurden. Die Parkplatzsuche stellte sich heute Abend als einfach heraus, aber anstatt sofort hineinzugehen, verharrte er noch eine Weile mit aufgesetztem Helm auf seinem Motorrad. Noch immer brummte der Motor unter ihm. Immer wieder gab es Augenblicke des Zweifels, in denen die Versuchung, der Sucht nachzugeben, größer war als der Wille, dagegen anzukämpfen. Er griff nach dem Gashebel und drehte ihn, synchron zu der wachsenden Frustration in seinem Bauch, immer weiter auf.

Doch plötzlich klopfte ihm jemand auf den Helm.

Als er instinktiv seinen Kopf zur Seite wandte, sah er Rebecca, die neben ihm auf dem Bürgersteig stand. Etwas unsicher hielt sie sich mit beiden Händen am Träger ihrer Schultertasche fest, aber die unnachgiebige Haltung ihrer Beine sagte ihm, dass sie nicht eher gehen würde, bis er sich mit ihr abgegeben hatte.

Er klappte das Visier hoch. „Hast du nichts Besseres zu tun, als Fremde anzumachen und sie zu belästigen?"

„Erstens sind wir keine Fremden. Zweitens habe ich deinen Namen gerufen, bevor ich dir auf den Helm geklopft habe. Das kann man wohl kaum als Belästigung bezeichnen."

Das Gefühl, einen Schuss zu brauchen, flaute ebenso ab wie seine Wut. Er stellte den Motor ab und setzte seinen Helm ab. „Was hat dich so sicher gemacht, dass ich es bin?"

„Ich habe dein Motorrad erkannt." Sie blickte so liebevoll auf die Ducati, dass sein Schwanz ganz eifersüchtig wurde. Was würde er nicht dafür geben, wenn sie ihn auf diese Weise anschauen würde. „Eine Ducati Streetfighter 848, Baujahr 2014. Testastretta-Motor mit 132 PS. Sechsganggetriebe." Sie biss sich auf die Unterlippe und atmete scharf durch die Nase ein. „Sehr hübsch."

Allein vom Zuhören bekam er schon einen Steifen. Wusste sie eigentlich, wie sehr es ihn anmachte, sie die technischen Details des Motorrads herunterbeten zu hören?

Sie wandte ihren Blick nun wieder ihm zu. „Kommst du?"

Fräulein Park Avenue übte solch eine betörende Wirkung auf ihn aus, dass er gar nicht anders konnte als zu nicken. „Das möchte ich nicht verpassen."

Als er aber erst einmal drinnen war, langweilte er sich genauso sehr wie in der Woche zuvor. Einzig und allein die Frau, die neben ihm saß, hielt ihn förmlich am Stuhl gefesselt. Sie lauschte allen Personen, die sich offenbarten, wobei ihr Gesichtsausdruck Empathie widerspiegelte, wenn diese ihre Sorgen und Nöte herausließen. *Warum kümmert sich ein Mädchen aus offensichtlich gutem Hause um die Alltagssorgen von Abhängigen auf Entzug?*

Sie war ein Rätsel, das er so gerne lösen würde. Ihr texturiertes Sweatkleid schrie förmlich nach Designer-Label, wenngleich die Absätze ihrer Stiefel als Kontrast dazu recht abgenutzt waren. Die Art und Weise, wie sie vor dem Beginn jeder Sitzung ihre schwarzen Haare aufschüttelte und die herabbaumelnden Ohrringe entfernte, schien Teil eines abendlichen, entspannenden Rituals zu sein. So ähnlich mochte sie sich möglicherweise auch verhalten, wenn sie abends von der Arbeit heimkam. Ihre Kuriertasche mit dem Laptop darin erweckte den Eindruck, als habe sie einen wichtigen Job, auch wenn er nicht wusste, in welchem Bereich. Die kleinen Details, die sich langsam wie ein Mosaik zusammensetzten, während er sie studierte, weckten seine Neugier und ließen in ihm den Wunsch aufkommen, dass die Sitzung recht schnell beendet sein möge, damit er beginnen konnte, ihr einige Fragen zu stellen.

Aber als Gary sie endlich zum Abschlussgebet zusammenrief, spürte er den Anflug von Panik in seiner Brust. Er krallte seine Finger in seinen Handteller, um dem Drang zu widerstehen, wild hin-und herzufuchteln. *Und wenn sie einen Rückzieher macht?*

Aber als die Sitzung beendet war, lächelte sie ihn an. „So, jetzt hast du also auch dein zweites NA-Treffen geschafft."

Noch nicht ganz.

„Ich glaube, ich hatte dir einen Kaffee versprochen."

„Und Informationen über dich."

Mit zusammengezogenen Augenbrauen und fragendem Gesichtsausdruck warf Rebecca ihren Kopf auf die Seite. „Klar, wenn es das ist, was du willst, aber wenn du lieber darüber sprechen möchtest, wie du dich machst..."

„Das möchte ich nicht."

Nun schnellten ihre Augenbrauen in die Höhe und glätteten damit die Falten zwischen ihnen, aber sie hakte nicht weiter nach. „Ich kenne ein nettes, kleines Wiener Kaffeehaus nicht weit von hier."

„Klingt gut." Er schnappte seinen Helm und folgte ihr nach draußen.

Als sie die erste Straße überquert hatten, drehte sie sich um und fragte: „Hast du schon zu Abend gegessen?"

„Nein." Mit Smalltalk wie diesem kam er gut klar. Er hoffte nur, dass sie dies nicht als Einleitung zu einem

Interview über sein Privatleben nutzen wollte.

„Ich kann ihre Sandwiches wärmstens empfehlen. Oder ihre Suppen." Mit einem scheuen Lächeln blickte sie hinunter auf den Bürgersteig. „Aber die Desserts sind einfach ein Traum."

Fräulein Park Avenue war also ein kleines Leckermäulchen. „Gut zu wissen."

Als sie das Café betraten, weiteten sich ihre Augen wie die eines Kindes in einem Spielzeugladen. Sie begab sich geradewegs zur Theke mit den Desserts und leckte sich in froher Erwartung die Lippen. „Wie ich sehe, haben Sie heute die Sachertorte."

„Ich habe sie heute Morgen in der Hoffnung gemacht, dass Sie heute vorbeischauen, Becca", sagte eine Frau in mittlerem Alter und mit einem leichten deutschen Akzent hinter dem Tresen. „Soll ich Ihnen ein Stück abschneiden?"

Rebecca nickte. „Und könnten Sie mir ein weiteres Stück zum Mitnehmen einpacken, Gitta?"

„Sie erwarten wohl eine harte Arbeitswoche, was?"

„Schrecklich", entgegnete sie lachend.

„Und ich nehme an, Sie möchten Ihr übliches Getränk?"

Wiederum nickte Rebecca. „Ich bin so berechenbar."

Für Ethan war sie bislang allerdings alles andere als berechenbar gewesen. Aber er war willens, zu beobachten und zu lernen.

Gitta wandte sich an ihn. „Und für Ihren Freund?"

„Nur Kaffee", erwiderte er. Alles andere würde ihn eher überfordern.

„Ich bringe es Ihnen sofort an den Tisch." Gitta

begann damit, Milch aufzuschäumen.

Rebecca nahm Ethan an die Hand, um ihn an den Tisch zu führen, aber diese sanfte Berührung raubte ihm schier den Atem. Er hatte so lange in einer Welt gelebt, in der ihn die meisten Frauen geradezu anflehten, ihn berühren zu dürfen, dass Rebeccas grenzenlose Gleichgültigkeit gegenüber seinem Star-Status ihn schockierte. Aber möglicherweise hatte dies ja auch etwas Gutes. Wenn sie nicht wusste, wer er war, würde er vielleicht wenigstens für eine Weile seine Schutzmauer fallen lassen können, um das Zusammensein mit ihr bei einem Kaffee genießen zu können.

Er blickte sich unauffällig im Saal um, aber niemand starrte ihn an oder flüsterte aufgeregt, mit dem Finger auf ihn deutend, mit seinem Sitznachbarn. Kein von Paparazzi veranstaltetes Blitzlichtgewitter. Es sah so aus, als würde ihm die Peinlichkeit erspart bleiben, morgen zusammen mit Rebecca wegen des Zusammenseins in einem Café die Schlagzeile auf TMZ zu bilden.

Zum ersten Mal seit zehn Jahren fühlte er sich fast normal.

Er legte seinen Helm auf einen leeren Stuhl und setzte sich ihr gegenüber. Doch so sehr er sich auch wünschte, sich entspannen zu können, so konnte er doch nicht vollständig seine Schutzmauer sinken lassen. „Kommst du oft hierher?"

„Ist das nicht offensichtlich?"

„Wenn man es genau betrachtet."

Angesichts seiner trockenen Antwort musste sie lachen. „Du verpasst wirklich etwas, wenn du Gittas Sachertorte nicht probierst. Sie macht sie nach einem

Rezept ihrer Großmutter."

„Ich bin in letzter Zeit nicht sehr hungrig."

Teilnahmsvoll blickte sie ihn an, während sie verständnisvoll nickte. „Ja, nachdem deine Gedärme eine Woche lang Karussell gefahren sind, dauert es eine Weile, bis dein Appetit zurückkehrt."

Mit auf den Tisch aufgestützten Ellbogen lehnte er sich vorwärts und senkte seine Stimme. „Es fällt mir noch immer schwer zu glauben, dass jemand wie du verstehen kann, was ich durchmache."

„Warum?"

Die Antwort kam wie aus der Pistole geschossen und überraschte ihn. Er fuhr zurück und deutete auf ihre Kleidung. „Weil…"

„Weil ich nicht so aussehe?"

Bevor er darauf etwas entgegnen konnte, unterbrach Gitta sie, die einen Teller mit Schokoladenkuchen und zwei Becher auf den Tisch stellte. Sein Kaffee dampfte erfrischend heiß, doch auf ihrem Becher bemerkte er mit Zimt bestreute Schlagsahne auf ihrem Getränk. „Was ist das?"

Sie rührte die Schlagsahne in das Getränk ein und leckte den Löffel ab. „Zimt-Haselnuss auf heißer Schokolade."

„Wenn da mal nicht heute Abend jemand einen Zuckerschock erleidet."

Sie blickte ihn grinsend an, bevor sie einen Schluck aus ihrem Becher nahm. Als sie ihn wieder absetzte, bemerkte er, dass ein kleiner Klecks Sahne an ihrer Nasenspitze hängengeblieben war.

Ethan versuchte vergeblich, das Lachen, das sich in

seiner Kehle gebildet hatte, zu unterdrücken. Es entfuhr ihm, während er ihr gleichzeitig eine Serviette reichte. „Du hast da etwas auf deiner Nase."

„Ach so?"Aber sie reagierte nicht beschämt und griff nicht nach einem Taschenspiegel, wie er es erwartet hatte. Stattdessen stimmte sie in sein Lachen ein und wischte sich die Nase mit der Serviette ab. „Ist es weg?"

Verdutzt, weil er wieder einmal von ihr überrascht war, nickte er. Hier saß ihm eine kultivierte, junge Dame gegenüber, die sich angesichts ihres kleinen Fauxpas keine Gedanken um ihr äußeres Erscheinungsbild machte. Sie war so ganz anders als diese Mädchen der High Society, mit denen er zur Schule gegangen war und auch anders als die Models und Schauspielerinnen, die er im Laufe der Jahre getroffen hatte.

Sie nippte erneut, diesmal ein wenig vorsichtiger, an ihrem Becher. „Ich hatte dir ja versprochen, offen und ehrlich zu dir zu sein, also, was willst du wissen?"

Mit verschränkten Armen lehnte er sich auf seinem Stuhl zurück und beobachtete, wie sie an ihrem Kuchen knabberte. Es gab so viele Dinge, die ihn an ihr faszinierten. Wo sollte er nur anfangen? Aber eine Frage hatte er schon von Beginn an stets auf der Zunge gehabt. „Seit wann bist du schon clean?"

„Seit zwei Jahren und hundertfünfzig Tagen", antwortete sie, ohne vom Kuchen aufzusehen. „Zumindest diesmal."

„Du bist schon einmal rückfällig geworden?" Sie wirkte so ruhig und gefasst, dass er dies nicht von ihr erwartet hätte.

„Ja. Beim ersten Mal haben mich meine Eltern

gezwungen, ein Entzugsprogramm zu starten, mit Methadon und dem ganzen Zeugs. Es dauerte nicht lange, bis ich herausgefunden hatte, wie ich die Einnahme nur vortäuschen konnte und zu meinem Stoff zurückkehren konnte."

„Was hat dich dann bewogen, aufzuhören?"

„Eines Tages nahm ich eine Überdosis und wäre fast daran gestorben." Sie aß mit solch einer Gelassenheit ihren Kuchen weiter, als erzähle sie von einem langweiligen Arbeitstag statt von einer Begebenheit, die fast tödlich geendet hätte. „Und das auch noch auf einem Wohltätigkeitsball. Das war natürlich ein gefundenes Fressen für die Presse."

„Und wie kam es dazu?"

Sie machte eine Pause und blickte endlich von ihrem Teller hoch. Sie hielt seinem Blick stand, so dass er nun erkennen konnte, dass ihre Augen heute eher grün als blau waren. „Du erinnerst dich sicherlich noch daran, dass ich letzte Woche sagte, dass wir den ‚anonymen' Teil sehr ernst nehmen."

„Ja."

Ihr Kinn zitterte, und sie schluckte schwer. „Dann sollten wir es dabei belassen."

Ein weiterer Hauch von Geheimnis, der sie umgab. Wer auch immer Rebecca sein mochte, sie war berühmt genug, um keine Unbekannte für die Presse zu sein. „Gut. Dann also meine nächste Frage - was machst du beruflich?"

„Ich bin Assistentin bei einer Frauenzeitschrift", sagte sie und rollte vielsagend mit den Augen.

„Wohl nicht gerade dein Traumjob?"

„Nicht einmal annähernd, aber damit habe ich wenigstens schon einmal einen Fuß in der Tür."

„Wofür? Mode?"

„Nein." Sie führte ihre Antwort nicht weiter aus, sondern richtete stattdessen ihre Aufmerksamkeit wieder auf die Überreste ihrer Sachertorte, die sie mal stochernd, mal zermanschend und dann wiederum kratzend mit der Gabel bearbeitete. „Nächste Frage."

„Hast du einen Freund?", platzte es aus ihm heraus, bevor er wusste, was er da überhaupt sagte.

Ihre Mundwinkel hoben sich, und sie blickte ihn durch ihre Wimpern an. „Warum willst du das wissen?"

Mist! So hatte er sich den Verlauf dieser Konversation nicht gerade vorgestellt. Es war ja eigentlich schön und gut, bei sicheren, NA-relevanten Themen zu bleiben, aber wenn er herausfände, dass sie Single war, hätte er vermutlich alle Mühe damit, keine wilden Fantasien ihre Person betreffend aufkommen zu lassen. „Äh, ich möchte nur sicherstellen, dass kein eifersüchtiger Freund mir auflauert und mich niederschlägt, weil ich dich mitten in der Nacht anrufe."

Ihr anfangs scheues Lächeln weitete sich nun zu einem solchen aus, das gleichermaßen verführerisch wie auch einladend auf ihn wirkte. „Diesbezüglich besteht keine Gefahr."

Aber warum keine Gefahr? Weil sie Single ist? Oder weil sie einen wirklich verständnisvollen Lebensgefährten hat?

Höchste Zeit, die Konversation auf unverfänglichere Themen zurückzubringen, bevor er am Ende noch der Versuchung nachgäbe und sie zu sich nach Hause einlud. „Was war beim zweiten Mal anders als beim ersten Mal?"

„Es war meine freie Entscheidung." Sie schob ihren Teller beiseite und lehnte sich nach vorne. „Ich glaube, das war der wichtigste Grund, warum ich clean geblieben bin. Ich tue das nicht, weil ich von meinen Eltern oder vom Gesetz dazu gezwungen werde oder aufgrund sonstiger externer Umstände. Ich tue das für mich selbst. Alles was ich brauche, ist hier drin." Sie legte ihre Hand auf ihr Herz.

Es gab ihm einen Stich ins Herz. Er widerstand dem Drang, es ihr gleichzutun und seine Handfläche auf seine Rippen zu pressen, um den Schmerz zu lindern. Er war derjenige gewesen, der sich entschlossen hatte, Schluss mit dem Heroin zu machen, aber die Stimme in seinem Hinterkopf, die ihm sagte, dass er genau wie Ty enden würde, wollte einfach keine Ruhe geben. „Und wenn das nicht reicht?"

„Dann muss man die kleinen, täglichen Erfolge würdigen. Zum Beispiel nicht deine Freunde oder deine Familie zu blamieren. Oder sich nicht fragen zu müssen, wo dein Geld geblieben ist, weil du alles deinem Dealer gegeben hast. Oder nicht neben irgendeinem Fremden aufzuwachen, den du mit nach Hause geschleppt hast, als du high warst."

Bei jedem Beispiel, das sie anführte, nickte er, weil er diese Situationen aus eigener Erfahrung kannte - bis sie das nächste Beispiel erwähnte.

„Oder nicht offene Schuhe aufgeben zu müssen."

„Offene Schuhe?" Dieses Beispiel war so lächerlich, dass er noch während seiner Rückfrage in Lachen ausbrach. „Was zum Teufel hat das mit clean bleiben zu tun?"

Eine Röte legte sich auf ihre Wangen, und sie wandte den Blick ab. „Das ist irgendwie peinlich."

„Du sagtest, du seist ein offenes Buch und dass ich dich besser verstehen würde als die meisten anderen."

„Stimmt." Sie biss sich auf ihre Lippe und rutschte auf ihrem Sitz hin und her, als hätte man sie soeben gebeten, die Farbe ihrer Unterwäsche preiszugeben. „Beim ersten Mal kam ich in das Entzugsprogramm, weil meine Stiefmutter die Einstiche in meinem Arm bemerkt hatte. Als ich dann wieder rückfällig wurde, wurde ich deshalb einfallsreicher, was meine Einstichstellen anbelangte. Du glaubst ja gar nicht, wie schnell man high werden kann, wenn man sich die Spritze zwischen die Zehen setzt."

Er verstand nun, was sie meinte und nickte. „Deine Eltern schöpften also keinen Verdacht mehr, weil deine Arme tadellos waren."

Erneut blickte sie ihn mit halb geschlossenen Augen an. „Ja, das hat mehrere Monate funktioniert, bis..."

„Bis du eine Überdosis genommen hast", ergänzte er fast flüsternd. Es schnürte ihm die Kehle zu, so dass er nur erstickt reden konnte. „Wie knapp bist du dem Tod entronnen?"

„Ich hatte gebrochene Rippen von der Reanimation, die mich am Leben erhielt, bis die Ärzte mit Naloxon eintrafen."

Jetzt lag keine Spur von Schüchternheit mehr in ihrer ehrlichen, direkten Antwort. Aber sie verstärkte bei Ethan nur noch das Schuldgefühl, das ihn wie eine zentnerschwere Last zu erdrücken drohte. Wie hatte sie überleben können, wenn sein bester Freund es nicht gekonnt hatte? Wenn er Ty früher gefunden hätte - wenn er die Signale beachtet hätte, die Ty unter dem Fluch des Heroins immer deutlicher ausgesendet hatte, und wenn es Ethan nicht egal gewesen wäre, wie viel Ty konsumierte, solange er nur selbst high werden konnte - wäre sein bester Freund dann heute noch am Leben? Hätte es etwas genützt, wenn er besser auf ihn achtgegeben hätte, wenn er ihm die Spritzen weggenommen hätte?

Hätten sich die Dinge anders entwickelt, wenn er an jenem Abend Tys Einladung, ihn in seine Wohnung zu begleiten, um dort high zu werden, gefolgt wäre? Wäre er in der Lage gewesen, einen Notruf abzusetzen und ihn zu retten, wie es die Ärzte mit Rebecca getan hatten? Oder wäre er, wie er es immer getan hatte, seinem besten Freund gefolgt, sogar bis in den Tod?

Er schloss fest die Augen, um die Bilder, die sich in seinem Kopf abspielten, zu verbannen, aber er konnte seine Schuldgefühle einfach nicht ausklammern. Die einzige Lösung, die er momentan sehen konnte, bestand darin, der verführerischen Stimme tief in seinem Inneren, die ihn aufforderte, wieder in seine alten Gewohnheiten zurückzufallen, zu folgen. Nur ein einziger Schuss, und alle Qualen, alle Zweifel, alle Schmerzen würden in den Hintergrund gedrängt werden.

Dicke Schweißperlen bildeten sich auf seiner Stirn, so heftig war der Kampf mit den ihm bestens bekannten Feinden. Panik jagte durch seine Adern, schnell und brennend wie elektrischer Strom, und versetzte alle Nerven in Alarmbereitschaft. Er ballte seine Hände zu Fäusten und kämpfte mit aller Macht dagegen an, nachzugeben.

Und genau in diesem Moment spürte er eine kühle

Hand, die seine heiße bedeckte und ihn aus dem Strudel riss, in dem er unterzugehen drohte.

Er öffnete seine Augen und sah Rebecca, die ihn mit dem Ausdruck tiefer Besorgnis um ihre ansonsten stets lächelnden Mundwinkel betrachtete. Nüchternheit und Verständnis gleichermaßen klangen in ihrer Stimme mit, als sie ihn bat: „Ich weiß, dass es hart ist, aber gib dem Verlangen nicht nach, Ethan!"

Er zog seine Hand zurück. „Was zum Teufel verstehst du schon davon?"

„Ich habe das auch durchgemacht, erinnerst du dich?" Sie zog sich wieder ganz auf ihre Seite des Tisches zurück. „Sag mir, was da gerade passiert ist, und vielleicht kann ich dir helfen, da durchzukommen."

Ihre Überzeugung, dass er ihre Hilfe brauchte, kotzte ihn an. Er ganz allein hatte entschieden, dass er clean bleiben musste. Er hatte die Entziehungskur alleine geschafft. Und es war ihm auch aus eigener Kraft gelungen, den Suchtdruck zu überwinden. „Ich muss dir gar nichts erzählen."

Er zog einige Geldscheine aus seiner Brieftasche, warf sie auf den Tisch, griff nach seinem Helm und stürmte aus dem Lokal. Er hatte die Nase gestrichen voll von diesem Mist.

„Bleib auf der Stelle stehen!", rief ihm eine resolute weibliche Stimme hinterher.

Er hielt inne, den Bruchteil einer Sekunde, bevor Rebecca seine Schultern ergriff und ihn herumwirbelte.

„Was ist dein Problem?", fragte sie zornbebend.

„Vielleicht bist du mein Problem."

„Das ist Unsinn, und das weißt du sehr genau." Sie

machte ihren Standpunkt unmissverständlich klar, indem sie ihren Finger auf das Zentrum seiner Brust rammte und ihn in einen kleinen Gang zwischen Café und dem Nachbargebäude drängte. „Du hast solch eine Wut auf die ganze Welt, dass du alle möglichen Menschen, aber nur ja nicht dich selbst, für deine Probleme verantwortlich machst."

Er hatte von klein auf gelernt, niemals eine Frau zu schlagen, aber Rebecca kam ihm so verdammt nahe, dass sie ihn damit gehörig in Rage brachte, und er einen Moment lang erwog, sie rüde beiseite zu schieben. Doch dann besann er sich eines Besseren und baute sich stattdessen in voller Größe vor ihr auf, um sie dann mit leiser, drohender Stimme zu warnen. „Und genau da irrst du dich."

Aber Rebecca dachte gar nicht daran, klein beizugeben, und wich nicht einen Zentimeter zurück. Mit ihrem Gesicht nur wenige Zentimeter von seinem entfernt, entgegnete sie: „Dann beweise es!"

Einschüchterung funktionierte also nicht bei ihr, und einen Moment lang kam in ihm die wahnwitzige Idee auf, sie zu küssen, die er aber sogleich zu unterdrücken bemüht war. Vielleicht würde sie das so sehr schockieren, dass sie ihn stehen ließ. Aber er hielt seine Arme an seinem Körper und ließ in dem Blickduell, auf das sie sich beide eingelassen hatten, nicht nach. „Du zuerst."

„Gut. Ich kenne deine Geschichte nicht,weil du mir ja nichts erzählst, aber Gary wusste genug über dich, um annehmen zu können, dass ich dir vielleicht helfen kann, und ich vertraue auf sein Urteilsvermögen."

„Du möchtest, dass ich mich dir öffne, aber du bist

vielen meiner Fragen absichtlich ausgewichen. Wie kannst du da erwarten, dass ich dir vertraue, wenn du offensichtlich keinerlei Vertrauen in mich hast?" Er machte auf dem Absatz kehrt und entfernte sich drei Schritte, bevor sie seinen Namen ausrief. Sein Verstand sagte ihm, dass er weitergehen solle, aber dennoch bewog ihn irgendetwas, doch stehenzubleiben.

„Du hast Recht", sagte sie und brachte damit das Eis zum Schmelzen. Er war nur allzu bereit gewesen, alles hinzuwerfen und zu verfluchen, aber mit diesen drei kleinen Worten war es ihr gelungen, die maßlose Wut, die in ihm hochgekocht war, einzudämmen.

Langsam kam sie auf ihn zu und umkreiste ihn mit einer Armlänge Abstand, so als erwarte sie, dass er ihr einen Hieb verpassen könnte, wenn sie ihm zu nahe käme. Ihr Gesichtsausdruck blieb misstrauisch, während sie ihn studierte. „Kann ich dir trauen?"

Er atmete tief ein und hielt die Luft an, während er den Preis abwägte, den er zu bezahlen haben würde, wenn er sich weiter auf sie einließ. Schon jetzt hatte sie es geschafft, dass er sie emotional näher an sich heranließ als jede andere Frau zuvor - im guten, wie im schlechten Sinne. Und wenn er die Tür ganz für sie öffnete, würde sie weiter in sein Privatleben einzudringen, bis sie all seine Geheimnisse kannte.

Aber wenn er eines ihrer Geheimnisse kannte, könnte er dieses als Instrument einsetzen, wenn sie ihm zu nahe käme.

„Du kannst mir trauen."

Sie warf über ihre Schulter einen Blick auf die Fußgänger auf dem Bürgersteig hinter ihnen, bevor sie ihn weiter in den kleinen Gang hineindrängte. Hier umgab sie der Geruch von verfaulendem Müll, aber sie schien es gar nicht zu bemerken. „Hast du schon einmal von den Shore Hotels gehört?"

„Wer hätte davon nicht gehört?" Er selbst war bereits einige Male in diesen Luxushotels gewesen, wenn er mit seiner Band auf Tournee gegangen war.

„Mein Urgroßvater hat sie gegründet."

„Du bist Becca Shore?" Nach ihrem Geständnis fielen bei Ethan die Groschen serienweise und setzten sich zu einem ganzen Film voller Wiedererkennungsstücke zusammen. Bilder einer blonden, gebräunten, wilde Partys feiernden Erbin auf den Titelseiten zahlreicher Boulevardzeitschriften vor einigen Jahren erschienen vor seinem geistigen Auge. Sie schienen in krassem Widerspruch zu der ruhigen Frau zu stehen, die vor ihm stand, aber jetzt, da er sie unter diesem Blickwinkel betrachtete, erkannte er ihr Gesicht wieder. Es war ein wenig voller, und die von Sonnenstudios getönte Haut hatte sie gegen eine makellose, elfenbeinartige Gesichtsfarbe eingetauscht, aber die Augen waren dieselben.

Sie fuhr sich mit den Fingern durch ihre dunklen Haare, und eine Seite ihres Mundes verzog sich zu einem halben Lächeln. „Möchtest du meinen Ausweis sehen?"

„Nein, ich glaube dir." Aber was noch wichtiger war, er verstand endlich, warum Gary sie als vorläufige Unterstützung vorgeschlagen hatte, bis er selbst einen Betreuer gefunden hatte. Wenn sich jemand damit auskannte, wie man auch im Rampenlicht stehend clean bleiben konnte, dann war sie es. „Also, was ist mit dir passiert?"

Sie warf die Haare über ihre Schultern und richtete sich noch ein wenig höher auf. „Wie bitte?"

„Ich meine, man konnte ja kein Klatschblatt aufschlagen, ohne etwas über dich lesen zu müssen, und dann – Peng - warst du plötzlich von der Bildfläche verschwunden. Was ist aus der Armada von Paparazzi geworden, die dir auf Schritt und Tritt gefolgt ist, nur um ein Bild von dir ohne Unterwäsche machen zu können?"

„Nach meiner Überdosis musste ich einfach sicherstellen, dass ich eine Weile lang abtauchen konnte, damit ich mich selbst neu orientieren konnte. Ich ließ mich in ein Rehabilitationszentrum einweisen. Als ich dort fertig war, hatte ich langsam damit begonnen zu erkennen, dass es wichtiger ist, sich seiner selbst bewusst zu werden, anstatt sich nur darum zu kümmern, was andere von einem denken. Ich habe mein Aussehen verändert, meine Schulausbildung beendet und einen Job gefunden, ohne es an die große Glocke zu hängen." Sie zuckte mit den Achseln. „Es ist so schön, auch einmal normal zu sein."

„Aber du bleibst trotzdem eine Shore."

„Ja, aber ich bin inzwischen so spießig geworden, dass sich die Presseleute nicht mehr für mich interessieren. Abgesehen davon glaube ich, dass sie mich gar nicht erkennen würden. Du hast es ja auch nicht."

Aber hatte sie ihn erkannt? Er suchte nach Anzeichen des Erkennens, bemerkte aber keine. Entweder hatte sie überhaupt keine Ahnung, oder sie war vollkommen unbeeindruckt von seiner Berühmtheit. Aber das spielte auch gar keine Rolle, wenn er bedachte, wie sich seine Schultern entspannten, nachdem er ihre Identität erfahren hatte. Selbst wenn sie es wüsste, bezweifelte er, dass sie nichts Besseres zu tun hätte, als der Presse eine Information zuzustecken.

„Also, hilft dir das weiter?", fragte sie.

„Gewaltig."

„Dann sehe ich dich also nächste Woche?"

„Vielleicht." Höchste Zeit zu gehen, bevor sie erneut damit begann, in seinem Privatleben zu forschen.

Sie packte ihn an den Armen und hielt ihn fest. „Bitte!"

Solch ein einfaches Wort, und doch war es irgendwie fremdartig aus dem Mund einer wohlhabenden Erbin. „Warum?"

„Weil ich dir helfen will, wo ich nur kann. Aber ich kann es nicht, wenn du mich nicht lässt. Auch wenn die Treffen nicht dein Ding sind, so bin ich immer noch hier, wenn du jemanden zum Reden brauchst." Sie ließ seinen Arm wieder los und machte einen Schritt in Richtung Café. „Ich sollte jetzt wohl besser wieder zurück zu meiner Sachertorte gehen, bevor ein anderer sich darüber hermacht."

Er sehnte sich danach, ihr in das Café zu folgen, um ihr bei einem weiteren Stück Kuchen das Herz auszuschütten, aber sowohl sein Stolz als auch seine Angst hielten ihn davor zurück. Er war nicht bereit, ihr vollständig zu vertrauen.

Noch nicht.

Aber vielleicht würde er sie nächste Woche wieder zu einem Kaffee einladen, und sei es auch nur, um in Erfahrung zu bringen, wie sie es geschafft hatte, der Presse über all die Jahre ein Schnippchen zu schlagen und ihr eigenes Leben zu leben.

Kapitel Drei

Angelehnt an eine Wand, trommelte Becca im Konferenzraum mit einem Kuli auf ihrem Oberschenkel herum. Es war Montag, der Tag, an dem die Chefredakteurin der Zeitschrift *Moderne*, Elaine Halpern, den Themenvorschlägen ihrer Mitarbeiter lauschte und diese entweder billigte oder ablehnte. Als Assistentin war es Beccas Aufgabe, ein Protokoll zu erstellen und die Artikel für die Journalisten zu recherchieren. Es gehörte nicht zu ihrem Aufgabenprofil, selbst Vorschläge für Geschichten zu unterbreiten.

Das hielt sie allerdings nicht davon ab, es trotzdem zu tun.

„Wie wäre es mit einem Artikel über das Versäumnis der Behörden, eine bessere Gesundheitsversorgung speziell für Frauen zu schaffen?", fragte sie.

Elaine schüttelte den Kopf. „Ein zu ernstes Thema für unsere Leserinnen. Nächster Vorschlag."

Zähneknirschend fügte sich Becca in ihr Schicksal und schweifte mit den Gedanken ab. Alles, was sie vorschlug, war „zu düster" oder „zu ernst" für ihre Leserinnen. Welche Zielgruppe bedienten sie überhaupt? Dem geistlosen Material nach zu urteilen, das sie jede Woche recherchieren musste, waren ihre Leserinnen offensichtlich an nichts anderem interessiert als an Mode und Sex.

„Das hört sich gut an, Hilde. Rebecca kann einige Informationen für dich zusammenstellen."

Als sie Elaine ihren Namen sagen hörte, richtete sie ihre Aufmerksamkeit wieder auf die Redaktionsbesprechung. Schade nur, dass sie nicht mitbekommen hatte, was sie recherchieren sollte. Sie versuchte, sich bis zum Ende der Sitzung auf ihren Job zu konzentrieren, während die Autorinnen einige weitere Vorschläge machten. Je mehr Themen gebilligt wurden, desto größer wurde die Trostlosigkeit, die sie in sich verspürte. *Warum konnte ich keinen Job bei der* Time *oder der* Newsweek *annehmen? Warum ausgerechnet die* Moderne*?*

Weil sie die einzige Zeitschrift war, die mir einen Job angeboten hat.

Jeder sah sie immer noch als Becca Shore, das durchgeknallte Partygirl. Das war ihrer Karriere als wirklich seriöse Journalistin nicht unbedingt zuträglich.

Ihr morgendlicher Latte Macchiato stieß ihr vor Frustration bitter auf und verursachte ein Gefühl des Unwohlseins in ihrem Magen. Sie schloss die Augen und versuchte, sich auf etwas Positives zu konzentrieren, bevor diese mentale wie körperliche Bitterkeit in einen Zustand der ‚Leck mich'-Mentalität umschlug.

Ich habe einen Fuß in der Tür, und das ist besser als die Situation vorher.

Ich gewinne Einblick in die Arbeitsweise eines Zeitschriftenverlags.

Ich knüpfe Kontakte und tue etwas für meinen Lebenslauf. Diese Erfahrung kann mir später einmal helfen.

Je mehr positive Gedanken ihr kamen, desto größer wurde ihre geradezu meditative Gelassenheit, die in einer gefassten Ergebenheit mündete. Erst als sie erneut ihren Namen hörte, wurde sie in die Realität zurückgerufen.

Hilde, eine der Autorinnen, stand vor ihr. Die gebildete, gepflegte Enddreißigerin hatte stets perfekt sitzende, aufgesteckte Haare und ein Gesicht, das die Vorzüge ihrer regelmäßigen Botox-Spritzen zur Geltung brachte. Die Sitzung war beendet, und die anderen Autorinnen verließen langsam den Raum. „Schlaf am Arbeitsplatz?"

„Nein, ich erarbeite gedanklich nur neue Vorschläge."

„Gut, weil ich deine Hilfe brauche." Hilde bedeutete ihr, ihr aus dem Konferenzraum zu folgen. „Übrigens, du traust dich ja was, wenn du als Assistentin Themenvorschläge machst."

„Irgendwo muss ich ja anfangen", antwortete sie achselzuckend. „Ich werde schon nicht gleich gefeuert werden, nur weil ich etwas vorschlage."

„Aber das bringt dir bei den anderen Autorinnen nicht unbedingt Pluspunkte ein."

Becca sah sich im Büro um und erhaschte einige ablehnende Blicke, die Hildes Theorie unterstützten. „Aber wovor haben sie Angst? Elaine akzeptiert ja sowieso nie auch nur eine einzige meiner Ideen."

„Ich gebe dir nur einen gut gemeinten Ratschlag." Hilde beugte sich vor und senkte die Stimme. „Unter uns gesagt, ich finde, deine Ideen regen zum Nachdenken an, auch wenn sie für diese Zeitschrift nicht geeignet sind.

Halte weiter Ausschau nach guten Geschichten wie dieser, vielleicht findest du ja eines Tages einen Arbeitgeber, der deine Begeisterung zu schätzen weiß."

Schön wär's…

„Heißt das, ihr wisst mich nicht zu schätzen?", scherzte sie.

„Ich schätze dich sogar noch viel mehr, wenn du mir bei der Recherche zu diesem Thema hilfst." Sie klappte ihren Notizblock auf. „Artikel eins: So machen Sie das perfekte Selfie."

Becca unterdrückte ein Seufzen und kritzelte die Überschrift auf das Papier. „Ich bin schon dran."

„Sehr gut, und wenn du damit fertig bist, kannst du mir beim Artikel über Make-up-Trends im Urlaub helfen. Aber erst einmal hätte ich gern einen Latte Macchiato von unten. Du weißt ja, wie ich ihn mag." Ohne ein weiteres Wort verließ Hilde den Raum.

Becca drückte ihre Schulterblätter zusammen und wiederholte ihre Übung des positiven Denkens von vorhin, bevor sie in Richtung Kaffeeautomat verschwand.

Nachdem sie die große, extrastarke Vanille-Latte mit fettarmer, nichtaufgeschäumter Milch und ohne Zucker für Hilde geholt hatte, begab sie sich in ihre Arbeitsnische des Großraumbüros und setzte ihre Ohrenstöpsel ein. Sekunden später ließ sie sich von der Musik aus ihrem iPod Shuffle berieseln, die das Geschwätz um sie herum verstummen ließ. Eine Suche im Internet ergab haufenweise Tipps zur Aufnahme von Selfies und führte sie in eine Welt, in der von Kamerawinkeln, Gesichtsausdrücken, Filter und Schneidetechniken die Rede war.

Nach einer Weile hegte sie die Hoffnung, genügend Informationen gesammelt zu haben und diese Tätigkeit bald abschließen zu können, und sie konzentrierte sich wieder verstärkt auf ihren iPod, der gerade den Beat eines der Songs von Ravinia's Rejects ertönen ließ. Sie lehnte sich zurück und wiegte ihren Kopf im Takt der Musik. Augenblicklich wurde sie wieder zurückversetzt in eine Zeit, die von Sorglosigkeit geprägt war und in der sie die ganze Nacht in Diskotheken zu Stücken wie diesen durchtanzen konnte, mit einem kühlen Getränk in der Hand und einem Gefühl der Glückseligkeit.

Das wohl bekannte Verlangen stieg wieder in ihr hoch. Auch wenn sie schon sehr lange clean war, so würde sie doch nie vergessen können, wie es sich anfühlte, high zu sein. Sie klammerte sich an der Lehne ihres Stuhls fest, bis das Verlangen schließlich wieder abklang. Gott sei Dank war heute Abend wieder ihre NA-Sitzung! Schon allein zu wissen, dass es sie gab, half ihr dabei, die Erinnerung an vergangene Tage wieder verblassen zu lassen und nach vorne zu schauen.

Während der Song langsam ausklang, legte sie ihre Finger wieder auf die Tastatur, aber anstatt weiter zu ihrem Artikel zu recherchieren, gab sie ‚Ravinia'sRejects' in die Suchzeile ein. Ganz oben in der Trefferliste fanden sich Artikel über den tragischen Tod des Leadgitarristen Tyler Bransford im letzten Monat. In den meisten Artikeln wurde darüber spekuliert, dass die Band auseinandergegangen war, aber es gingen auch Gerüchte um, dass sie neue Stücke veröffentlichen würden, die sie angeblich vor Tylers Tod aufgenommen hatten.

Sie blickte auf einen der Artikel, der zu berichten

wusste, dass Tylers Tod auf eine Überdosis Heroin zurückzuführen sei, was ein tiefes Seufzen des Bedauerns bei Becca hervorrief. Solch eine Verschwendung von Talent. Dieser Erkenntnis folgte ein Dankesgebet dafür, dass sie nicht das gleiche Schicksal erlitten hatte. Sie las weiter.

Im Artikel hieß es, dass Ethan Kelly, der Leadsänger, sich kurz nach Tys Tod in eine Entzugsklinik hatte einweisen lassen und seitdem nicht mehr gesichtet worden war. Sie blickte auf sein Bild, nahm seine langen, schwarzen Haare und seine sturmgrauen Augen zur Kenntnis und konnte sich dabei des Eindrucks nicht erwehren, dass er ihr bekannt vorkam. Zunächst kam ihr diese Idee lächerlich vor, denn schließlich war sie seit dem Debütalbum dieser Band ein Fan von ihr, doch je intensiver sie das Bild betrachtete, desto stärker wurde das Gefühl.

Sie klickte auf das Foto, um es zu vergrößern. Und mit einem Male wurde ihr ganz flau im Magen, und sie bekam eine Gänsehaut. Einige Klicks später hatte sie das Bild in ein Bearbeitungsprogramm kopiert und entfernte seine Haare. Ihr stockte der Atem, als sie den auf diese Weise veränderten Mann auf dem Bildschirm erblickte.

Mist!

Kein Wunder, dass Gary sie gebeten hatte, Ethans Beraterin zu sein.

Sie hatte es mit Ethan Kelly zu tun.

***

Becca eilte durch die überfüllten Straßen. Auch Stunden später verspürte sie immer noch die Schmetterlinge in ihrem Bauch. Zu wissen, dass sie die

Beraterin eines Mannes sein sollte, der Hilfe brauchte, war die eine Sache. Aber zu wissen, dass dieser Mann ein Rockidol war, den sie schon seit ihrer Jugend verehrte, gab der Sache eine ganz neue Dimension.

Bitte lass mich nicht wie einen kompletten Vollidioten aussehen, wenn ich in seiner Nähe bin.

Nicht, dass sie sich nicht schon mit Stars abgegeben hätte. Sie war in Gegenwart von Schauspielern, Designern, Models und Musikern großgeworden. Aber mit Ausnahme weniger Personen waren dies zumeist Freunde ihrer Eltern gewesen, und nicht ihre. Und auch in ihren wildesten Partynächten hatte sie eigentlich nie jemanden getroffen, den sie als Idol verehrte.

Krieg dich wieder ein, Becca! Du bist kein Teenager mehr. Abgesehen davon wird er vermutlich davonlaufen und rückfällig werden, wenn du jetzt auch noch anfängst, um ihn herumzuscharwenzeln wie ein aufgeregtes Huhn.

Dieser Gedanke brachte sie wieder in die Spur. Sie musste jetzt mehr denn je darauf aufpassen, was sie sagte und wie sie sich in seiner Gegenwart verhielt. Er war so verschlossen gewesen. Wenn er Wind davon bekäme, dass sie wusste, wer er war, wäre er verschwunden, noch bevor sie ihn aufhalten könnte. Und wenn er dann wie sein Bandkollege enden würde…

In ihren emotionalen Höhenflug mischte sich ein Schuldgefühl, das ihr die wirkliche Situation wieder nüchterner erscheinen ließ. Sie war selbst in der gleichen Situation gewesen. Sie wusste selbst, wie es war, wenn man der Presse entfliehen wollte, um wieder mit sich selbst ins Reine zu kommen. Und sie würde seine Entscheidung, das gleiche zu tun, unterstützen.

Instinktiv nahm sie den gleichen Takt des Eiltempos an, den ihre Mitbürger der Stadt New York anschlugen. Ihre Gedanken waren voll und ganz bei der Frage, wie sie Ethan das Vertrauen vermitteln konnte, dass sein Geheimnis bei ihr gut aufgehoben war, ohne dass sie dieses Thema anschneiden musste. Als sie zur Kirche gelangte, in der die Sitzungen abgehalten wurden, achtete sie gar nicht auf ihre Umgebung, sondern wollte geradewegs hineingehen.

„Hey, Bec", rief ein Mann von der Bordsteinkante aus.

Sie drehte sich um und sah Ethan, der noch auf seinem Motorrad saß, obwohl der Motor bereits abgestellt war. Er setzte seinen Helm ab und näherte sich ihr. „Ich habe auf dich gewartet."

„Wirklich?", stotterte sie, während es ihr gleichzeitig heiß und kalt den Rücken herunterlief. Sie presste die Knie zusammen, damit ihr nicht, wie bei so einem dummen Groupie, die Beine wegsackten. *Liebe Güte, Becca, komm wieder runter!*

Das Lächeln, das er ihr nun schenkte, trug nicht gerade dazu bei, das wilde Klopfen ihres Herzens zu mäßigen. Er hatte schon von Anfang an so wild und gefährlich auf sie gewirkt. Ein Mann mit Ecken und Kanten. Aber nun ließ er ausnahmsweise auch noch seinen Charme spielen und entblößte bei diesem seltenen Lächeln seine strahlend weißen Zähne, was das Kribbeln in ihrem Bauch nur noch dramatisch verstärkte. „Ich traue mich nicht, alleine da hineinzugehen."

„Ach so." Er zeigte Interesse an ihr lediglich in ihrer Funktion als Betreuerin, nicht mehr. Nachdem ihre Enttäuschung langsam abgeklungen war, erkannte sie, dass dies vermutlich auch ganz gut so war. Wenn sie sich stets vergegenwärtigte, wo ihre Grenzen waren, würde sie auch nicht in Versuchung kommen, sie zu übertreten.

Aber als sie dann wieder bemerkte, wie gut seine Jeans seinen Hintern betonten, verwandelte sich die verantwortungsbewusste Betreuerin erneut in eine von Begierde gesteuerte Frau. Selbst wenn er nicht der schlimme Junge aus dieser berühmten Rockband wäre, würde sie immer noch nur allzu gerne diese Jeans eigenhändig ausziehen. Aber solche Gedanken konnte sie sich nicht leisten. Wenn sie es geschafft hatte, ihre Heroinsucht zu besiegen, dann würde sie mit Sicherheit auch ihr Verlangen nach Ethan Kelly in Schach halten können.

„Netter Parkplatz", witzelte sie, in dem Versuch, oberflächlich zu bleiben.

„Schwein gehabt", antwortete er, ohne sich umzudrehen.

Da waren sie also wieder bei ihrer seichten Konversation angelangt. Vielleicht war es so am besten.

An diesem Abend war die Versammlung kürzer als üblich, weil Gary einen Redner mitgebracht hatte. Becca konnte ihm allerdings nur wenig Aufmerksamkeit schenken. Ethan erwies sich da als viel spannender. Sie hatte in ihrem Leben ja schon die verführerischsten Männer getroffen, zum Beispiel Aris Bruder Gabe, aber keiner von ihnen hatte sie je so nervös gemacht wie Ethan.

Sie setzte sich auf ihrem Stuhl etwas aufrechter hin und versuchte nun, sich wieder auf den Redner zu konzentrieren anstatt auf den Mann neben ihr. *Es ist ja nur deswegen, weil er ein Mensch ist, den du schon seit Jahren bewunderst, und außerdem hast du schon seit vier Monaten keinen Sex mehr gehabt. Nur eine zufällige Anhäufung ungünstiger Umstände inmitten einer Durststrecke. Nicht mehr.*

Dann beging sie den Fehler, ihn aus den Augenwinkeln heraus anzublicken. Er bemerkte es und warf ihr diesen ihr bereits bekannten, intensiven und zugleich grüblerischen Blick zu, durch den sich ihre Brustwarzen aufrichteten.

Aber verdammt nochmal, welch eine Fantasievorstellung wäre es, die Nacht mit ihm zu verbringen.

Mit einem entnervten Seufzen wandte sie sich ab und gab sich alle Mühe, ihn für den Rest der Sitzung zu ignorieren. Als Gary schließlich wieder auf das Podium stieg, um dem Redner zu danken, hatte sie Ethan fast vergessen.

Natürlich musste er ausgerechnet in diesem Augenblick aus dem Raum eilen.

Verdammt! Sie blickte Gary entschuldigend an und hastete Ethan hinterher.

Als sie ihn eingeholt hatte, saß er bereits auf seinem Motorrad und setzte sich gerade den Helm auf.

„Warum diese Eile?", fragte sie.

„Ich werde nicht mitbeten." Er drehte den Gashebel zu einem wütenden Heulen der Maschine auf, das die Angst, die in seiner Antwort mitschwang, bestätigte.

Damit konnte sie umgehen. Einen Großteil der Woche hatte sie damit zugebracht, eine Strategie zu entwickeln, um mit Ethans Wut umzugehen. Die Umsetzung ihres Plans kam ihr gerade recht, um ihre sexuellen Fantasien loszuwerden und wieder klar denken zu können. „Na gut."

Er ließ den Gashebel los und warf den Kopf auf die Seite. „Was? Keine Fragen? Kein Versuch, mir eine Begründung zu entlocken?"

Sie schüttelte den Kopf. Die letzte Woche hatte sie gelehrt, dass er ihr nur Informationen gab, wenn er selbst auch willens dazu war. Fragen machten alles nur noch schlimmer. Aber jetzt verstand sie auch, warum.

Er setzte sich auf sein Motorrad und zog fragend die Augenbrauen zusammen. Hatte sie ihn etwa aus der Fassung gebracht?

Eine halbe Minute unangenehmen Schweigens verging, bis sie schließlich zum nächsten Schritt in ihrem Plan überging. „Ich hole mir etwas Kaffee und Kuchen. Du kannst gerne mitkommen, wenn du willst."

Sie schickte sich an, in Richtung Gittas Café zu gehen, als eine behandschuhte Hand sie am Armgelenk packte.

„Ich könnte dich mitnehmen", bot er an. „Das heißt, wenn du keine Angst hast."

Sie kicherte. „Wie kommst du denn darauf?"

„Ich mag es gerne schnell." In seiner Herausforderung lag die Andeutung eines Flirtversuchs.

Becca lief ein wohliges Prickeln den Rücken herunter. „Ich auch."

„Beweise es!" Er kramte einen zweiten Helm hinter sich hervor und drückte ihn ihr in die Hände.

Sie biss sich auf die Unterlippe und strich mit ihren Händen über das glatte Fiberglass. Würde sie sich zusammenreißen können, während sie durch die Straßen von Manhattan fuhren, sie ihre Arme um seine Hüften geschlungen hielt und ihre Oberschenkel sich an seine drückten? Das würde wahrlich das ultimative Vorspiel werden, auch wenn es nur eine kurze Fahrt war.

Aber wenn sie ihn überdies dazu bringen könnte, sie in das Café zu begleiten, dann konnte sie vielleicht auch Fortschritte bei seiner Wiedergenesung erzielen. Sie streifte sich den Helm über. „Abgemacht."

Eine Minute später hatte sie ihre Kuriertasche sicher über ihrer Brust befestigt und kletterte hinter ihm auf den Sitz. Auch durch die dicke Lederjacke konnte sie seine festen, harten Muskeln spüren.

„Halt dich fest!", rief er, um unmittelbar darauf loszufahren und sich in den fließenden Verkehr einzufädeln.

Die Geschwindigkeit rief ein lange unterdrücktes Glücksgefühl in ihr hervor, das sie vor Jahren begraben hatte, als sie beschlossen hatte, ihren wilden Lebensstil aufzugeben. Sie widerstand dem Drang, ihre Arme in die Luft zu werfen und ihre Freude laut herauszuschreien. Stattdessen hielt sie ihre Arme fest um seine Hüften geschlungen und drehte ihren Oberkörper mal nach links, mal nach rechts, während sie sich durch den Verkehr schlängelten. Die kühle Herbstluft drang ihr durch die Bekleidung, wenn er die Fahrt beschleunigte, und dann schmiegte sie sich noch dichter an ihn und sog den warmen Duft von Deodorant und Leder ein. Die Fahrt endete für ihr Empfinden viel zu früh, aber auch diese wenigen, kostbaren Augenblicke lang hatte sie die Freiheit genossen, die er ihr geboten hatte.

***

Zwischen Ethans Beinen pulsierte es heftig, als er das Motorrad in eine Parklücke in der Nähe des Cafés lenkte. Was zum Teufel hatte er sich nur dabei gedacht, Becca zu einer Fahrt einzuladen? Es war ja schon schlimm genug, dass sie ihn jede Nacht, wenn er im Bett lag, in seinen Träumen verfolgte. Aber zu spüren, wie sie seinen Körper fest an seinen presste, die furchtlose Art zu erleben, mit der sie seine Herausforderung angenommen hatte und mit ihm gefahren war, ihre aufgeregten, spitzen Schreie zu hören, die sie in jeder Kurve ausstieß - das alles machte ihn geiler als einen Schuljungen, der sich zum ersten Mal einen Porno ansieht.

Sie stieg vom Motorrad und setzte den Helm ab. Die Fahrt hatte ihr Haar zerzaust, so dass sie jetzt auch noch richtig verrucht aussah, was sie noch begehrenswerter für ihn machte, und das manifestierte sich in einer deutlichen körperlichen Erregung in seinem Schwanz.

„Das hat Spaß gemacht", sagte sie grinsend und gab ihm den Ersatzhelm zurück, „aber nächstes Mal werde ich fahren, und du wirst der Sozius sein."

„Den Teufel wirst du tun." Er verstaute den Helm wieder, dankbar dafür, dass ihn dies einige Sekunden lang ablenkte, in denen der Druck in seinem Schritt sich abbauen konnte. Als er fertig war, konnte er endlich gefahrlos von seinem Motorrad absteigen.

Als er das Café betrat, fand er Becca vor den Auslagen der Desserts stehend vor, und ihr lief sichtlich das Wasser im Munde zusammen. „Eins leckerer als das andere", murmelte sie.

„Aber wie ich sehe, gibt es heute Abend keine Sachertorte."

„Das macht nichts. Es gibt immer noch genügend Auswahl." Sie deutete auf ein Tablett, das mit kleinen, pinkfarbenen und karreeförmigen Kuchen gefüllt war.

„*Punschkrapfen.*" Dann wandte sie sich einem Kirschstrudel zu. „*Weichselstrudel.*"

Ihre offensichtliche Liebe zu Desserts hob seine Stimmung, die während der Versammlung doch recht düster gewesen war, deutlich an, so dass er sich nun sogar dabei ertappte, laut auflachen zu müssen. „Warum habe ich nur den Eindruck, dass ich nach dem Verzehr jeder einzelnen dieser Sachen G*esundheit* sagen müsste?"

Sie stieß ihn mit dem Ellbogen und lächelte ihn schelmisch an, bevor sie ihre Aufmerksamkeit wieder voll und ganz den Dessert-Auslagen widmete. „Ich glaube, ich werde heute Abend die *Dobostorte* nehmen."

„Sehr gut", sagte Gitta hinter dem Tresen. „Und darf's auch etwas für Sie sein?"

„Nur ein Kaffee."

Er folgte Becca zu einem Ecktisch, der vom größten Teil des Cafés nicht einzusehen war, und bemerkte, wie sie den Hals reckte, um den restlichen Teil des Lokals hinter ihnen zu überprüfen. „Hat man dich aufgespürt?", scherzte er.

„Nein, ich habe mir mehr Gedanken um di..." Sie brach abrupt ab, aber nicht früh genug, als dass er das letzte Wort nicht hätte erkennen können.

Sein Nacken versteifte sich. „Und warum machst du dir Gedanken um mich?"

Sie biss sich auf die Lippe und fuhr sich nervös mit den Fingern durchs Haar, ohne ihn anzusehen. „Du scheinst dir ziemlich viel Sorgen um die Wahrung deiner Privatsphäre zu machen, das ist alles. Und ich möchte sicher sein, dass du eine Tasse Kaffee trinken kannst, ohne gestört zu werden."

Seine Anspannung weitete sich körperlich immer mehr aus und wanderte bis in seine Magengrube. „Gibt es da etwas, was ich wissen sollte?"

Es war plötzlich etwas Anklagendes in seiner Stimme; falls jemand ihr gesagt haben sollte, wer er war, würde er abrechnen mit diesem NA-Scheiß.

Endlich sah sie ihn, mit ihren arglosen, blau-grünen Augen an und schüttelte den Kopf. „Du weißt, wer ich bin, und du weißt, wie sehr ich darauf bedacht bin, meine Privatsphäre zu schützen. Ich möchte nur, dass du das gleiche auch mit deiner machst."

Allmählich beruhigte sich sein Magen wieder, aber gänzlich entspannen konnte er sich noch nicht. Irgendetwas hatte sich seit letzter Woche geändert, und einen Moment lang war er versucht, sie zu fragen, ob sie erneut zu ihm auf das Motorrad steigen würde, zu einer Fahrt so lange, bis die Sonne wieder aufging. Auch wenn ihm das wahrscheinlich einen gehörigen Hormonstau verursachen würde, so würde er es doch angesichts dessen, wie es zwischen ihnen knisterte, zu gerne riskieren.

Gitta brachte die Bestellungen an ihren Tisch, woraufhin Becca augenblicklich über ihren Kuchen herfiel. „Warum hast du dir nichts zu essen bestellt?"

„Ich bin nicht solch ein süßer Kerl."

„Das war mir klar, aber ich hatte gedacht, dass du für einen Sauerkirschstrudel zu haben seist."

„Sauerkirsche?"

„Mm-hmm", sagte sie, bevor sie einen Mundvoll Kuchen hinunterschluckte. „Du scheinst eher der saure Typ zu sein."

Nun scherzten sie also wieder miteinander. „Bin ich das? Du hingegen bist definitiv versessen auf das Süße."

„Darauf könnte ich meinen Arsch verwetten."

Er beugte sich vor, um ihre Oberschenkel zu bewundern, und verfolgte genau, wie sie in einen gut geformten Po übergingen, der es wahrlich wert wäre, einmal richtig angefasst zu werden. „Soweit ich das beurteilen kann, wäre dieser Wetteinsatz sehr lohnenswert."

Sie verschluckte sich an ihrer mit Schlagsahne bedeckten heißen Schokolade. Ihr Gesicht wurde rot, während sie versuchte, wieder zu Atem zu kommen. „Flirtest du etwa mit mir?"

„Stört dich das?"

Sie gab keine Antwort, aber bevor sie ihren Mund mit ihrem Becher verbarg, konnte er doch den Anflug eines Lächelns bei ihr erkennen. „Wie war deine Woche?"

„Schlimm." Er erwartete, dass sie ihn bitten würde, die Antwort näher zu erläutern, oder dass sie versuchen würde, aus ihm herauszukitzeln, inwiefern sie schlimm gewesen war, aber sie sah ihn lediglich, mit hochgezogenen Augenbrauen, fragenden Blickes an, ohne ein Wort zu sagen.

Nach fast einer Minute des Schweigens, wurde die Hitze, die sich auf seinem Rücken bildete, langsam unerträglich, so dass er unruhig auf seinem Sitz hin und her rutschte. Er wandte sich ab, bevor sie bemerkte, wie unwohl er sich angesichts einer solch einfachen Frage fühlte.

Schlimm beschrieb natürlich nur annähernd den Verlauf seiner Woche. Der Kampf, die richtige Musik zu finden, ohne der Versuchung zu erliegen, sich seiner gefährlichen Muse zu bedienen, und dann auch noch die ständigen Anrufe seiner Mutter und seines älteren Bruders Adam - er hatte geradezu spüren können, wie die mühsam errichtete, noch zerbrechliche Mauer der Nüchternheit Risse erhielt. Er konnte nicht einschlafen, und wenn doch einmal, wachte er schon bald wieder in kaltem Schweiß gebadet auf und wünschte sich angenehme Träume. Doch stattdessen sah er nur wieder und immer wieder seinen besten Freund vor sich, wie er mit weit aufgerissenen Augen und der Spritze immer noch in seinem Arm dalag, und wünschte sich nichts sehnlicher, als sich selbst wieder eine Spritze zu setzen, damit diese nur allzu bildliche Erinnerung endlich verschwand.

Er fuhr sich mit der Hand über das Tattoo an seinem linken Arm und wiederholte: „Schlimm."

„Du bist jetzt fast bei einem Monat angelangt, stimmt's?" Er nickte. „Clean zu bleiben ist wie ein guter Vorsatz für das neue Jahr", fuhr sie fort. „Einige Leute schaffen es, aber die meisten beginnen nach etwa einem Monat damit, wieder in ihre alten Verhaltensmuster zurückzufallen. Man macht eine Supergrippe durch und schwört sich, das Zeug, das einen so fertigmacht, nie wieder anzupacken. Nach diesem Gelöbnis und dem Gefühl der Stärke, das man hat, weil man den Entschluss gefasst hat, clean zu werden, fühlt man sich wie ein neuer Mensch. Aber dann holt einen der Alltagsdruck nach und nach wieder ein, und der gute Vorsatz gerät ins Wanken. Die Leere, die man einst mit Heroin ausgefüllt hat, wird größer und größer, bis sie schließlich übermächtig wird. Und etwa nach einem Monat steht man vor der

Alternative, nachzugeben und high zu werden oder etwas anderes zu finden, das die Leere ausfüllt."

Wie verdammt Recht sie doch damit hatte.

„Wir alle haben damit begonnen, diese Leere auszufüllen, und bei jedem sieht das anders aus. Aber wenn du dich erst einmal dazu entschlossen hast, kannst du Möglichkeiten ausprobieren, wie du persönlich sie ausfüllen kannst, ohne high zu werden."

„Ich bezweifle, dass Süßkram bei mir funktioniert."

Sie lächelte sanft und überspielte damit den pessimistischen Grundtenor seiner Worte. „Das tut er bei mir auch nicht."

„Was denn dann?"

Sie setzte den Becher ab und starrte auf ihren Teller. Wie schon vorige Woche wandte sie die gleiche, unablässige Kombination aus Stochern, Manschen und Kratzen des Kuchens mit ihrer Gabel an. „Für mich ging es darum, einen Sinn für mein Leben zu finden. Ich wollte mehr als nur eine verwöhnte, einfältige Erbin sein."

„Und bist du das jetzt?"

„Kommt drauf an." Sie blickte ihn über den Tisch hinweg an, und die unausgesprochene Bitte in ihren Augen appellierte stärker an ihn als jedes Wort, das sie zuvor gesprochen hatte.

Am liebsten wäre er vom Tisch aufgestanden und fortgestürmt, aber auf der anderen Seite war es auch tröstlich für ihn zu wissen, dass sie wusste, was er durchgemacht hatte. Niemand sonst wusste das. Seine Freunde nicht. Seine Familie nicht. Seine Agenten oder Produzenten nicht. Die einzige Person, an die er sich gewandt hatte, war die Assistentin seines jüngeren

Bruders, Sarah, gewesen, und das auch nur, weil sie die besten Orte für Entziehungskuren kannte.

Aber Becca wusste es. Sie hatte all dies bereits durchgemacht und schien irgendwie den Kopf aus der Schlinge gezogen zu haben.

Im Gegensatz zu ihm.

Dicke Schweißperlen rannen seitlich an seinem Gesicht herunter, und mit gesenktem Blick lehnte er sich nach vorne. „Wo soll ich anfangen?"

„Am Anfang."

Ein bitteres Lachen entrang sich seiner Kehle. „Ich fing an, Drogen zu nehmen, weil mein bester Freund es auch tat, und ich habe ihn immer bewundert."

Er hatte erwartet, dass sie ihn einen Mitläufer nennen würde, aber stattdessen sagte sie mit erstickter Stimme: „Und hat er dich auch dazu angeregt, wieder clean zu werden?"

„Ja." Ty tot aufzufinden, war sicherlich die grausamste Form eines Weckrufs, die er je erlebt hatte.

Er schielte sie an, um ihre Reaktion zu sehen, und bemerkte die gleiche, geduldige Bitte fortzufahren.

Man sagt, dass ein Geständnis gut für die Seele ist….

Er atmete tief ein und öffnete ihr seine. „Ich war immer eher ein Amateur, wurde mal hier, mal dort high, wie sich die Gelegenheit ergab und wie ich es brauchte. Mein bester Freund hingegen war eher der Typ XXL-Konsument, verschnitt seine tägliche Dosis Heroin mit anderem Zeug, um auf unterschiedliche Weise Rauschzustände zu erleben. Manchmal rauchte er es einfach nur mit Marihuana. Manchmal nahm er härteres Zeug wie Crack oder PCP. Alles, was eben gerade zur

Verfügung stand. Aber auch die letzten Wochen seines Lebens hat er noch immer funktioniert. Er kam regelmäßig zur Arbeit, und auch nicht ein einziges Mal hat er mich in irgendeiner Form sitzenlassen."

Mit belegter Stimme fügte er hinzu: „Das heißt, bis zu dem Morgen, als er nicht erschien."

Schweigende Frauen war er nicht gewohnt, und die Tatsache, dass Becca nichts entgegnete, brachte ihn ganz durcheinander. Keine Fragen. Keine Laute der Zustimmung oder Kritik. Keine Bewegung hin zu ihm oder weg von ihm. Er konnte nicht erkennen, wie sie seine Geschichte aufnahm, zumal er nicht bereit war, vom Tisch aufzublicken und ihr ins Gesicht zu sehen. Die Frustration baute sich solange in ihm auf, bis sie sich schließlich in einem heftigen Schlag mit der Faust auf den Tisch entlud.

„Ich war so verdammt wütend auf ihn", gestand er ein. „Er hatte sein Leben weggeworfen. Das Talent zerstört, das ihm in die Wiege gelegt worden war. Alles zerstört, wofür er so hart gearbeitet hatte. Anfangs verspürte ich nur ohnmächtige Wut. Dann setzte der Schmerz ein, so als hätte er einen Teil von mir mitgenommen. Und lieber Gott, es hat verdammt wehgetan."

Er presste seine Hand mitten auf seine Brust, wo die Leere immer noch zu spüren war. „Als ich diesen Schmerz, diese Wut, dieses Gefühl der Verlassenheit spürte…"

Er schüttelte heftig den Kopf, so als könne er damit die dunklen Gedanken in seinem Kopf vertreiben. Seine Mutter und Brüder, die ebenfalls sehr unter dieser Situation zu leiden hatten, kamen ihm erneut, wie auch schon in den Tagen nach Tys Tod, in den Sinn. „Ich wollte nie, dass irgendjemand, an dem mir gelegen ist, das durchmachen muss."

„Du hast also einen Grund gefunden, um clean zu bleiben", sagte sie schließlich.

Es war eher eine Feststellung als eine Frage, aber er nickte.

„Dann halte daran fest!" Sie holte einige Geldscheine aus ihrer Handtasche und erhob sich dann.

Er fasste nach ihr, um sie vom Gehen abzuhalten. Und in derselben Sekunde, in der sich ihre Hände berührten, änderte sich etwas zwischen ihnen. Oder vielleicht war es auch nur bei ihm der Fall. Mit all seiner Kraft hatte er versucht, sie abzuweisen, aber jetzt, da sie sich zum Gehen anschickte, wollte er, dass sie blieb. Als er sie ansah, bemerkte er, wie zarte Anzeichen der Überraschung sich in ihren Gesichtszügen abzeichneten, angefangen von den großen Augen, die sie machte, bis hin zum offen stehenden Mund.

Ohne einen Blick von ihm zu lassen, sank sie auf ihren Stuhl zurück.

Aber mehr noch, sie versuchte nicht, sich seiner Hand zu entziehen.

Er war noch nicht bereit, sich einzugestehen, dass er sie oder irgendjemanden sonst brauchte, aber irgendwie hatte sein Geständnis, dass sich im letzten Monat so immens viel bei ihm angestaut hatte, doch seine Schuldgefühle, die ihn zu erdrücken gedroht hatten, gemildert. Allein schon das Wissen, dass jemand, der all das bereits kannte, bereit war zuzuhören, ohne ihn einen Schwächling oder Dummkopf zu nennen oder ihn als hoffnungslosen Fall abzutun, vermittelte ihm den Eindruck, dass es einen Silberstreif am Horizont gab. Und das wiederum gab ihm die Hoffnung, dass er es schaffen könne.

Und doch gelang es ihm nicht, ein Wort des Dankes über seine Lippen zu bringen. Stattdessen war das einzige, das er stammeln konnte: „Ich kann zahlen."

Ihre Mundwinkel hoben sich zu einem Lächeln, das weder Mitleid noch Enttäuschung offenbarte. Wenn überhaupt, schien es ein Stück Stolz auszudrücken. „Du hast doch schon letzte Woche gezahlt."

Sie löste ihre Hand aus seiner und ging zur Kasse.

Ethan stürzte den Rest seines Kaffees herunter und versuchte, seine Gedanken zu sammeln. Vielleicht war es besser so, wenn sie den Abend auf diese Weise beendete. Wer weiß, welche Worte ihm sonst noch entfahren würden, wenn sie ihm erlaubte weiterzumachen. So wie die Dinge derzeit standen, würde er vermutlich zu viel über sich preisgeben. Sie würde nicht lange brauchen, um zwei und zwei zusammenzuzählen und herauszufinden, wer er war.

Doch seltsamerweise hatte er gar kein Problem mehr damit. Schließlich war sie Becca Shore. Auch wenn sie inzwischen nur noch entfernte Ähnlichkeit mit der Person hatte, die sie noch vor einigen Jahren gewesen war, wusste sie wahrscheinlich immer noch, wie wichtig Privatsphäre bei dem Versuch, clean zu bleiben, ist.

Er griff nach seinem Helm und folgte ihr nach draußen. Als sie ihre Jacke anzog, um sich vor der kühlen Herbstluft zu schützen, trug der Luftzug den Duft ihres Parfums zu ihm herüber. Er rief die Erinnerung in ihm zurück, wie perfekt sich ihr Körper bei ihrer gemeinsamen Fahrt auf dem Motorrad an seinen angeschmiegt hatte, und ein bisher selten gekanntes körperliches Gefühl seiner Sehnsucht nach ihr, das sich in einem warmen Schauder durch seine Blutbahnen manifestierte, packte ihn. „Kann ich dich nach Hause bringen?", fragte er.

Sie biss sich auf die Unterlippe, und ihre Pupillen weiteten sich einen Moment unter dem Licht der Straßenlaternen. Ihr Blick wanderte abwechselnd zum Motorrad und dann wieder zu ihm zurück. Unter sichtlicher körperlicher Anspannung atmete sie tief ein. Als sie den Atem schließlich wieder ausstieß, sackten ihre Schultern förmlich zusammen. Sie trat einen Schritt zurück und schüttelte den Kopf. „Vielen Dank, aber das muss ich ablehnen. Die U-Bahn-Station ist ja auch gleich dort drüben."

Ihre Ablehnung machte augenblicklich Schluss mit seinen Hitzewallungen. „Das hätte ich wohl nicht anbieten sollen. Die Anonymität und all das."

„Nein, nicht deswegen." Verlegen spielte sie mit ihren Händen an den Schulterriemen ihrer Tasche, während sie beharrlich zu Boden blickte. „So gern ich es tun würde, ich weiß, dass ich es besser nicht tun sollte."

„Was willst du damit sagen?"

Als sie endlich ihren Blick doch vom Bürgersteig löste und ihn anblickte, bemerkte er, dass die Anziehungskraft keineswegs nur einseitig war. Dennoch hielt sie daran fest, einen Rückzieher zu machen. „Sehe ich dich nächste Woche?"

Sein Stolz schwand dahin. Vielleicht erregte er sie, aber nicht so sehr, dass sie vergessen konnte, dass er ein Junkie auf Entziehungskur war. Gott sei Dank hielt sein verwundeter Stolz ihn aber davon ab, ihr zu offenbaren, wie sehr er wirklich in Trümmern lag. Er richtete sich auf und setzte sich auf das Motorrad. „Vielleicht."

„Vielleicht?"

Er weigerte sich, ihr zu zeigen, zu welchem Weichei er sich inzwischen selbst degradierte, nur um in ihrer Gesellschaft zu sein. „Vielleicht."

Becca schob ihre Unterlippe vor, zu einem Schmollmund, der geradezu danach schrie, zwischen die Zähne genommen zu werden. Aber dieser Gesichtsausdruck war kein billiger Trick, an sein Schuldgefühl zu appellieren, nur damit er ja sagte. Die tiefen Stirnfalten über ihrer Nase drückten echte Bestürzung aus.

Gut so. Lass sie ruhig im Zweifel!

Aber als sie sich umdrehte und sich zum Gehen in die andere Richtung anschickte, wurde ihm mit einem Male doch ganz anders ums Herz. Seine Zuversicht schmolz dahin wie Eis in der Sonne. Es war, als fiele er in ein tiefes Loch, in dem ihn der Treibsand immer weiter hinunterzog, je mehr er sich freizukämpfen versuchte. Und mit ihm sank die brüchige Hoffnung, die er erst kürzlich entdeckt hatte. Verzweifelt rang er nach Atem, während seine Hand langsam vom Gashebel abrutschte. Sie ließ ihn allein mit seinen inneren Dämonen. Es war, als rase er auf einen Tunnel zu, in dem es auf der anderen Seite keinen Ausgang gab.

In seiner Verzweiflung rief er laut ihren Namen aus.

Sie drehte sich um, zu seiner Überraschung aus einer Entfernung von nur wenigen Schritten und nicht von

Kilometern, wie er es in seiner von Panik verzerrten Wahrnehmung befürchtet hatte. „Ja?", fragte sie und hob als Ausdruck ihrer Besorgnis die Stimme an.

Sein Herz hämmerte so wild, dass seine Finger davon zitterten, aber die beklemmende Enge in seiner Brust schnürte ihm nun nicht mehr so fest die Kehle zu, sodass er einen tiefen Seufzer der Erleichterung ausstoßen konnte. Becca war da, wenn er sie rief, genau so, wie sie es gesagt hatte. „Hört das jemals auf?"

Er brauchte nicht weiter auszuführen, was er damit meinte. Ihre Augen füllten sich mit dem Ausdruck von Bedauern. „Nein, aber es lässt mit der Zeit nach."

„Aber gibt es kein Heilmittel dafür? Keine Chance, es ein für alle Mal loszuwerden?"

Sie schüttelte den Kopf. „Aber denke daran, was ich dir zum Thema Leere ausfüllen gesagt habe."

„Aber wenn es nur diese Leere gibt und sonst nichts?"

Die Geräusche der Absätze auf dem Beton verrieten, dass sie näher kam, anstatt sich zu entfernen. Er spürte, wie sich ihre Finger auf seine Wange legten und ihn zwangen, zu ihr aufzublicken. „Glaubst du das wirklich?"

Wieder kamen die Zweifel in ihm auf und flüsterten ihm ein, dass er ohne inspirierende Kraft nichts sei. „Glaubst du es?"

„Nein", sagte sie mit gedämpfter Stimme.

Er sehnte sich danach, ihre Hand an seine Wange zu legen und seinen Kopf gegen ihre Brust zu drücken, um all den Trost, den sie ihm bieten konnte, tief in sich aufzusaugen. Aber sein Stolz ließ es nicht zu, zu offenbaren, wie trostlos es in seinem Herzen aussah. Sie schob seinen Kopf in die andere Richtung und stülpte ihm den Helm über.

„Ethan, als ich sagte, dass du mich anrufen könnest, wenn du jemanden zum Reden brauchst, meinte ich es auch so. Lass deine Zweifel und deine Verzweiflung nicht die Oberhand gewinnen! Es wird nachlassen, und ich werde dir helfen, wo ich nur kann."

Doch erst als er die Maschine hatte aufheulen lassen und davongefahren war, erkannte sie, dass er sich in erster Linie selbst helfen musste.

Kapitel Vier

Ethan legte seine Finger auf die vertrauten Tasten seines Klaviers und beschwor sie, eine Melodie zu ersinnen. Schon von klein auf hatte er in der Musik stets Trost gefunden. Immer wenn er frustriert von der Schule gewesen oder von seinen Brüdern aufgezogen worden war, brauchte er sich nur an das Klavier seiner Mutter zu setzen, um mit den schweren und träumerischen Sonaten Beethovens oder den hellen, kräftigen Klängen Gershwins seine Angst zu bekämpfen. Als er älter wurde, tauschte er die klassische Musik gegen eigene Kompositionen und entdeckte neben dem Klavier nun auch die Gitarre. Ganz egal bei welchem Stück, stets fand er seinen Seelenfrieden, wenn er es spielte.

Aber das war eine Zeit gewesen, bevor die Musik zu einem zweischneidigen Schwert wurde. Konnte er einst das spielen, was ihn glücklich machte, so war es später das, was das Musiklabel auf den Markt bringen konnte. Es war eine Zeit gewesen, in der er noch nicht unter dem Druck stand, ständig neue Stücke schreiben zu müssen, für die die Menschen gern bezahlen wollten. Einst spielte er für seine Seele, später für sein Bankkonto.

Er schlug mit der Faust auf die Tasten und erzeugte damit einen Missklang, bevor er aufstand. Es war elf Uhr abends, eine Zeit, zu der die meisten Menschen zu Bett gingen. Aber für Ethan war an Schlaf nicht zu denken. Zu viel nervöse Energie strömte durch seine Blutbahnen, die ihm mehr oder weniger den Schlaf der letzten drei Nächte geraubt hatte. Die Saat des Zweifels, die gesät worden war, als er Becca gestern Abend verlassen hatte, war inzwischen zu einem finsteren Dschungel angewachsen, der ihn ganz und gar zu verschlingen drohte.

Mit fest an die Schläfen gepressten Handflächen lief er auf und ab. „Finde etwas, mit dem du die Leere füllen kannst! Finde etwas, mit dem du die Leere füllen kannst!"

Einst war das die Musik gewesen, aber sie war vom Heroin vergiftet worden. Er hatte in den letzten drei Jahren kein Stück mehr geschrieben, ohne dabei high gewesen zu sein. So sehr er sich auch bemühte, wieder zu den Anfängen zurückzukehren, das Verlangen nach einem Schuss erwies sich als stärker.

Die einzige Möglichkeit, die ihm geblieben war, seinen Seelenfrieden wiederzufinden, bestand darin, sich der zerstörerischen Muse, der gefährlichen inspirierenden Kraft hinzugeben.

Ein frustriertes Knurren entfuhr ihm, und wütend schlug er mit seiner Faust gegen die Steinmauer. Wenigstens konnte der Schmerz in seiner Hand vorübergehend den in seinem Herzen lindern. Jetzt verstand er, warum Ty nie seine Sucht hatte bekämpfen wollen, warum sein bester Freund niemals clean und nüchtern hatte werden wollen. Wenn er high gewesen war, hatte es nur die Musik um ihn herum gegeben. Die Musik war ein Balsam für seine Seele gewesen. Wenn er high gewesen war, hatte er alle Zweifel ausblenden können. Wenn er high gewesen war, war alles um ihn herum in selige Vergessenheit geraten, so sehr, dass er sogar vergessen hatte, wie kurz davor er war, alles zu verlieren.

„Finde etwas, mit dem du die Leere füllen kannst!", wiederholte er.

Er zog Beccas Nummer aus seiner Brieftasche. Seine Hand zitterte, als er die Ziffern betrachtete. Er brauchte sie nur anzurufen, ihr dabei zuzuhören, wie sie sagte, dass er es schaffen könne. Sein Herz klopfte wie wild, als er sich fragte, was er ihr überhaupt sagen sollte. Dass er dabei war, durchzudrehen? Dass er ein Schwächling war, ein Versager?

Ich bin noch nicht bereit dafür. Ich kann das nicht.

Er knüllte den Zettel zusammen und warf ihn in den Papierkorb, der bereits mit den zerrissenen Notenblättern voll halbherziger Kompositionen der letzten drei Tage gefüllt war.

Wenn er nicht selbst imstande war, Musik zu spielen, könnte er vielleicht Trost darin finden, jemand anderem beim Spielen zuzuhören.

Er schnappte sich sein Motorrad und machte sich auf den Weg nach unten.

***

Das Tin Lily hatte sich in den letzten fünf Jahren kaum verändert. Die Kneipe bot aufstrebenden Rockbands die Möglichkeit, erste Bühnenerfahrungen zu sammeln, und sofort, als Ethan das Lokal betrat, verspürte er wieder dieses Kribbeln in seinem Bauch, das er auch gehabt hatte, als es Ravinia's Rejects zum ersten Mal erlaubt worden war, die Bühne zu betreten. Die Kneipe im New Yorker Stadtteil East Village war laut und überfüllt; die Besucher waren berühmt dafür, leidenschaftlich mitzutanzen, wenn die Musik gut war, oder die Bandmitglieder gnadenlos von der Bühne zu buhen, wenn deren Musik schlecht war.

Als Ethan zum allerersten Mal vor das Mikrofon getreten war, war er sich nicht sicher gewesen, wie die musikalischen Gehversuche der Band ankommen würden, aber Ty hatte nur rotzfrech gegrinst und ihm zugezwinkert, bevor er die Anfangsklänge des Stückes angestimmt hatte. Mit der Kraft ihrer Musik und dem Selbstvertrauen, das Ty ihm eingeimpft hatte, war es ihm möglich gewesen, seinen Mund aufzumachen und die Vorstellung seines Lebens hinzulegen. Zwei Monate später war genau dieser Song ganz oben in den Rockcharts und Ravinia's Rejects in aller Munde gewesen.

An diesem Abend allerdings war die Stimmung bei weitem nicht so ausgelassen. Eine kleine Gruppe hingebungsvoller Rocker wippte mit den Köpfen im Takt der Musik, aber Ethan gefiel das von einer Achtzigerjahre-Coverband vorgetragene Stück nicht besonders. Er bestellte sich an der Theke eine Flasche Wasser und hoffte, dass der nächste Song anregender sein würde.

Aber statt sich der Musik hinzugeben, geriet er in eine Stimmung, in der er sie nach Strich und Faden verriss. Eine ausgelassene Note. Ein falscher Akkord. Ein Augenblick fehlender Harmonie zwischen den Bandmitgliedern. Und mehr als ein Dutzend Mal sang der Leadsänger falsch. Kein Wunder, dass diese Coverband nur an einem Mittwoch spät abends spielen durfte.

Er trank sein Wasser aus und wollte gerade gehen, als

ein vierschrötiger Riese ihm den Weg nach draußen versperrte. Herausfordernd knackte dieser mit seinen Fingerknöcheln und sagte: „Da möchte jemand mit dir sprechen."

Dutzende Flüche gingen Ethan durch den Kopf, während der muskelbepackte Hüne ihn nach oben auf den Balkon führte, wo ein einzelner Mann am Geländer lehnte. Ein Scheinwerfer strahlte direkt auf sein Gesicht. Ethan hielt abrupt an, als er den Mann erkannte.

Verdammt!

Einen ungünstigeren Augenblick als diesen, um Ace zu treffen, konnte es wohl kaum geben!

Mit einem breiten Grinsen auf seinem braunen Gesicht näherte der Mann sich ihnen. „Ethan Kelly, dachte ich's mir doch, dass du es bist. Mit deiner Jacke erkennt man dich ja überall." Ace zog ihn an seine Brust. „Lange nicht gesehen, Bruder."

„Hallo, Ace", murmelte Ethan aus reiner Höflichkeit.

Immer noch grinsend, entließ Ace seinen Gefolgsmann. „Was führt dich denn heute Abend hierher?"

Vor noch nicht allzulanger Zeit hätte er diese Frage mit der Gegenfrage beantwortet, was der Dealer ihm anbieten könne. Ace war ein Produkt des Schmelztiegel der Bronx – afrikanische Einflüsse mischten sich mit dominikanischen und auch sonstigen ethnischen Wurzeln. Seine weltweit vorhandenen Beziehungen bedeuteten, dass er den besten Stoffen von ganz Manhattan hatte, und seinen Reichtum hatte er dem Umstand zu verdanken, dass er die Reichen und Berühmten belieferte.

Ethan war bestrebt, seine Aufmerksamkeit auf die

Bühne gerichtet zu halten. „Ich wollte nur etwas Musik hören."

„Diesbezüglich hast du es heute Abend ungünstig getroffen, aber es ist günstig, dass du mich antriffst. Ich habe gerade eine Ladung fabelhaften braunen Zucker erhalten."

Auf Ethans Nacken bildeten sich dicke Schweißperlen. Früher wäre er gern auf Aces Angebot eingegangen, hätte den Stoff mit in sein Hotelzimmer genommen und die Realität für einige Stunden ausgeblendet. Aber nicht heute Abend. Er klammerte sich mit aller Gewalt an das Geländer, um das Verlangen zu unterdrücken. „Tut mir leid, Ace, aber ich brauche das nicht mehr."

Einen Moment lang blickte der Dealer schockiert drein, bevor er in ein nervöses Lachen ausbrach. „Ja, ich habe von der Sache mit Ty gehört. Schlimm, dass er von uns gegangen ist, Mann."

Ja, ich wette, dass es dir leid tut. Ty war einer seiner besten Kunden gewesen.

„Dann verstehst du sicherlich, warum ich an deinen Waren nicht mehr interessiert bin." Ethan stieß sich vom Geländer ab.

„Warte mal, Bruder." Ace warf einen Arm um Ethans Schulter und zog ihn, mit der anderen Hand in seiner Hosentasche, ein Stück tiefer in den Schatten des Balkons. „Lass uns darüber reden."

Ethan bekam es allmählich mit der Angst zu tun, die kalt seinen Rücken herunterlief. Obwohl Ace sich nach außen freundlich und jovial gab, war er ein Mann, bei dessen Anblick man besser die Straßenseite wechseln sollte. Sollte er auch nur den geringsten Zweifel haben, dass Ethan ihn nicht verpfeifen würde, würde er sich wohl gar nicht erst die Mühe machen, ihn zu warnen, die Klappe zu halten. Er würde persönlich sicherstellen, dass Ethan niemandem mehr auch nur ein einziges Wort erzählen könnte.

Aber anstatt eine Pistole oder ein Messer herauszuziehen, förderte er ein kleines Plastiktütchen mit drei Pergamentumschlägen darin zutage.

Ethans Puls raste. Sein Verstand warnte ihn, dass er nun gehen müsse, bevor er der Versuchung nachgab, aber er war wie hypnotisiert vom Anblick dieser perfekt portionierten Dosen Heroin.

„Hör zu, Mann, normalerweise mache ich so etwas nicht, aber du und Ty, ihr wart solch gute Kunden, dass dies hier aufs Haus geht. Und das ist auch noch verdammt gutes Zeug. Dieser Stoff ist so rein, dass du ihn dir durch die Nase ziehen kannst, aber wenn du ihn dir lieber fixen willst…." Ace rollte die Augen nach oben und machte ein ‚Ach-wie-lecker'-Geräusch, das wohl für die Beschreibung eines Menüs in einem Vier-Sterne-Restaurant besser geeignet gewesen wäre. „Das ist absolut himmlisch."

Ethan lief das Wasser im Mund zusammen. Es klang so simpel, es wäre so einfach, Aces Angebot anzunehmen und den Stoff dafür zu verwenden, wieder kreativ genug für seine Musik zu sein. Er bräuchte nur einen einzigen Schuss. Ein Schuss würde ihn schließlich nicht in die Gefahr einer Überdosis bringen.

Aber ein Schuss würde auch seine ganzen bisherigen Anstrengungen zunichtemachen.

Er vergrub seine Hände tief in seinen Taschen, um nicht in Versuchung zu geraten, es anzufassen. „Ace, ich…"

„Du brauchst nichts zu sagen, Bruder. Ich werde dich gut versorgen." Ace schob das Tütchen in Ethans hintere Hosentasche. „Und wenn du mehr brauchst, weißt du ja, wo du mich findest."

Ethan löste sich aus der Umklammerung des Dealers und ging einen Schritt auf die Treppe zu. „Ich werde nicht mehr brauchen."

Ace lachte erneut, diesmal ohne nervösen Beiklang. Es war ein hartes und spöttisches Lachen. „Sag das ruhig, wenn du dich dadurch besser fühlst, aber wir beide wissen, dass du zurückkommen wirst. Jungs wie du sind ohne Dope nichts."

Ace winkte ab, und Ethan rannte, so schnell er konnte, die Treppe hinunter und aus dem Lokal. Mit jedem tiefen Atemzug, den er nahm, spürte er die kalte Nachtluft in seinen Lungen. Mitten auf dem Bürgersteig stand er da und ließ den Herbstregen die Verseuchung durch die Kneipe fortspülen.

Hier war seine Chance, das Tütchen, das Ace ihm in die Tasche gestopft hatte, fortzuwerfen, aber ein Teil seines Verstandes versagte ihm die Erlaubnis dazu. Er könnte es als Reserve für den allerschlimmsten Notfall aufbewahren, aber er würde keinen Gebrauch davon machen. Noch nicht. Er würde sich selbst ein wenig mehr Zeit geben, um die richtigen Töne seiner Musik zu finden, bevor er sich der gefährlichen inspirierenden Kraft ergab.

Er fuhr nach Hause, warf das Tütchen auf seinen Tisch und starrte es vom Sofa aus so lange an, bis die Morgendämmerung einsetzte.

***

Becca setzte sich im Temple Israel auf den leeren Platz neben Ari. „Danke, dass du mir einen Platz freigehalten hast", flüsterte sie.

„Gern." Ari nickte dem Paar zu, das fünf Reihen vor ihnen saß. „Obwohl es natürlich auch schön wäre, wenn du neben deinen Eltern sitzen würdest."

„Zu spät", erwiderte sie, als der Rabbi die Gemeinde zum Beginn des Rosh Hashanah zusammenrief.

Becca lauschte den Predigten und Lesungen, denen sie schon jedes Jahr zugehört hatte, seit sie sich erinnern konnte. Aber heute war es bereits das dritte Mal, dass sie beschlossen hatte, nicht zusammen mit ihrer Familie das jüdische Neujahrsfest zu feiern. Sie warnte sich selbst immer wieder vor dem Hochmut als eine der Todsünden, aber es gab schließlich auch einen guten Grund, warum sie sich von ihren Eltern abkapselte. Sie war noch nicht stark genug, mit der Leere fertigzuwerden, die ihre Familie in ihr hervorrief. So sehr es ihr auch weh tat, sie zu meiden, so sehr wusste sie auch, dass es so weit besser war, als zurück in alte Verhaltensmuster zu fallen und sich damit abzuquälen, ständig den Erwartungshaltungen nach Perfektion gerecht werden zu müssen.

Während der stillen *Amidah* schweiften ihre Gedanken zu Ethan ab. Sie hatte nichts mehr von ihm gehört, was eigentlich gut war, das änderte aber nichts daran, dass sie sich noch immer um ihn sorgte. Sie hatte die in ihm wachsende Verzweiflung gespürt, bevor er sie am Montagabend verlassen hatte. Seine Schilderung über den Verlust seines besten Freundes hatte sie an den Rand eines Tränenausbruchs gebracht, und sie hatte alle Mühe aufbieten müssen, ihn nicht in ihre Arme zu ziehen und ihm zu sagen, dass alles gut werden würde. Er war an dem Punkt angelangt, an dem alle Junkies auf Entziehungskur auf eine harte Probe gestellt wurden, und sie betete zu Gott, dass ihre gebetsmühlenartigen Erinnerungen daran, dass es sich lohnte auszusteigen, ausreichen würden, ihn vor einem Rückfall zu bewahren.

Ihr lief es eiskalt die Arme herunter, als sie sich an ihre eigenen, düsteren Tage der Sucht erinnerte. Sie blickte auf die Venen in ihrem Arm und rieb darüber, während sie darüber nachsann, mit welch frohen Erwartungen sie nach oftmals längerer Suche schließlich eine Vene gefunden hatte, die groß genug für die Injektion war. Heute waren die Stellen vernarbt und zusammengeschrumpft, eine bleibende Erinnerung an den Schaden, den sie sich selbst zugefügt hatte.

Becca richtete ihre Aufmerksamkeit auf ihre Eltern und erwischte ihre Stiefmutter dabei, wie sie Becca über ihre Schulter hinweg anblickte. Beccas leibliche Mutter war an einer Überdosis gestorben, als Becca noch im Säuglingsalter war, so dass Claire die einzige Mutter war, die sie je kennengelernt hatte. Ihre Stiefmutter hatte sich in den letzten zwei Jahren intensiv darum bemüht, die entstandene emotionale Distanz zwischen Becca und ihrem Vater zu überwinden, hatte damit aber keinen Erfolg gehabt. Becca entgegnete den Blick ihrer Schwiegermutter, in dem sie die stille Bitte nach Vergebung erkannte. Es war so verlockend zu glauben, dass ihr Vater sich bessern würde, dass es wieder eine intakte Familie geben könne. Als der Rabbi in das Schofarhorn blies, wandte Claire sich ab und überließ es Becca, über ihre unausgesprochene Botschaft nachzudenken. Vielleicht wäre es tatsächlich schön, nach der Messe mit ihren Eltern zu sprechen. Sie könnten vielleicht hinterher zum *Tashlich* in den Park gehen und bei der Gelegenheit das Elend der Vergangenheit über Bord werfen und einen Neuanfang wagen.

Je länger die Messe andauerte, desto besser gefiel ihr diese Idee, doch während sie gerade niederkniete, um die Abschlussgebete zu sprechen, erhellte sich plötzlich das Display auf ihrem Handy, und die Textmitteilung, die sie darauf las, bereitete dem Plan einer heutigen Versöhnung mit ihren Eltern ein jähes Ende.

Becca, hier ist Ethan. Ich brauche dringend jemanden, mit dem ich sprechen kann. Jetzt.

Unauffällig zog sie ihr Handy jetzt ganz aus ihrer Handtasche und prüfte die entgangenen Anrufe.

Es waren elf, alle von derselben Nummer.

Mist!

Sie hatte für die Messe ihr Handy stummgeschaltet, um ungestört zu sein, aber genau dies drohte jetzt zum Verlust des ohnehin schon zerbrechlichen Vertrauens, das Ethan ihr geschenkt hatte, zu führen. Sie sei immer für ihn da, wenn er sie brauche, hatte sie ihm gesagt, und sie hoffte inständig, dass Gott sie verstehen würde, wenn sie die Neujahrsmesse jetzt verließ, um Ethan unverzüglich zu helfen.

Sie griff nach ihrer Handtasche und schlich, sich so klein wie möglich machend, aus der Kirche und richtete sich erst wieder auf, als sie auf der Straße angelangt war. Dann rief sie ihn zurück. „Ethan, hier ist Becca."

„Du hast gesagt, dass du immer für mich da seist." Seine Stimme spiegelte eine Mischung aus Wut und Panik wider.

Sie versuchte, ihn durch ihren beruhigenden Tonfall zu besänftigen. „Ja, und es tut mir leid, dass ich nicht sofort geantwortet habe. Ich habe mein Handy stummgeschaltet, während ich in der Kirche war, und das hätte ich besser nicht tun sollen. Aber jetzt bin ich für dich da."

Fast eine halbe Minute herrschte Schweigen zwischen ihnen, und sie wünschte sich nichts sehnlicher, als dass Ethan ihr verzeihen würde, damit er ihr erzählte, was nicht stimmte.

„Ich brauche Hilfe", sagte er mit brüchiger Stimme.

„Und ich bin bereit, alles zu tun, was in meiner Macht steht. Du musst mir nur sagen, was du brauchst."

Es folgte eine weitere Pause, dann: „Ach, Scheiß drauf!"

„Nein, sag das nicht!" Wie ein verirrter Tourist wanderte sie ziellos auf dem Bürgersteig der ihr vertrauten 75. Straße auf und ab, immer wieder den hetzenden Passanten ausweichend. „Bitte, sag mir einfach nur, wo du bist, und ich werde so schnell wie möglich zu dir kommen."

Aber sie erntete nur ein sarkastisches Lachen. „Und was ist mit dem ganzen anonymen Kram?"

Na klar. Gib mir ruhig die Retourkutsche, obwohl du mich brauchst. Am Montagabend hatte sie eine Rückfahrt auf seinem Motorrad nur deswegen abgelehnt, weil sie befürchtet hatte, dass sie ihn zu sich einladen würde und sie dann ihre Beziehung zueinander zu sehr auf die Spitze treiben würde, indem sie es mit ihm treiben würde. „Schön, wir können uns an einem öffentlichen Ort treffen. Wie wäre es mit Gittas Café?"

„Tut mir leid, aber ich glaube nicht, dass Süßkram mir jetzt helfen kann. Machen wir uns nichts vor, Becca, ich bin am Ende, und es gibt keine Hoffnung für mich."

„Wie kannst du so etwas nur sagen, Ethan!" Die Schärfe in ihrem Tonfall war der Wut geschuldet, die sie gerade empfand. Sie wünschte sich, dass sie jetzt neben ihm stünde und ihm wieder etwas Verstand in sein Gehirn einbläuen könnte. „Das glaubst du doch wohl selbst nicht!"

„Du kennst mich nicht, und du weißt ganz bestimmt nicht, mit welchen Problemen ich hier zu kämpfen habe."

„Unsinn! Ich habe das auch durchgemacht - erinnerst du dich?" Als er nicht sofort antwortete, fiel ihr die Plastiktüte mit Brotkrumen in ihrer Tasche ein, und sie schmiedete einen neuen Plan. „In welchem Teil der Stadt bist du jetzt gerade?"

„Hell's Kitchen."

Natürlich war er dort. Das war eine der aufstrebenden Gegenden von Manhattan mit mehreren Tonstudios in der Umgebung. In Gedanken ging sie die Örtlichkeiten am Flussufer durch, wo sie sich treffen könnten. „Kannst du mich am Ende von Pier 84 treffen?"

„Warum?"

„Weil es ein öffentlicher Ort ist und wir dort reden können." Sie winkte ein Taxi herbei. Zu dieser Zeit war es nicht allzu schlimm mit dem Verkehr, und auf gar keinen Fall wollte sie wegen eines fehlenden Funknetzes in der U-Bahn die Verbindung zu ihm abbrechen lassen.

„Gut." Aber im gleichen Moment, in dem das Taxi am Bordstein anhielt, legte Ethan einfach auf.

Mit einem Puls, der unablässig in ihren Ohren

hämmerte, nannte sie dem Fahrer das Ziel.

Bitte lass ihn dort sein!

Und bitte lass mich nicht zu spät kommen!

Kapitel Fünf

Mit einer dunklen Sonnenbrille ausgestattet, starrte Ethan auf den Hudson River und ignorierte die Menschen, die an ihm vorbeischlenderten. Der den gesamten gestrigen Abend vorherrschende Regen hatte nachgelassen, aber der Himmel war immer noch mit dicken, grauen Wolken verhangen. Sie passten zu seiner Stimmung.

Irgendwann nach Anbruch der Morgendämmerung hatte er es endlich geschafft, für einige Stunden in einen unruhigen Schlaf zu fallen. Später war er auf einem schweißdurchtränkten Bettlaken erwacht und hatte, nach einer Serie schlimmer Albträume, nach Luft gerungen. Das Verlangen war heftiger denn je gewesen. Es war so verführerisch wie der Gesang der Sirenen gewesen und hatte alle rationalen Gedanken ausgelöscht. Nicht einmal eine kalte Dusche hatte Abhilfe schaffen können.

Das Tütchen mit dem Heroin lag zwar unberührt auf seinem Tisch, aber es lockte unablässig mit dem Versprechen, alles besser zu machen. Doch jedes Mal, wenn er drauf und dran gewesen war, der Versuchung zu erliegen, hatte er auf Tys Namen auf seinem Arm geblickt.

Die Erinnerungen daran, wie er Ty tot aufgefunden hatte, waren dann so heftig auf ihn eingestürmt, bis sie schließlich so lebendig geworden waren, dass er sich vor Verzweiflung gewunden hatte und laute Schreie der Frustration ausgestoßen hatte.

Das war der Moment gewesen, in dem er zusammengebrochen war, dann Beccas Nummer aus dem Mülleimer hervorgekramt und Becca schließlich angerufen hatte. Es war besser, seine Schwäche einzugestehen als so zu enden wie Ty.

Aber sie hatte die Anrufe nicht angenommen, und erneut hatte es ihm förmlich den Boden unter den Füßen weggerissen.

Jetzt, eine Stunde später, stand er am Ende von Pier 84 und fragte sich, ob sie ihn wohl versetzen würde. Er hatte das Tütchen mitgebracht. Aus seiner Gesäßtasche heraus bettelte es förmlich darum, konsumiert zu werden. Aber wenn Becca käme, würde er sie bitten, es zu entsorgen, damit er nicht noch länger in Versuchung geriete.

Und wenn sie nicht käme…

Er schloss die Augen und fragte sich, ob ein Schuss nicht Schluss mit seinem Gefühl der Verlassenheit machen könnte. Ganz sicher würde er aber seine Unfähigkeit, Musik zu machen, beheben. Und vielleicht wäre dies der beste Weg weiterzumachen.

Er drehte sich um und stieß mit einer Frau zusammen, die beim Zusammenprall zu Boden stürzte. Es dauerte nur eine Sekunde, bis er diese markanten blau-grünen Augen erkannte. Er bückte sich, um ihr aufzuhelfen. „Mist, Becca, es tut mir leid."

„Ist schon in Ordnung", sagte sie, obwohl ihr

schmerzverzerrtes Gesicht und ihr Humpeln zum Geländer eine andere Sprache sprachen. „Ich habe dich beim Namen gerufen, aber vermutlich hast du mich wohl nicht gehört."

„Bist du verletzt?"

Sie schüttelte den Kopf. „Mein Fehler, dass ich mit meinen hohen Absätzen in vollem Tempo auf dich zugelaufen bin, aber ich hab mir solche Sorgen um dich gemacht."

Es war, als würde ein Schalter in ihm umgelegt werden, augenblicklich fühlte er sich besser, und das unstillbare Verlangen, das ihn seit Tagen geplagt hatte, entschwand in den hintersten Winkel seines Gehirns.

Sie war gekommen.

Sie sorgte sich um ihn.

Sie war hier, um ihm zu helfen, und er war nicht alleine.

Und dieses Wissen entfachte eine Mischung aus Demut und Dankbarkeit, die er noch nie erlebt hatte.

„Danke", sagte er sanft.

„Das ist doch selbstverständlich." Sie richtete ihren Blick auf den Fluss. „Also, was ist passiert?"

Er zog das Tütchen aus seiner Tasche und zeigte es ihr.

Ihr Gesichtsausdruck spiegelte eine Mischung aus Horror, Panik und Ungläubigkeit wider. „Ethan, warum?"

Die Enttäuschung in ihrer Stimme beleidigte seinen Stolz und sträubte ihm die Nackenhaare. „Ich habe es nicht angerührt."

„Aber es ist in deinem Besitz."

Er steckte es zurück in seine Tasche. „Ich wollte nur, dass du weißt, warum ich dich angerufen habe."

„Damit ich dir zusehen kann, wie du dir einen Schuss

setzt?"

„Woher willst du wissen, dass ich dich nicht dazu einladen wollte?", blaffte er, mit unverkennbarem Sarkasmus in seiner Stimme, zurück. „Und bevor du noch irgendetwas sagst, solltest du wissen, dass ich es nicht gekauft habe. Ich habe es nicht ausgewählt. Man hat es mir gestern Abend gegeben."

Mit zusammengekniffenen Augen funkelte sie ihn wütend an, aber er wusste nicht, ob sich ihr Groll gegen ihn oder die Person richtete, die ihm das Heroin gegeben hatte. „Wer hat es dir gegeben?"

„Du kennst ihn nicht."

„Es war Ace, stimmt's?"

Ihm klappte die Kinnlade herunter. „Woher weißt du das?"

Sie lachte bitter. „Er hatte immer das gute Zeug." Sie klammerte sich am Geländer fest und wippte auf ihren Absätzen hin und her. „Hängt er mittwochs immer noch im Tin Lily herum?"

Wenn er jemals Zweifel an ihrer Vergangenheit als Drogenabhängige gehabt hatte, so waren diese spätestens jetzt, da sie offenbart hatte, über Ace Bescheid zu wissen, ausgeräumt. „Ja, er ist immer noch dort. Es ist ein pures Wunder, dass die Bullen ihn noch nicht eingesackt haben, so vorhersehbar wie er ist."

„Das liegt daran, dass er zu viele wichtige Leute auf seiner Seite hat." Sie ließ das Geländer los und schlenderte, gefolgt von Ethan, die Promenade entlang. „Das erklärt aber nicht, was du dort gestern Abend zu suchen hattest."

„Ich bin dort hingegangen, um Musik zu hören."

„Na klar, und Männer kaufen sich den *Playboy* wegen der guten Artikel."

Er hinderte sie am Weitergehen, indem er sich unmittelbar vor ihr aufbaute und sie zwang, ihn anzusehen. „Nein, wirklich, ich bin dort hingegangen, um Musik zu hören. Und vielleicht auch, um ein wenig in Erinnerungen zu schwelgen."

Sie spitzte die Lippen, als versuche sie, ihn auf der Geschwätz-Skala einzuordnen. „Nimm deine Sonnenbrille ab!", befahl sie.

„Warum?"

„Weil ich dir in die Augen sehen möchte, wenn du mir antwortest." Nachdem er ihrer Aufforderung Folge geleistet hatte, fragte sie: „Warum bist du gestern Abend dort hingegangen?"

„Um Musik zu hören", wiederholte er.

Sie kam so dicht an ihn heran, bis ihr Gesicht nur noch wenige Zentimeter von seinem entfernt war. Sie fixierte ihn so scharf wie ein Raubtier seine Beute und forschte in seinen Augen nach Anzeichen einer Lüge, verlor sich aber in ihnen und konnte nur noch bewundernd feststellen, wie strahlend die grünen Ringe um seine Pupillen heute waren.

Sie wich zurück. „Du musst diese Orte meiden."

„Glaub mir, ich habe meine Lektion gelernt." Er trat beiseite, damit sie ihren Spaziergang fortsetzen konnte. „Ace hat mich in einem schlechten Augenblick erwischt und mir einige Dinge versprochen, die mich an die Grenze meiner Willenskraft gebracht haben."

„Aber du hast diese Grenze nicht überschritten."

Er machte eine Pause und sann ein wenig darüber nach. Er wusste nicht mehr, wie oft er kurz davor gewesen war, das Tütchen zu öffnen, aber er hatte es nicht getan. Er war stark genug gewesen, um zu widerstehen. „Ja, ich habe sie nicht überschritten."

Das änderte aber nichts an der Tatsache, dass er immer noch in der Luft hing, was seine eigene Musik anbelangte.

Becca hakte sich bei ihm unter und setzte ihren Weg fort. „Du erwähntest, dass er dich in einem schlechten Augenblick erwischt hat. Möchtest du das näher ausführen?"

„Du würdest es nicht verstehen."

„Probiere es aus!"

Er blickte auf die Stelle, an der ihre Arme ineinander verhakt waren. Und zu seiner eigenen Überraschung gefiel es ihm. Ihm gefiel das Gewicht ihres Arms an seinem. Ihm gefiel, wie ihre Hüfte beim Gehen an seinen Oberschenkel stieß. Ihm gefiel der subtile Duft ihres Parfüms, das ihm bei jedem Windstoß in die Nase geriet. Aber am allermeisten gefiel ihm, dass sie keine Angst davor hatte, in seine Distanzzone einzudringen, dass sie sich nicht abschütteln ließ, wenn er versuchte, sie zurückzuweisen. Bei jeder anderen Person hätte er nicht damit aufgehört, sie zurückzuweisen. Aber Arm in Arm mit ihr dahinzuschlendern, erfüllte ihn mit einer kurzzeitigen Ausgeglichenheit, die er seit so vielen Jahren vermisste.

„Ich bin Musiker."

„Ich weiß", erwiderte sie so gelassen, als hätte er ihr etwas Gewöhnlicheres berichtet, zum Beispiel dass er Lehrer sei.

Aber wusste sie, wer er war? Und spielte das überhaupt noch eine Rolle?

Nach einem Moment des Zögerns beschloss er, das

Thema Berühmtheit nicht anzuschneiden. Schließlich war sie selbst berühmt - wenn nicht berüchtigt - gewesen. „Seit dem Tod meines besten Freundes war ich nicht mehr in der Lage zu spielen."

„Du konntest nicht spielen, weil du vergessen hast, wie man eine Gitarre anschlägt?"

„Nein." Auch wenn sie damit gar nicht so weit entfernt von der Wahrheit war, wenn man bedachte, wie ungeschickt sich zuletzt seine Finger bei dem Versuch angestellt hatten, Akkorde anzuschlagen. Er hakte seinen Arm aus und umklammerte erneut das Geländer. „Ich habe meinen besten Freund in einem Musikcamp getroffen, als ich zwölf war. Er war ein Jahr älter als ich und hatte so viel von dem, wie ich auch sein wollte. Lustig. Extrovertiert. Und so verdammt talentiert. Der Junge konnte sich eine Gitarre schnappen und aus dem Stegreif eine Komposition hervorzaubern. Und natürlich blickte ich zu ihm auf, und es dauerte nicht lange, bis wir die besten Freunde waren."

In Erinnerung an all die frohen Tage, die sie als Jugendliche verlebt hatten, starrte er auf das trübe Wasser des Hudson River. „Eins führte zum anderen, und als er vorschlug, zusammen mit anderen Jungs aus der Nachbarschaft eine Band zu gründen, war ich einverstanden. Als wir unseren Schulabschluss machten, hatten wir bereits einige musikalische Erfahrungen in der örtlichen Szene gemacht und beschlossen, durch die Gegend zu ziehen. Das Tin Lily ist der Veranstaltungsort, mit dem ich immer großartige Erinnerungen an die Anfänge unserer Band verknüpfe. Nachdem wir dort gespielt hatten, wurden wir zu mehr als nur die Jungs mit der Garagenband. Wir hatten uns einen Namen gemacht."

„Und das meinst du damit, wenn du sagst, dass du in Erinnerungen schwelgen wolltest?"

Er nickte, aber das Brennen in seinem linken Arm machte ihm einmal mehr deutlich, dass diese Erinnerungen jetzt vergiftet waren. „Aber es gab auch die Schattenseite unseres Erfolgs. Es war kein Selbstläufer, weißt du. Wir waren nur dumme Teenager, die sich nach den Proben einen Joint anzündeten. Wir waren nicht ständig bekifft, aber wenn wir high waren, konnten wir am allerbesten die Songs schreiben, die uns berühmt gemacht haben. Und als unser Berühmtheitsgrad stieg, stieg mit ihm auch der Druck, immer weiter solche Stücke schreiben zu müssen."

„Ty begann als erster damit, härtere Sachen auszuprobieren. Hier mal einige Percocets, dort mal eine Nase voll Koks. Und ich Trottel habe natürlich immer das probiert, was er mir angeboten hat. An dem Abend, als wir im Tin Lily gespielt haben, habe ich mir zum ersten Mal eine Spritze gesetzt."

Fast hätte er erwartet, dass sie ihm einen Klaps auf den Hinterkopf versetzte, so wie es seine Mutter immer getan hatte, wenn er ihr etwas Schlimmes gebeichtet hatte. Aber nichts dergleichen geschah, sie stellte sich in gleicher Pose wie er neben ihn und blickte ebenfalls auf das Wasser. „Du hast also deinen Drogenrausch gedanklich stets mit dem Erfolg an jenem Abend verknüpft."

„Ja. Aber später am Abend komponierten wir den besten Song, den wir je geschrieben haben. Dann führte eins zum anderen, und bevor ich wusste, wie mir geschah, stellte ich fest, dass ich keine Musik schreiben konnte, ohne zuerst high zu werden."

„Das Heroin wurde zu deiner inspirativen Kraft", stellte sie nüchtern fest, und ihn durchlief eine Welle der Erleichterung.

Sie verstand ihn besser als er gedacht hatte.

„Ja. Aber als es meine inspirative Kraft wurde, raubte es mir damit diese spaßbringende Einfachheit des Spielens. Jedes Mal, wenn ich jetzt eine Gitarre in die Hand nehme oder mich ans Klavier setze, packt mich das Verlangen."

„Und ich nehme an, dich zu bitten, kein Musiker mehr zu sein, wäre indiskutabel."

Er versuchte, sich vorzustellen, wie er wohl den Rest seines Lebens mit etwas anderem verbringen könnte, aber er wusste, dass er, wenn er die Musik aufgäbe, damit auch seine Lebensfreude verlieren würde. „Nein, ich liebe die Musik viel zu sehr, als dass ich damit aufhören könnte."

„Dann ist genau das die Antwort auf dein Problem."

„Vielleicht, aber das ändert immer noch nichts an der Tatsache, dass ich seit Tys Tod nicht mehr spielen kann."

„Warum?"

Es brannte in seiner Magengegend, und auf seinen Händen bildete sich Schweiß. Sie schnitt hier ein sensibles Thema an, und er war noch nicht bereit, sich diesem zu stellen. „Ich habe dir bereits den Grund genannt."

Sein Unbehagen entging ihr nicht, sie nahm es als Anlass, weiterzubohren. Keine Spur mehr von der ruhigen Zuhörerin von gestern. Hier und jetzt stand eine Frau, die ihm den Spiegel vorhalten wollte, der die kalte, nackte Wahrheit reflektierte. „Nein, du hast mir erzählt, dass du in der Lage warst, Musik zu schreiben, die dich zum Tin

Lily gebracht hat, ohne dass du das Heroin zuvor angerührt hättest. Und du hast erzählt, dass du ein Trottel warst, weil du alles probiert hast, was er dir angeboten hat."

„Das ändert nichts an der Tatsache, dass er nicht mehr unter uns ist."

„Er ist nicht mehr unter uns, weil er ein selbstsüchtiges Arschloch war, das nur an sich selbst dachte."

Ihre Anklage traf einen Nerv in ihm, und unwillkürlich bohrte er seine Finger in seine Handflächen. Wie oft hatte er im letzten Monat exakt dasselbe gedacht? Und dennoch fühlte er sich verpflichtet, Ty zu verteidigen. „Rede nicht so über meinen besten Freund!"

„Schöner bester Freund. Lass mich raten - er hat dir diese Höhenflüge verschafft?"

Vor Ärger richtete er sich stocksteif auf. „Halt die Klappe, Bec!"

Aber sie ließ nicht nach. Ohne ihn zu berühren, riss sie seinen Verteidigungswall nieder. „Ist dir schlecht geworden, als er die Spritze in deine Vene setzte? Hast du wegen des starken Schwindelgefühls geweint wie ein kleines Baby?"

Seine Stimme verzerrte sich zu einem wilden Knurren. „Halt's Maul!"

„Warum hast du es gemacht, Ethan? Warst du so harmoniesüchtig, dass du alles gemacht hast, was er vorschlug? Ich wette, er hat sich kaputtgelacht, wenn du so sehr im Rausch warst, dass du nicht mal mehr aufstehen konntest, um pinkeln zu gehen."

Jede Frage steigerte seine Wut noch ein wenig mehr, nicht weil es falsch war, was sie sagte, sondern weil es richtig war. Seine ungezügelte Wut ließ seine Schläfen unbarmherzig pochen und weiterhin unbeherrscht auf sie einschreien. „Ich sagte, halte dein verdammtes Maul!"

Aber als er bemerkte, wie die Leute ihn entgeistert anstarrten, rauschte sämtliches Blut aus seinem Kopf und ließ nackte Panik in ihm aufkommen. Lieber Himmel, er drehte ja völlig durch! Er taumelte einige Schritte zurück, bevor er sich umdrehte und in Richtung Stadt entschwinden wollte.

„Ethan, warte!" Das Klappern ihre Absätze auf dem Bürgersteig sagte ihm, dass sie ihm folgte, aber er weigerte sich, einen Blick zurückzuwerfen. „Es tut mir leid."

Er hielt abrupt inne und fuhr herum. „Du hast vielleicht Nerven“, sagte er und zeigte mit dem Finger auf sie.

„Warum? Nur weil du zu feige bist, die Wahrheit zu hören?"

Sein Schädel fing schon wieder an zu pulsieren, diesmal verursacht durch den Orkan der Gefühle, der in ihm tobte. Er presste mit seinen Handflächen gegen die Schläfen, um ihm Einhalt zu gebieten, aber das Chaos in ihm wurde nur noch stärker. Erinnerungen vermischten sich mit seinem Verlangen und nebelten ihn ein, bis er schließlich das Gefühl hatte, in einen Abgrund zu versinken, der kein Ende hatte.

„Lass uns hinsetzen", sagte eine Stimme, die, so ruhig sie war, den Lärm in seinem Kopf übertönte, und der eine sanfte Berührung folgte.

Seine Füße gehorchten nur stolpernd und taumelten in die Richtung, die sie vorgab. Er leistete keinen Widerstand, als sie ihn auf eine der in der Nähe stehenden

Bänke setzte. Die kühlen Metallstäbe waren so schmerzlindernd wie Eis auf einer Wunde, aber nicht sie, sondern die kleine Hand, die seine hielt, war es, die ihm schließlich ein Gefühl des Friedens vermittelte. Allmählich nahm er die Welt um sich herum wieder wahr.

Mit sorgenvoller Miene um ihre Mundwinkel ging Becca vor ihm in die Hocke. „Habe ich dich zu sehr bedrängt?"

„Ja", sagte er mit immer noch rauer Stimme, weil sie so Vieles ans Tageslicht gefördert hatte.

„Ich wollte dir nur helfen. Ich musste doch etwas dagegen unternehmen, dass du einen Drogenrausch immer noch in rosaroten Farben malst. Ich musste dir doch auch die schlimmen Seiten noch einmal vergegenwärtigen. Solange du dich nicht der Realität stellst, wirst du nie Fortschritte erzielen."

Er blickte auf ihre Hand in seiner und fragte sich, wie sie ihn überhaupt noch anfassen mochte, nach dem, was sie über ihn erfahren hatte. Aber genau diese kleine Geste war der Rettungsanker, der ihn nun davor bewahrte, in einem Sumpf aus Schuld und Wut zu ertrinken.

Er sann über die letzten fünf Jahre nach und versuchte, jedes einschneidende Ereignis in ein neues Licht zu rücken. Und als er mit seiner Betrachtung fertig war, sagte er: „Ich wünschte, ich hätte den Mumm gehabt, nein zu sagen."

Sie ließ ihren Daumen über seinen Handrücken spielen und nahm nun wieder ganz die Rolle der geduldigen Zuhörerin ein.

Er krempelte seinen Ärmel hoch, um ihr das Tattoo mit Tys Namen zu zeigen. „Ich wünschte, ich hätte eher etwas gesagt. Im Rückblick muss ich sagen, dass ich häufig gesehen habe, dass die Dinge aus dem Ruder liefen, und wenn ich nicht so viel Angst davor gehabt hätte, mit meinen Protesten unsere Freundschaft und die Band zu zerstören...

Seine Augen brannten, und er musste heftig zwinkern, um die Tränen zurückzuhalten. Sie hatte es geschafft, bis in sein Innerstes vorzudringen, aber er war nicht bereit, vor allen Leuten loszuheulen. Im Augenblick spürte er nur eine Leere, die in ihm nagte. „Ich wünschte inzwischen, dass ich viele Dinge anders gemacht hätte."

Sie nickte und streichelte mit ihrer freien Hand über seine Wange.

Diesmal erlaubte er sich selbst, den Trost, den sie ihm bot, in sich aufzunehmen. Er lehnte sich nach vorne, bis sich ihre Köpfe an der Stirn berührten. Er nahm ihren beruhigenden Atemrhythmus an. Innerhalb einer Minute hatte er wieder eine normale Pulsfrequenz, und die Verspannung in seinen Muskeln löste sich auf. „Danke, Bec."

„Ich bin noch nicht fertig."

Sein Magen zog sich zusammen, und er wich zurück. Sie hatte ihn bereits in seine persönliche Hölle geschickt und ihn wieder zurückgeholt. Was hatte sie noch vor?

Mit festem Griff zog sie ihn hoch, während sie selbst aufstand. „Komm mit!"

Ohne ihn loszulassen, führte sie ihn zurück zum Ende des Piers. Als sie das Geländer erreicht hatten, zog sie eine Plastiktüte mit Brotkrumen aus ihrer Manteltasche. „Hier, nimm etwas davon!"

An Stelle seiner Beklommenheit trat Verwirrung.

„Wollen wir Tauben füttern oder so etwas?"

„Nein, wir werden unser privates kleines *Tashlich* abhalten." Sie schüttete einige Krumen in seine Hand, bevor sie selbst auch eine Handvoll nahm. „Das ist eine Tradition zu Rosh Hashanah. Jedes Jahr nach der morgendlichen Messe gehen wir zu einem Fluss und streuen Krumen in das Wasser."

Sie demonstrierte es ihm mit einer Prise Krumen. „Zu Beginn des neuen Jahres entledigen wir uns aller Sünden aus dem vorhergehenden Jahr. Diese Krumen sind ein Symbol für all unsere Fehler, unsere Schwächen und Unzulänglichkeiten. Und wir befreien uns von dieser Last, während wir gleichzeitig um Vergebung bitten, so dass wir neu beginnen und bessere Menschen werden können."

Sie leerte ihre Hand und wandte sich ihm zu. „Jetzt bist du dran. Lass die Wut, die Schuld und das Selbstmitleid los, damit du nach vorne blicken kannst!"

Anfangs empfand er es als lächerlich, Brotkrumen in den Hudson zu werfen, und wollte ihr sagen, dass dies sicherlich nicht die Leere in ihm beseitigen könne, aber mit jeder Prise besserte sich seine Stimmung. Die Vergangenheit konnte er nicht ändern. Seine Fehler konnte er nicht korrigieren. Und auch Ty konnte er nicht zurückholen.

Aber er konnte nach vorne blicken.

Bevor er sich dessen gewahr wurde, war seine Hand leer. „Hast du noch mehr davon?"

„Natürlich." Sie reichte ihm die Tüte.

„Gut, weil es ziemlich viel Scheiße gibt, die ich loswerden muss." Er drehte die Tüte um und schüttelte sie, bis auch die allerletzte Krume ins Wasser gefallen war.

Dann beobachtete er, wie sie davontrieben, während er gleichzeitig Beccas Hand hielt.

„Fühlst du dich besser?”, fragte sie.

Er rieb sich über die Brust und glaubte festzustellen, dass der Abgrund, der dahinter lag, nicht mehr so tief war. „Ja.”

„Gut.” Sie trat vom Geländer zurück. „Sollen wir gehen?”

Er nickte, aber da gab es noch eine Sache, die er erledigen musste. Er langte in seine Gesäßtasche und zog das Tütchen mit dem Heroin hervor, das Ace ihm gestern Abend gegeben hatte. „Das brauche ich nicht mehr.”

Er schleuderte es in Richtung Fluss. Eine Windböe ergriff es und ließ es einige gewagte Tänzchen im Luftwirbel vollführen, bevor es schließlich auf das Wasser traf und von den Wellen verschluckt wurde.

„Wenn wir in den Nachrichten hören, dass massenweise Fische verendet angeschwemmt wurden, wissen wir, wen man dafür verantwortlich machen muss”, scherzte sie, aber die Bewunderung in ihren Augen ersetzten das Nichts, das seine Seele besetzt hatte, durch ein Gefühl innerer Wärme.

Er wünschte sich, dass sie ihn immer so ansehen möge. Er wollte ein Mann sein, auf den sie stolz sein konnte.

Wiederum nahm sie seine Hand, ganz so, als seien sie ein frisches Liebespaar und nicht mitten in einem Krisengespräch. „Wie sieht‘s aus, hast du heute Abend schon etwas vor?”

„Nein, eigentlich nicht.”

„Möchtest du mit zu mir kommen?” Angesichts dieser Einladung strömte augenblicklich das Blut in seinen

Schwanz, aber seine Vorfreude wurde jäh gedämpft, als sie ergänzte: „Meine Mitbewohnerin und ich veranstalten eine Rosh Hashanah-Party mit unseren Freunden."

Die Einladung war verlockend, aber ganz geheuer war ihm die Sache dennoch nicht. Becca war bereit, die eigene Mauer der Anonymität einzureißen, indem sie ihn in ihr Privatleben einführte, und dies öffnete die Tür für alle möglichen Szenarien, gute wie schlechte. „Ich bin kein Jude."

„Darüber können wir hinwegsehen."

„Hör mal, Bec, ich weiß die Einladung zu schätzen, aber..."

Sie unterbrach ihn und wandte sich ihm zu. „Aber was?"

Die Unentschlossenheit lähmte ihm die Zunge. Er war gern in Beccas Gesellschaft. Vielleicht sogar lieber, als er es sein sollte, in Anbetracht der Tatsache, dass Beziehungen in dieser frühen Phase des Genesungsprozesses nicht gern gesehen waren. Und er konnte nicht leugnen, dass er sich von ihr angezogen fühlte. Aber wenn er die Sache auf die Spitze triebe, wenn er sich zu viel anmaßte, würde er riskieren, ihre Unterstützung zu verlieren. Und er wollte gar nicht erst daran denken, was passieren würde, wenn einer der Gäste ihn erkennen würde.

Er rieb sich den Hinterkopf. „Ich…"

„Es sind nur meine Freunde, Ethan. Wir werden tanzen, einige Spiele spielen, etwas essen und Spaß haben. Kein Druck." Sie senkte ihre Stimme und fügte hinzu: „Und keine Sorge! Sie respektieren meine Privatsphäre, und sie werden auch deine respektieren."

Erneut keimte ein Verdacht in ihm auf. Nicht zum ersten Mal deutete sie an, dass sie wusste, wer er war. „Ich muss mir also keine Sorgen machen, dass ich auf TMZ lande?"

Grinsend schüttelte sie den Kopf. „Nun, was passiert, nachdem du meine Wohnung verlassen hast, ist natürlich eine andere Geschichte, aber meine Freunde sind auf jeden Fall cool."

Es klang so normal, dass ihm fast schon fröhlich zumute war. Er konnte sich gar nicht mehr daran erinnern, wann er zum letzten Mal mit normalen Menschen seines Alters zusammen gewesen war. „Vielleicht für ein oder zwei Stunden."

„Toll!" Sie hakte sich bei ihm unter und rückte ihm näher. „Hast du dein Motorrad dabei?"

„Ja."

„Habe ich eine Chance, selbst einmal damit zu fahren?"

Er stieß ein ehrliches, herzliches Lachen aus. „Nein."

„Das habe ich mir schon gedacht." Sie seufzte theatralisch. „Dann muss ich wohl wieder auf den Beifahrersitz klettern."

Die Vorstellung, dass sie wieder hinter ihm auf dem Motorrad saß, gefiel ihm. Vielleicht würde er in den Kurven das Gas noch ein wenig zusätzlich aufdrehen, damit sie es ein wenig mit der Angst zu tun bekam und sich noch dichter an ihn schmiegte. Beim Motorrad angelangt, gab er ihr den zweiten Helm. „Wohin?"

„Park Avenue, Ecke 75. Straße."

„Feine Gegend." Er zog seine Handschuhe an und startete den Motor.

„Natürlich. Altes Geld und so." Sie kletterte hinter ihn, wobei sich ihr Kleid nach oben schob und den größten Teil ihrer Oberschenkel entblößte.

In seiner Hose wurde es unangenehm eng. Vielleicht sollte er sich doch besser nicht so schnell in die Kurven legen, wenn er nicht mit einem offensichtlichen Steifen in der Hose ankommen wollte.

Er wollte gerade seinen Helm aufsetzen, als sie ihm auf die Schulter tippte. „Ach, übrigens, wir müssen unterwegs noch einmal anhalten und etwas Challa kaufen."

„Zu Befehl."

Während sie so durch die Straßen fuhren, dachte er über all die neuen Gefühle nach, die er gerade erlebte. Vertrauen. Befreiung. Sehnsucht. Hoffnung. So ganz anders als die Emotionen, die er eine Stunde vor seiner Ankunft am Pier empfunden hatte. Und das hatte er ausschließlich Becca zu verdanken.

Doch je näher sie ihrer Wohnung kamen, desto deutlicher kristallisierte sich für ihn ein weiteres Ziel, neben dem, clean zu bleiben, heraus. Er machte gerade einen Neuanfang, und wenn er Glück hatte, würde sie ihn vielleicht irgendwann als jemand anderen ansehen als nur einen Junkie auf Entziehungskur, der ihre Hilfe brauchte.

Vielleicht würde sie damit beginnen, ihn als einen Mann zu betrachten, der ihre Aufmerksamkeit wert war.

Kapitel Sechs

Fröstelnd sprang Becca sprang von Ethans Motorrad. Die Fahrt hatte ihr Beine kalt und taub werden lassen, aber das aufregende Gefühl, ihn ganz fest zu halten, während er gekonnt durch die Straßen kurvte, war es allemal wert gewesen. „Das war toll!"

Er stellte den Motor ab und setzte seinen Helm ab. „Wenn du so begeistert von meiner Ducati bist, warum kaufst du dir dann nicht selbst eine?"

„Tja, das ist gar nicht so einfach." Sie verspürte keine rechte Lust zu erläutern, dass die Funkstille zwischen ihr und ihren Eltern auch zur Folge hatte, dass der Geldhahn für sie abgedreht worden war. Sicher, es gab ein Treuhandvermögen, auf das sie aber erst Zugriff haben würde, wenn sie fünfundzwanzig war, was teilweise auch auf ihre Vergangenheit als Drogenabhängige zurückzuführen war. Und das bedeutete eben, dass Ducati-Käufe noch zwei weitere Jahre zurückgestellt werden mussten.

„Du kannst jederzeit gern mitfahren."

Eine Röte der Verlegenheit stieg von ihrem Hals bis zu ihren Wangen hoch. Trotz allem, was sie ihm zugemutet hatte, verhielt er sich ihr gegenüber immer noch großzügig. Die Änderung ihrer Strategie, weg von der Mitleidsnummer hin zu dem Versuch, ihn zu einer Rechtfertigung seines Handelns zu zwingen, war riskant gewesen. Er hätte ihr an den Kopf werfen können, dass sie sich verpissen solle, und abhauen können. Aber als er ihr das Tütchen mit dem Heroin gezeigt hatte, hatte sie gewusst, dass drastischere Methoden nötig sein würden.

Und Gott sei Dank hatte es funktioniert.

Und die Veränderung war bemerkenswert, wenn man die Kürze der Zeit bedachte. Das Leuchten war in seine grauen Augen zurückgekehrt, und seine Mundpartie verzog sich mittlerweile öfter zu einem Lächeln als zu einer finsteren Miene. Eigentlich war er geradezu sexy.

Fahr wieder runter, Becca! Du hast ihn gerade erst vor dem Abgrund bewahrt. Warte, bis er stabiler ist, bevor du ihm näherkommst!

Sie zog den Donut, den sie in der Bäckerei gekauft hatte, aus der Handtasche und gab ihn dem Pförtner. „*ShanahTovah*, Stan."

„Ihnen auch ein frohes, neues Jahr, Fräulein Rebecca!" Er hielt für sie und Ethan die Tür auf. „Es sind bereits einige Gäste bei Fräulein Ariella."

„Was also bedeutet, dass ich ein wenig spät dran bin." Sie drückte auf den Aufwärtsknopf des Fahrstuhls. „Ich werde vermutlich unmittelbar nach unserem Eintreffen in die Küche gezerrt werden."

Ethans Gesichtsausdruck blieb auch weiterhin undurchschaubar, aber er straffte seine Schultern. „Kann ich dir irgendwie helfen?"

„Vielleicht. Aber wenn du lieber nur abhängen

möchtest, so kannst du das auch gern tun."

Kurz bevor sich die Fahrstuhltür öffnete, konnte sie in seinen Augen einen Moment lang erkennen, wie unbehaglich ihm zumute war.

Sie traten heraus, und nochmals blickte sie ihn prüfend an. „Wenn du nicht willst… "

„Nein, ich möchte das tun." Er lächelte sie schief an. „Korrektur: Ich muss das tun. Ich habe mich in letzter Zeit viel zu häufig verkrochen."

Sie drückte kurz seine Hand. „Meine Freunde sind lustig. Du wirst schon sehen."

Aber ein klein wenig hegte sie doch die Befürchtung, dass jemand womöglich Ethan erkennen könnte und einen Riesenbohei veranstalten würde. Andererseits hatten sie alle schon seit ewigen Zeiten mit ihr und Aris Bruder Gabe, der selbst eine Berühmtheit war, abgehangen. Wenn sie einen Rockstar in diese Kreise einführte, sollte dies eigentlich kein großes Aufhebens verursachen.

Der Duft von Granatapfel, glasiertem Hähnchen und gegrillter Rinderbrust mit Brombeeren empfing sie, als sie die Tür öffnete. Aaron und Levi hatten bereits die Xbox angeschlossen und waren so vertieft in ihr Ego-Shooter-Spiel, dass sie sich nicht einmal umdrehten. Ari hingegen kam aus der Küche und hielt abrupt an, als sie Ethan sah. „Wer ist das?"

„Ethan." Damit war die Vorstellung beendet.

Aris Kinnlade klappte herunter, und sie ergriff Beccas Arm, um sie mit eiserner Umklammerung zurück in die Küche zu ziehen. „Ist das der Junkie?", flüsterte sie.

„Er ist clean, Ari, und ich wollte, dass er heute Abend

nicht allein ist.”

„Aber er ist keiner von uns.”

„Ach so?” Sie spähte in das Wohnzimmer. Aaron und Levi hatten inzwischen eine Konversation mit Ethan begonnen, sie deuteten auf seinen Helm und befragten ihn wahrscheinlich gerade zu seinem Motorrad. Einige Augenblicke später hatte Ethan seine Jacke ausgezogen und die Ärmel seines Hemdes hochgekrempelt, um sich dem Spiel anzuschließen. „Dafür scheint er sich aber ganz gut mit den Jungs zu vertragen.”

„Aber nur, weil sie nicht wissen, was für ein Typ er ist.”

Becca atmete tief ein, um sich nicht zu verplappern und Ari nicht womöglich noch zu erzählen, wer er wirklich war. Wenn Ethan selbst ihr seine Identität offenbart hätte, wäre es möglicherweise etwas anderes, aber das hatte er nicht. Und solange dies nicht der Fall war, würde sie seine Privatsphäre respektieren.

„Ich lege meine Hand für ihn ins Feuer, Ari. Er ist ein guter Kerl.”

Die braunen Augen ihrer Mitbewohnerin verfinsterten sich. „Schön, aber wenn er uns irgendetwas klaut, um damit seinen nächsten Schuss zu finanzieren, werde ich dich dafür verantwortlich machen.”

Es klingelte an der Tür, und Ari ging, um sie zu öffnen.

Becca presste ihre Stirn gegen den kühlen Edelstahl des Kühlschranks. Sie hatte nicht erwartet, dass Ari so snobistisch reagieren würde. Immerhin schienen Aaron und Levi offen für neue Bekanntschaften zu sein und hießen Ethan zur Party willkommen.

Weibliches Stimmengewirr drang in die Küche vor, und Becca spähte erneut in das Wohnzimmer. Morgan und Natalie waren eingetroffen. Gabe bezeichnete Ari, Nat und Morgan scherzhaft gern als die Barbie-Brigade, und die Beschreibung war irgendwie zutreffend. Sie waren allesamt schlank, gebräunt, blond und elegant, aber gelegentlich auch oberflächlich. Becca rutschte das Herz in die Hose, als Natalie auf Ethan zuging und begann, mit ihm zu flirten.

Na, das war ja klar! Ethan sah gut aus. Und konnte charmant sein. Und er hatte dieses verführerische Charisma. Welche Frau würde sich nicht zu ihm hingezogen fühlen?

Ethan lächelte und deutete dann mit seinem Kopf in Beccas Richtung. Natalies verführerisches Lächeln verkam zu einem Schmollmund, während Becca ein breites Grinsen nicht unterdrücken konnte. Er hatte offenbar gerade sehr deutlich gemacht, dass er mit ihr hier war, was ihr Herz sogleich schneller schlagen ließ.

Sie öffnete den Kühlschrank und nahm das Tablett mit den geviertelten Äpfeln heraus, die sie heute Morgen vorbereitet hatte. Sie setzte noch ein kleines Schälchen Honig darauf und trug es in das Wohnzimmer. „Wer ist bereit für den ersten Gang?"

Die Jungs unterbrachen ihr Spiel, und alle versammelten sich, um ein Stück Apfel zu nehmen und es in den Honig zu tunken. Ethan nahm als letzter ein Stückchen. Er beobachtete die anderen, bevor er ihrem Beispiel folgte. „Das ist gut", sagte er nach dem ersten Bissen. „Allerdings habe ich mich schon immer gefragt, warum ihr Äpfel mit Honig serviert."

Morgan wich zurück und zog ihre perfekte Nase kraus.„Bist du ein *Shegetz*?"

„Äh, vielleicht?" Er wandte sich hilfesuchend an Becca.

„Er ist kein Jude", sagte sie zu den anderen, „aber er ist cool."

„Hey, wer ist schon perfekt", erwiderte Levi zwischen zwei Mundvoll mit Apfelstücken. „Abgesehen von mir, natürlich."

Die Gruppe gluckste und kicherte, und Aaron gab Levi einen spielerischen Schubs. Levis Narzissmus sorgte stets für Heiterkeit, und er lenkte nun die Aufmerksamkeit von Ethan ab. Nach dem Verzehr der Äpfel gab sich jeder wieder seiner vorherigen Tätigkeit hin, so dass Ethan allein mit Becca zurückblieb.

Er verringerte die Distanz zu ihr und sprach zu ihr mit leiser, rauer Stimme, die puren Sex ausstrahlte. „Ich bin also cool, was?"

„Ja, auch wenn du dich mit Honig besabbert hast." Sie legte ihren Finger an sein Kinn und wischte ihn weg.

Er schnappte ihre Hand, führte ihren Finger an seine Lippen und entfernte den Honig mit einem langsamen, sinnlichen Lecken, das feuchte Begierde zwischen ihren Beinen hervorrief. „Ziemlich süßes Zeug."

Wenn er weiter so mit ihr spräche, würde sie ihn womöglich noch in ihr Bett zerren, bevor der nächste Gang serviert wurde. *Reiß dich am Riemen, Becca! Konzentriere dich auf etwas anderes als darauf, wie sehr er dich antörnt!* „Das ist die Idee hinter dem Abendessen zu Rosh Hashanah. Ein süßes, neues Jahr."

„Damit kann ich gut leben." Er starrte sie weiterhin an, als würde er am liebsten auch von anderen Stellen ihres Körpers Honig schlecken. Doch dann rief ihn Aaron zu ihrem Spiel zurück.

Becca zog sich in die Küche zurück. Die Begierde in ihr hatte auf jedem Zentimeter ihrer Haut Hitzewallungen entfacht. Wenn sie noch Zweifel daran gehabt haben sollte, dass sie die Beziehung zu Ethan auf eine neue Ebene stellen wollte, hatte er diese soeben vollends zerstreut. Aber sie musste es ruhig angehen lassen, wenn sie nicht riskieren wollte, dass ihr alles aus den Händen glitt.

Lass es ruhig angehen, Becca! Du kannst doch nicht nur wegen eines schnellen Ficks das ganze Vertrauen, das du bisher aufgebaut hast, aufs Spiel setzen.

Aber eines war gewiss: Ethan Kelly wusste genau, wie er sie dazu bringen konnte, auf ihn abzufahren.

Kapitel Sieben

Angestrengt versuchte Ethan, sich auf sein Spiel mit Levi und Aaron zu konzentrieren, aber ob er es wollte oder nicht, der süße Geschmack von Beccas Finger in seinem Mund wollte ihm einfach nicht aus dem Sinn gehen. Nun, das war immerhin ein Verlangen, mit dessen Suchtpotenzial er kein Problem hatte. Zu gern würde er auch andere Teile ihres Körpers kosten, angefangen bei ihren Lippen. Und wenn er all seinen Mut zusammennähme, könnte er sie vielleicht zum Hauptgericht zu sich nach Hause einladen.

Schon allein bei dem Gedanken daran, mit ihr im Bett zu liegen, wurden seine Hände feucht. Er konnte sich gar nicht daran erinnern, wann er zum letzten Mal in nüchternem Zustand Sex mit einer Frau gehabt hatte. Verdammt, er hatte seine Jungfräulichkeit auf einer Party im Alkohol-und Drogenrausch verloren. Jahre des Umherziehens von Stadt zu Stadt, von Auftritt zu Auftritt, hatten nicht viel Zeit für eine langfristige Beziehung gelassen, One-Night-Stands waren zum Normalfall geworden. Aber nach einigen Flaschen Bier oder einem schnellen Schuss Heroin hatte er dann schnell den

Gedanken ausblenden können, dass es niemanden gab, der zu Hause auf ihn wartete. Ein warmer Körper für die Nacht, das war es, was für den Moment gezählt hatte.

Bis jetzt.

Er war fünfundzwanzig. Noch nicht unbedingt bereit, sesshaft zu werden, aber bereit, einer ernsthaften Beziehung eine Chance zu geben. Und Becca war ein Mädchen, für das es sich lohnte, dieses Wagnis einzugehen.

Er musste nur mit seinen Versagensängsten klarkommen.

Eine der Blondinen - Natalie, wie er glaubte - reichte ihm eine Flasche starken Apfelwein. Er rührte sie nicht an und fuhr stattdessen mit seinem Spiel fort, bis sich die Eingangstür öffnete und ein Mann laut ausrief: „*ShanahTovah*, ihr Miststücke!"

Levi und Aaron warfen ihre Controller beiseite, um die Neuankömmlinge zu begrüßen. Diese, vier Männer und drei Frauen, strömten in die Wohnung, und schlagartig änderte sich die Atmosphäre. Waren es bislang nur einige Freunde gewesen, die hier abhingen, so geriet mit der Ankunft der neuen Gäste die Feier nun vollständig ins Rollen. Buntes Stimmengewirr erfüllte den Raum und konkurrierte mit der immer lauter werdenden Musik, die aus den eingebauten Surround-Lautsprechern dröhnte. Beccas Mitbewohnerin lief mit einem Tablett voller Apple Martinis von Gast zu Gast, während Becca aus der Küche die Platte mit noch dampfenden Hähnchen holte.

„Zeit für den nächsten Gang", verkündete sie. „Granatapfel-Hähnchen."

Angesichts der süßen und pikanten Aromen, die die

Wohnung erfüllten, lief Ethan das Wasser im Mund zusammen. Er stellte sich hinter den anderen an, um sich eine Scheibe des gegrillten und mit würziger, roter Soße und frischen Granatapfelstücken belegten Hähnchens abzuholen. „Hast du das gemacht?", fragte er.

Becca nickte. „Toll, was man mit einem Elektrogrill alles machen kann."

Er nahm einen Bissen. Es schmeckte sogar noch besser als es roch. „Ist das eine weitere Tradition?"

„Ja. Der Granatapfel symbolisiert ein neues Jahr voller guter Taten." Sie warf einen Blick auf die Gäste, die angeregt mit ihren Freunden plauderten und tranken. „Obwohl ich mir gewünscht hätte, das wir noch den *Kiddusch* hätten sprechen können, bevor alle eintreffen."

„Das ist unsere Party, nicht die unserer Eltern", sagte ihre Mitbewohnerin, während sie sich gleichzeitig eine weitere Portion vom Hähnchen nahm. „Wir brauchen uns doch nicht mit diesem spießigen, traditionellen Kram abzugeben. Wenn du darauf Wert legst, solltest du lieber mit deinen Eltern feiern."

Becca blinzelte heftig mit den Augen und wandte sich ab, aber Ethan konnte noch den gequälten Ausdruck auf ihrem Gesicht erhaschen. Irgendetwas, was Ari gesagt hatte, hatte Becca verletzt, und ehe er selbst wusste, was er da tat, setzte er an, sie zu trösten.

„Alles in Ordnung mit dir?", fragte er.

„Ja." Unsicher lächelte sie ihn an. „Und mit dir?"

Er sah sich im Zimmer um und nickte. „Ja, eigentlich schon."

„Gut." Ihr Lächeln wurde nun wärmer, und sie reichte ihm eine Flasche Wasser. „Ich muss zurück in die Küche, um den nächsten Gang vorzubereiten."

„Ich bleibe hier."

Einen Augenblick später zog ihn Levi zurück zur Gruppe und stellte ihm die neuen Gäste vor. Ethan hielt sich etwas abseits, lauschte den Gesprächen und sprach nur, wenn er etwas gefragt wurde. Er hielt sich an seine Flasche Wasser, anstatt Apfelwein zu trinken, wie es die anderen Männer taten. Als eher zurückhaltender Mensch waren Partys mit so vielen Fremden eigentlich überhaupt nicht sein Ding, aber dennoch kam er mit Beccas Freunden schnell ebenso gut klar wie mit ihr.

Im allgemeinen Trubel war ein weiteres Klopfen an der Tür kaum zu vernehmen, aber Becca war bereits dort, um sie zu öffnen. Ein Mann mit zwei Gitarren - eine davon mit einem Riemen um seine Schulter geschnallt, die andere in der Hand - betrat das Zimmer und umarmte sie.

Die Eifersucht, die sich bei Ethan augenblicklich auf den Magen schlug, überraschte ihn selbst. War dies etwa ihr Freund? Hatte er sich in ein Mädchen verliebt, das bereits in festen Händen war? Warum hatte sich Becca den ganzen Abend über in der Küche versteckt? Er durchquerte das Zimmer, um sich den letzten Gast einmal etwas näher anzusehen.

Der Mann holte seine elektrische Gitarre, die sich auf seinem Rücken befunden hatte, hervor. „Wer ist das, Becca?", fragte er und blickte Ethan, mehr neugierig als argwöhnisch, an.

„Das ist mein Bekannter Ethan."

Bekannter! Das Wort war wie eine Ohrfeige für ihn. Es war ja schön und gut, dass er ihr Bekannter war, aber inzwischen wollte er mehr sein.

Der Mann streckte ihm seine Hand entgegen. „Hallo, Ethan. Ich bin David."

Nur sehr zögernd ergriff er dessen Hand, zu dumpf war immer noch das Unbehagen, das er verspürte. David trug ein hübsches Button-Down-Hemd und eine Khakihose sowie einen Vollbart, der es schwer machte, sein Alter zu schätzen.

Becca stand dort mit einer Hand auf der Schulter des Mannes und sah sich mit einem erwartungsvollen Grinsen in der Runde um. „David ist auch Musiker, Ethan. Er schließt gerade seine Ausbildung zum Kantor am Hebrew Union College ab."

Gut zu wissen, aber das beantwortete immer noch nicht die eine Frage, die in seinem Kopf herumspukte wie ein ruheloser Geist.

„Becca", rief Ari aus der Küche, „die Rinderbrust."

Becca wurde kreidebleich. „Oh, nein!" Sie fegte davon und ließ Ethan mit dem Mann, der möglicherweise ihr Freund war, allein.

„Also, Ethan, was spielst du denn so?"

David versuchte, Smalltalk zu machen, aber Ethan konnte sich einfach nicht entspannen. „Gitarre hauptsächlich. Aber ich spiele auch Klavier, Drums und Trompete."

„Schön. Hast du schon einmal daran gedacht, im Tempel zu spielen?"

„Das kann er nicht", antwortete Morgan an seiner Stelle und hakte sich bei David unter. „Er ist ein *Shegetz*."

David setzte ein strahlendes Lächeln auf. „Trägst du dich mit der Absicht zu konvertieren?"

„Wohl kaum."

„Schade”, erwiderte David und ignorierte Morgans Versuche, ihn von der Tür wegzuziehen. „Wir könnten noch einige Musiker gebrauchen.”

Mit einem Ausruf des Unmuts und einem Rollen der Augen unterbrach die Blondine sie. „Kann das nicht warten?”

Er besänftigte sie mit einem Kuss auf die Wange. „Nur noch eine Minute, Schatz.”

Das Engegefühl in Ethans Unterarm ließ schlagartig nach. So wie es aussah, war David mit Morgan liiert.

„Aber du warst doch schon den ganzen Tag über in deinem Tempel.” Sie lächelte und sah dabei aus wie ein verwöhntes, affektiertes Mädchen.

„Ja, und ich bin in einer Minute bei dir. Ich habe noch nicht einmal meinen Mantel ausgezogen.”

Morgans Schmollmund wurde noch ein wenig ausgeprägter, aber sie zog sich zurück, nicht aber, ohne den Zeigefinger warnend hochzuhalten. „Eine Minute!”

„Tut mir leid”, sagte David und zuckte verlegen mit den Achseln, während er seinen Mantel auszog. „Sie ist verärgert, weil ich versprochen hatte, in der Nachmittagsmesse zu spielen, und deshalb nicht schon zu Beginn der Party hier sein konnte.”

„Hast du aus diesem Grund zwei Gitarren dabei?” Ethan lehnte sich zur Seite, um einen besseren Blick auf die Etuis zu haben und erkannte die Marken Fender und Martin. Sieht nach einem seriösen Musiker aus.

„Ja.” David hängte den Mantel in den Schrank. „Vielleicht können wir später eine Jamsession starten. Ich habe eine App, die mein Handy in einen Verstärker verwandelt.”

Der Schreck fuhr Ethan kalt in die Glieder. Es mochte ja noch angehen, dass er nicht in der Lage war zu spielen, wenn er alleine war, aber sich vor Beccas Freunden zu blamieren, war eine ganz andere Sache. Er konnte sich doch nicht gerade jetzt zum Narren machen. „Vielleicht", sagte er mit belegter Stimme.

Gott sei Dank wurde er in diesem Moment von einem Ausruf Levis gerettet. „Becca bringt die Rinderbrust."

Die Partygäste versammelten sich um den Esszimmertisch, wo Becca das große, medium rare zubereitete Stück Rind in dünne Scheiben schnitt. Außen war es mit einer dunklen Glasur überzogen, und in einer Schüssel daneben befand sich offenbar eine dunkle Barbecue-Sauce. Ari fügte einen Salat aus jungem Blattgemüse, Granatapfelkernen und Apfelstücken hinzu. Jetzt kamen auch die anderen Frauen nach und nach aus der Küche und brachten die restlichen Beilagen wie Kartoffelbrei, kandidierte Karotten, runde Scheiben Challah und grüne Erbsen. Als alles aufgetragen war, füllte jeder seinen Teller.

Als Ethan die Gerichte probierte, stellte er, innerlich belustigt, fest, dass sie allesamt eine recht süße Note hatten. Becca würde heute mit ihrer Vorliebe für Süßes voll auf ihre Kosten kommen. Selbst der Salat war mit einer honigsüßen Vinaigrette durchzogen.

Becca lud sich reichlich auf und bedeutete ihm, ihr an die Esstheke in der Küche zu folgen. „Schmeckt es dir bis jetzt?"

„Das ist das beste Essen, das ich je hatte, seit ich in dieser Stadt bin." Und das war nicht gelogen. Das Imbissessen, von dem er bisher gelebt hatte, schmeckte wie Sägemehl im Vergleich zu einem selbst gekochten Mahl. Einmal mehr empfand er Demut angesichts ihrer Großzügigkeit. „Vielen Dank für die Einladung."

„Ich sagte dir ja, dass meine Freunde cool seien." Sie zwinkerte ihm zu und steckte sich eine in Scheiben geschnittene Möhre in den Mund. „Übrigens, ich hoffe, du hast keine Einwände, dass ich dich Dave als Musiker vorgestellt habe."

„Nein, eigentlich nicht." Viel ärgerlicher war er über die Tatsache, dass sie ihn als Bekannten vorgestellt hatte, wenngleich ‚Bekannter' das Verhältnis zwischen ihnen sicherlich ganz gut beschrieb, wenn man bedachte, dass sie sich ja erst kurze Zeit kannten.

„Ich dachte mir, ein anderer Musiker könnte dir vielleicht dabei helfen, deine Musik wiederzufinden."

„Das bezweifle ich."Aber während des gesamten restlichen Essens spukten ihm ihre Bemerkungen im Kopf herum und ließen ihm keine Ruhe, so dass er sich schließlich gezwungen sah, aufzustehen und hinaus auf den Balkon zu treten, um wieder einen klaren Kopf zu bekommen.

Die kühle Herbstluft kühlte seine Frustration herunter. Die untergehende Sonne tauchte den Central Park und den Rest der Stadt in ein orangefarbenes Licht. Von hier oben wirkte alles ruhig und gelassen, und allmählich passte sich seine Gefühlslage dieser Atmosphäre an. Der Balkon glich eher einer riesigen Veranda, die um das gesamte Apartment herumlief und breit genug war, um dort zwei bequeme Polstersessel sowie eine Tischgarnitur unterzubringen. Er war perfekt für Grillabende im Sommer, aber im Augenblick empfand er dessen große räumliche Ausdehnung als willkommenen Kontrast zu der Enge, die wegen der zahlreichen Gäste in der Wohnung herrschte. Hier konnte er den Himmel beobachten und sich sammeln.

Er machte sich nicht die Mühe, sich umzudrehen, als er die Tür hinter sich hörte. Becca war die einzige Person, die sich trauen würde, sich ihm hier anzuschließen.

Aber zu seiner Überraschung vernahm er eine männliche Stimme, die sagte: „Wollen wir jetzt unsere Jamsession abhalten?"

Ethan drehte sich um und sah, wie David zwei Stühle neben zwei Akustikgitarren zusammenrückte. „Und der Rest der Party?"

„Drinnen ist es zu laut. Abgesehen davon werden sie sich bald zu uns gesellen, wenn wir begonnen haben." Er öffnete eines der beiden Etuis. „Möchtest du lieber die Martin oder die Taylor?"

„Egal." Er bezweifelte sowieso, dass seine Finger die richtigen Töne treffen würden.

„Du kannst Aris Gitarre benutzen." David reichte ihm die praktisch neue Taylor und öffnete das Etui der Martin. „Aber wenn es dir lieber ist, kann ich meine Martin für eine Weile opfern."

„Das ist wirklich nicht nötig." Er versuchte, ihm die Gitarre zurückzugeben, aber David weigerte sich, sie anzunehmen. „Ich war in letzter Zeit nicht in der Stimmung, Musik zu machen."

„Das ist schade. Auf mich übt Musik immer eine beruhigende Wirkung aus." Er schlug die Saiten an und schloss die Augen.

Ethan erkannte die Anfangsakkorde eines Stücks von

den Beatles. Er legte seine Finger im Einklang mit den Akkorden Davids auf den Gitarrenhals, aber er musste all seinen Mut zusammennehmen, bis er schließlich auch mit der anderen Hand über die Saiten strich und David begleitete. Davids Bariton, der die Nacht erfüllte, war so klar und durchdringend, dass er Ethan durch Mark und Bein ging und die Schuldgefühle und Zweifel, die seine Seele gefangen hielten, fortspülte. Die Ketten, die ihm den emotionalen Zugang zur Musik versperrt hatten, barsten, und zutage kam die unbeschwerte Fröhlichkeit früherer Tage.

Als David zum Refrain kam, stimmte Ethan ein. Die musikalische Harmonie zwischen ihnen beiden überraschte ihn. Er war so lange Leadsänger gewesen, dass er fast vergessen hatte, wie es war, den Hintergrundgesang abzuliefern, aber seine raue, ungezügelte Stimme ergänzte sich hervorragend mit Davids klassisch geschulter. Die schnörkellose Art führte ihm vor Augen, dass er eigentlich immer noch eine recht ordentlicheStimme hatte, auch wenn die improvisierte Jamsession natürlich nicht damit zu vergleichen war, auf einer großen Showbühne im Scheinwerferlicht zu stehen. Vielleicht konnte er doch ohne Ty Musik machen, ohne Drogen und ohne Scharen von Tontechnikern in einem perfekt ausgestatteten Studio.

Beccas Bekannter lächelte ihm ermutigend zu, bevor er die nächste Strophe ansang. Als es wieder zum Refrain kam, war Ethans Selbstvertrauen noch ein wenig mehr angewachsen, und es gelang ihm nun auch, die Harmonien seiner Stimme auf die Gitarre zu übertragen. Es war eine amüsante und erfrischende Herausforderung, die unwillkürlich ein Lächeln auf sein Gesicht zauberte.

Er hatte seine Liebe zur Musik wiederentdeckt.

„Bist du sicher, dass du nicht konvertieren möchtest?", fragte David, als das Stück beendet war. „Ich würde dich so gern in der Tempel-Band sehen."

„Danke, aber ich bin gerade erst aus einer Band ausgetreten, und ich möchte jetzt erst einmal ein wenig pausieren." Ethan schlug ein weiteres Mal die Saiten an und widerstand dem Drang, die geliehene Gitarre zu umarmen. „Wollen wir ein weiteres Lied spielen?"

„Unbedingt! Du stimmst an."

Ethan überlegte, welcher Song passend wäre und nicht zu sehr an Ravinia's Rejects erinnerte und entschied sich dann für ein weiteres, älteres Stück, das passend für zwei Stimmen und zwei Akustikgitarren war. Er legte sein Plektron zur Seite und verwendete seine Finger, um die Eröffnungsakkorde anzuspielen.

„Gutes Stück." David setzte mit seiner Gitarre ein, aber als es an den Gesang ging, nickte er Ethan zu und sagte: „Das gehört ganz alleine dir."

Es ist nur Beccas Freund auf einem Balkon, es sind nicht Abertausende in einem Stadion. Du kannst das.

Die ersten Töne trug er, als Ergebnis wochenlanger musikalische Abstinenz, mit einer heiseren, etwas schwankenden Stimme vor, aber ab der zweiten Zeile wurde seine Stimme immer fester, und nach und nach verlor er sich völlig in der Musik. Erst gegen Ende des Stückes bemerkte er, dass sie inzwischen Publikum angezogen hatten.

Eine aufgeregte Hitze stieg von seinem Nacken bis zu seinen Ohrläppchen empor. Die ganze Zeit hatte er sich bemüht, sich bedeckt zu halten, und jetzt könnte er mit einem Schlag durch seinen Gesang seine Anonymität verloren haben. Er blickte in die Gesichter der Menschen, die sich vor ihnen versammelt hatten, um nach Anzeichen des Erkennens zu forschen. Aber als er in Beccas strahlendes Gesicht sah, waren all seine Sorgen um die Wahrung seiner Privatsphäre schlagartig verschwunden. Sie schien so stolz auf ihn zu sein, dass es ihn nicht länger kümmerte, was die anderen dachten. Nur ihre Meinung zählte.

„Das war großartig", sagte der Mann, der vorhin so großspurig das Zimmer betreten hatte, und hielt ein Feuerzeug in die Höhe. „Macht weiter, Jungs!"

„Können wir nicht reingehen?", fragte Morgan und rieb sich über die nackten Arme. „Es ist ein wenig kühl hier draußen."

„Kein Problem." David erhob sich mit seiner Gitarre, aber Ethan blieb sitzen.

Vor gerade einmal vierundzwanzig Stunden war er noch kurz davor gewesen, wieder rückfällig zu werden, sich dem Heroin zu ergeben, um darin den Trost zu suchen, den es ihm vormals gegeben hatte. Aber in all dieser Zeit war stets die Musik als rettender Strohhalm für ihn da gewesen. Er hätte lediglich das Drumherum abstreifen sollen und zum Wesentlichen zurückkehren müssen.

Ich kann es tatsächlich. Ich kann clean bleiben und trotzdem spielen.

Die nächste Herausforderung bestünde nun darin, neue Musik zu kreieren, ohne sich auf seine frühere inspirative Quelle verlassen zu müssen.

„Kommst du, Ethan?“, fragte Becca sanft.

Ethan wandte sich ihr zu und sah sie mit ausgestreckter Hand vor sich stehen.

Er ergriff sie, stand auf und ließ sich von ihr führen. Es war wie ein Symbol dafür, dass er dank ihrer Unterstützung die Kraft hatte, sich weiterzuentwickeln. „Ja, ich komme.“

Sie lehnte sich an ihn an und flüsterte: „Ich bin froh, dass du deine Musik wieder gefunden hast.“

Wenn er nicht neugierigen Blicken auf der anderen Seite der Glastür ausgesetzt gewesen wäre, hätte er Becca gleich hier noch dichter an sich herangezogen, um ihr einen Kuss zu geben. Stattdessen begnügte er sich vorerst damit, ihr eine Strähne ihrer dunklen Haare hinters Ohr zu stecken. „Ich auch.“

Drinnen angelangt, wechselten David und er sich mit dem Abspielen klassischer Rocksongs ab, wobei sie auch Wünsche ihrer Zuhörer berücksichtigten. Ethan fand sehr viel Spaß daran, so lange, bis Ari den Wunsch nach einem Stück seiner Band äußerte. Ethan sog tief den Atem ein und hielt ihn an. Wenn er dem Wunsch nachkäme, riskierte er erneut, seine Tarnung auffliegen zu lassen.

„Ich kenne das Lied nicht sehr gut“, sagte David. „Kennst du es, Ethan?“

Er nickte, hatte aber plötzlich kein Vertrauen mehr in seine Stimme. Er suchte Becca, konnte sie aber nicht finden. Panik machte sich in ihm breit.

Ich muss das alleine schaffen.

Aber als er seinen Blick im Zimmer umherschweifen ließ und er Davids ermutigendes Nicken sah, dämmerte ihm, dass er nicht alleine war. Ethan stimmte die ersten

Töne aus seiner Erinnerung an. Die Akustikgitarre war sanfter und langsamer als die elektrische Gitarre, mit der er normalerweise dieses Stück spielte, und diese Sanftheit übertrug sich auch auf seine Stimme und die Art und Weise, wie er dieses Stück interpretierte. Sie war deutlich emotionsgeladener, als er die Anfangsphrase des Stücks wiedergab. Es war das erste Lied von Ravinia's Rejects, das er seit dem Tod von Ty sang, und die geradezu feierliche Qualität, die ihm die Akustikgitarren verliehen, passte gut zu seiner Stimmung. Es war wie ein Abgesang, eine Möglichkeit, von der Vergangenheit Abschied zu nehmen.

David setzte ein, aber der Sound war - in positiver Hinsicht - anders, als er es im Zusammenspiel mit Ty gewesen war. Als das Stück sich dem Ende näherte, juckte es Ethan in den Fingern, und so verlieh er aus einer Laune heraus dem Song eine neue Variation, indem er mal hier mal da eine Note änderte, dort einen Akkord anders setzte; so wurde es zu einer Improvisation, die aus seinem Herzen sprach und ein Ausdruck des in ihm wütenden Konflikts war.

„Boah!", sagte Ari und machte große Augen. „Das war ja sogar noch besser als das Original."

Das sollte es aber auch sein, wenn man bedenkt, dass ich derjenige war, der es geschrieben hat.

„Danke", murmelte er und erhob sich von seinem Stuhl. Er musste Becca finden. „Zeit für eine kleine Pause."

„Für mich auch." David legte seine Gitarre beiseite und zog Morgan in seine Arme.

Aus dem Lautsprecher ertönte nun wieder laute

Technomusik, während Becca in diesem Moment mit einem Papierstapel aus einem Nebenzimmer kam. Sie winkte ihn zu sich, und, mit der Gitarre ihrer Mitbewohnerin noch immer in der Hand, ging er zu ihr hinüber.

„Ich habe dein neues Arrangement gehört, und es hat mir zu denken gegeben. Vielleicht solltest du einige Aufzeichnungen machen." Sie hielt ihm den Stoß Notenblätter hin. „Die habe ich für dich ausgedruckt, aber wenn du mehr davon brauchst…"

Diese Frau verstand ihn besser als er sich selbst. Er nahm den Stapel und drückte einen flüchtigen Kuss auf ihre Stirn. „Gibt es hier einen ruhigen Ort, an dem ich ungestört bin?"

„Du kannst mein Schlafzimmer benutzen." Sie öffnete die Tür des Zimmers, aus dem sie gerade herausgekommen war.

„Danke." Er blickte sie noch eine Weile lang an, um ihr deutlich zu machen, wie dankbar er ihr war. Sie hatte ihm dabei geholfen, eine Riesenhürde bei seinem Genesungsprozess zu überwinden. Endlich hatte er wieder das Gefühl, voranzukommen.

Vor Aufregung glitzerte es in ihren Augen. „Gern geschehen."

Beccas Schlafzimmer war einfach und ruhig, genau wie sie selbst. Die blauen Farbtöne und klaren Linien milderten seine Beklemmung und ließen ihn sich auf das Wesentliche konzentrieren. Er setzte sich mit Aris Gitarre auf die Bettkante und kritzelte die Noten für das neue Arrangement auf das Papier. Als er die Zeile las, die sie oben auf jedes Blatt geschrieben hatte, hielt er mit seinem

Stift inne.

Text und Musik von Ethan Kelly.

Nun hatte er den Beweis dafür, dass sie wusste, wer er war, und dennoch behandelte sie ihn so, wie sie auch alle anderen Freunde behandelte. Sie himmelte ihn weder an, noch fasste sie ihn mit Samthandschuhen an. Er war einfach nur eine weitere Person in ihrem Leben, und genau das gab ihm die Gewissheit, dass er ihr ruhigen Gewissens all seine Geheimnisse anvertrauen konnte.

Er schrieb die letzten Noten seiner Variation auf und zog dann ein neues Blatt hervor. Es war höchste Zeit, etwas ganz Neues zu komponieren.

Kapitel Acht

Als Ethan aus Beccas Schlafzimmer trat, stellte er fest, dass die Party einen für ihn unangenehmen, feuchtfröhlichen Verlauf genommen hatte. Es wurde gelallt und geschrien, um die hämmernde Musik zu übertönen, und in torkelnden Tanzbewegungen taumelten Arme und Beine der Gäste herum.

Ethan bahnte sich einen Weg durch das Wohnzimmer und hielt nach Becca Ausschau, stieß aber nur mit deren Mitbewohnerin zusammen. Sie blickte ihn mit glasigen, braunen Augen an und machte keinerlei Anstalten, sich von ihm zu lösen. „Deine Stimme ist sehr sexy", brabbelte sie.

„Wo ist Becca?" Ethan sprach energisch und bestimmt, was man von Aris träger, bierseliger Sprechweise nicht sagen konnte. Es gab nur eine einzige Frau, die er jetzt gern dicht an seinen Körper gepresst spüren würde, und das war nicht diese zierliche Blondine.

Mit leichtem Schmollmund ließ sie von ihm ab. „Draußen auf dem Balkon."

Wie vorhin schon, war der Balkon auch jetzt für ihn eine willkommene Auszeit vom drinnen herrschenden

Chaos. Er spähte angestrengt in das Halbdunkel, erblickte sie nicht auf einem der Stühle, dann aber in einer entlegenen Ecke, angelehnt an die Wand. „Hallo", sagte er, während er sich ihr nur langsam näherte, weil er nicht sicher war, ob sie nicht lieber allein sein wollte, und er ihr die Gelegenheit bieten wollte, ihm dies zu sagen.

„Hallo", antwortete sie. „Wie ist es gelaufen?"

„Gut." Er hielt vor ihr an und stützte sich mit den Ellbogen an den warmen Ziegelsteinen ab. „Eigentlich sogar sehr gut. Ich habe einen neuen Song geschrieben."

„Möchtest du ihn kurz ansingen?"

Er lachte bescheiden. „Am Text muss ich noch arbeiten."

„Er wird dir förmlich zufliegen." Sie seufzte und blickte gen Himmel. „Tut mir leid, dass ich mich hier verstecke, aber ich musste da raus, bevor ich noch etwas tue, was ich später bereuen würde."

Er beugte sich weiter vor zu ihr, bis er ihr Parfum riechen konnte. Augenblicklich wurde sein Schwanz hart, und alle Gedanken an die Musik rückten in weite Ferne. „Was meinst du damit?"

„Ich trinke keinen Alkohol, weil es zu gefährlich für mich ist. Aber alle anderen…." Sie zuckte mit den Achseln, um anzudeuten, dass der Verlauf der Party ja für sich selbst sprach.

„Deswegen hattest du also Bedenken?" Er kam ihr jetzt so nahe, dass er ihren stockenden Atem hören konnte.

Mit einem Augenaufschlag, aus dem die pure Lust sprach, blickte sie zu ihm auf. Sie fuhr sich mit der Zunge über die Lippen. „Unter anderem."

Er kam ihr nun noch näher. Er wollte doch einmal sehen, ob sie ihn zurückweisen würde. Aber das nächste, woran er sich erinnern konnte, waren ihre Lippen, die er mit seinen in einem zögerlichen, federleichten Kuss zu spüren bekam. Der Kontakt sorgte für ein umgehendes Wärmegefühl in seinem Körper, aber auch für ein Gefühl der Angst, das seine Leidenschaft zügelte. Er wich einige Zentimeter zurück, um ihre Reaktion einzuschätzen.

Ihre Augen waren geschlossen, aber das selige Lächeln auf ihrem Gesicht gab ihm die Erlaubnis, fortzufahren.

Diesmal gestaltete er den Kuss intensiver, fordernder. Er wollte die Grenzen ihrer Beziehung ausloten und sehen, wie weit sie gehen würde. Sie ließ es geschehen und öffnete ihre Lippen. Gierig erforschte er die Süße ihres Mundes, während er sich noch immer mit den Fingern in den Fugen der Steinmauer festklammerte. Becca schmeckte so gut, dass er es kaum wagte, sie in den Arm zu nehmen, denn er wusste, dass er dann nicht eher befriedigt sein würde, bis er sie im Bett hatte.

Der lange, sinnliche Kuss schien ewig zu währen. Er hätte nie gedacht, dass er das einfache Vergnügen, eine Frau zu küssen, so sehr genießen könnte, aber Becca zu küssen war weitaus besser als die trostlosen Affären, die er jahrelang gehabt hatte. Begierig sog er all ihre Signale, die sie von sich gab, auf, um ihre Reaktion zu verstehen. Ihr Atem wurde schneller, und sie streckte ihre Hand aus, um ihn zu berühren. Zunächst seine Brust. Dann seine Schultern. Schließlich schlangen sich ihre Arme um seinen Hals, während sie gleichzeitig den Kuss verstärkte. Die letzten Spuren des Zweifels schmolzen dahin. Sie wollte ihn so sehr, wie er sie wollte, so dass er es wagte, mit seinen Fingern durch ihr seidiges Haar zu streifen.

„Becca", ertönte Aris Aufschrei aus dem Eingang.

Ethan ließ mit seinen Lippen von Becca ab und wich zurück. Er wollte so gern fortfahren, aber genauso wenig wollte er, dass dieser intime Moment zu einem öffentlichen Spektakel verkam.

„Was?", erwiderte Becca und gab sich dabei keinerlei Mühe, ihren Ärger zu verbergen.

„Wir gehen zu Cielo. Möchtest du mit uns kommen?"

Mit großen Augen und einem sich immer noch schnell hebenden und senkenden Brustkorb blickte Becca Ethan an. „Ich glaube, ich bleibe lieber hier."

„Ich dachte mir schon, dass du so etwas sagen würdest."

Becca grinste und wandte sich an ihre Mitbewohnerin. „Sei vorsichtig!"

„Du auch." Ari schaute sie vielsagend an, bevor sie die Tür schloss.

Ethan wartete, dass sie eine Bemerkung machte, aber nach einer Weile des Schweigens, sagte er: „Ich glaube nicht, dass sie mich mag."

„Sie ist einfach nur übervorsichtig mit ihrer besten Freundin. Wenn sie dich kennen würde, würde sie sich anders verhalten."

„Was willst du damit sagen?" Er wartete auf ihre Antwort, die er aber eigentlich bereits kannte.

Sie errötete und blickte zur Seite. „Ich glaube, Ari ist sogar noch ein größerer Fan von Ravinia's Rejects als ich."

„Aber du hast es ihr nicht gesagt."

Becca schüttelte den Kopf. „Um ehrlich zu sein, brauchte ich selbst ein oder zwei Wochen, um es herauszufinden. Aber da ich ja gesehen habe, welchen enormen Aufwand du betreibst, um zu verbergen, wer du bist, ist das Mindeste, was ich tun kann, meinen Mund zu halten."

Er ließ seinen Daumen über ihre Unterlippe gleiten. „Und noch dazu einen solch verführerischen Mund."

Selbst im schwachen Licht war nicht zu verkennen, dass das Blut in ihre Wangen schoss. „Ein einfaches Dankeschön würde reichen."

Er zog instinktiv die Schulterblätter zusammen und wich ein Stück zurück. „Willst du damit sagen, dass ich zu weit gegangen bin?"

„Nein, ich…" Sie packte sein Shirt, ballte ihre Hände zu Fäusten und zog ihn zu einem weiteren Kuss zu sich zurück. Diesmal hatte sie das Sagen und kontrollierte das Tempo wie ein Maestro, der sein Orchester dirigiert. Sie begann mit einem sanften, langsamen Adagio, um sich dann zu einem lebhaften Allegro zu steigern.

Ihre Leidenschaft übertrug sich auf ihn und ließ seine Zurückhaltung und sein Bemühen, die eigene Begierde im Zaum zu halten, schwinden. Mit einer Hand immer noch in ihren Haaren verfangen, mit der anderen Hand ihren Po umfassend, drückte er sie gegen die Wand. Jeder verführerische Kuss, jedes Aufeinandertreffen ihrer Zungen, jedes herrliche Stöhnen, das sich ihrer Kehle entrang, ließ seinen Schwanz nur noch steifer werden. Seine Hüften schwangen vor und zurück, in einem rhythmischen Tanz, den er unter ihren Bettlaken gerne wiederholen würde.

Er war so unheimlich geil auf sie, dass er sie auf der Stelle nehmen wollte.

Aber auf ihre Frage, die sie stellte, nachdem sie den Kuss beendet hatte, war er dennoch ganz sicher nicht gefasst: „Sollen wir dies in meinem Schlafzimmer weiterführen?"

***

Was zum Teufel habe ich da nur gerade gesagt?

Becca hatte eigentlich nicht vorgehabt, Ethan heute Abend abzuschleppen, aber jeder einzelne Kuss legte ihren gesunden Menschenverstand ein Stück mehr lahm, bis sie schließlich so heiß war, dass die Frage ihr schon entfahren war, noch ehe sie wusste, was sie tat.

Er erstarrte und wich, mit zusammengezogenen Augenbrauen, einige Zentimeter zurück. „Becca, ich…"

Enttäuschung machte sich in ihr breit, und sie presste ihre Augen fest zusammen, während sie einen Schritt zurücktrat.

Nun gewann der Stolz in ihr die Oberhand, und Becca rang nach Worten, um zu verbergen, wie peinlich berührt sie war. „Es tut mir leid, ich wollte nur…"

Er brachte sie zum Schweigen, indem er ihr Kinn mit seinem Finger hochschob und sie dadurch zwang, ihm in die Augen zu sehen. „Entschuldige dich nicht!"

„Nein, ich habe die Grenze überschritten, und das ist dir offensichtlich unangenehm - verdammt!" Sie grub ihre Finger in ihre Handflächen und wandte sich zum Gehen. Sie hätte ihn nicht fragen dürfen. Es war immer noch zu früh im Genesungsprozess, als dass sie ihn in eine sexuelle Beziehung verwickeln durfte. Aber er hatte heute schon so große Fortschritte erzielt, dass sie fast vergessen hätte, in welcher Lage er sich noch heute Morgen befunden hatte. „Ich wusste, dass ich das vermasseln würde."

Ethan erwischte sie am Handgelenk und zwang sie, sich zu ihm umzudrehen. „Sehe ich so aus, als sei es mir unangenehm?"

Ein steinharter Knüppel drückte vehement gegen seinen Reißverschluss und gegen ihren Unterleib. „Ich weiß es nicht. Sag du es mir!"

„Ich denke, es ist doch wohl ziemlich offensichtlich, wie angetörnt ich bin." Er gab ihr einen flüchtigen Kuss, um dann an ihrer Unterlippe zu saugen. „Ich weiß, dass du versuchst, auf mich achtzugeben, und ich weiß das zu schätzen. Wenn du mir sagst, dass ich aufhören solle, werde ich es tun, aber wenn du willst, dass ich fortfahre…"

Eine Stimme in ihr befahl ihr, die Sache auf der Stelle zu beenden, aber so vernünftig sie in der Theorie war, so unvernünftig, von ihrer Begierde getrieben, handelte sie. „Das tue ich."

Sie nahm seine Hand und führte ihn hinein. Ari und die übrigen Freunde waren bereits aufgebrochen, um in die Disco zu gehen. In der Wohnung gab es ein heilloses Durcheinander, aber das hatte Zeit bis zum nächsten Morgen. Im Augenblick konnte sie keinen anderen Gedanken fassen, als Ethan in ihr Schlafzimmer zu führen, bevor sie den Mut verlor.

Die Tür war kaum ins Schloss gefallen, als sie ihn schon dicht an sich zog. Ihre Küsse wurden zunehmend wilder und leidenschaftlicher; sie benahmen sich so, als seien sie zwei Teenager, die sich beeilen mussten, um nicht von ihren Eltern erwischt zu werden. Sie riss ihm das Hemd vom Leib und hielt einen Moment inne, um die Tattoos auf seinem schlanken Körper zu bewundern, ehe sie sich in den nächsten, atemlosen Kuss stürzte.

Ethan fummelte am Reißverschluss ihres Kleides herum, der sich aber verklemmte, woraufhin er den Kuss abbrach und einen Seufzer der Verzweiflung ausstieß. „Dreh dich um!"

Ein Schauer lief ihr über den Rücken. Im täglichen Leben hasste sie Männer, die sie herumkommandierten. Im Schlafzimmer war dies allerdings etwas anderes.

Endlich gelang es ihm, ihr das Kleid auszuziehen, gefolgt vom BH, so dass sie nun mit nacktem Oberkörper im kühlen Schlafzimmer mit dem Rücken ihm zugewandt, dastand. Er legte ihr Haar zur Seite, um ihren Nacken freizulegen und drückte seine Lippen auf ihre Haut. „Wie gefällt dir das?"

Ihr wurde ein wenig flau im Magen. War er möglicherweise von ihrer unterwürfigen Haltung abgestoßen? „Sag du es mir!"

Er kicherte und schlang seine Arme um ihren Oberkörper, so dass er ihre Brüste in den Händen hielt. „Willst du, dass ich rate?"

„Nein." Sie lehnte sich gegen ihn und kostete die Wärme seiner nackten Brust aus. „Sag es mir!"

Er hielt inne und dachte über ihre Bitte nach. Dann umarmte er sie noch ein wenig fester und zog sie auf die Seite, so dass er ihren warmen Atem in seinem Ohr spüren konnte. „Ich neige dazu, ein wenig härter vorzugehen."

Zur Bekräftigung seiner Aussage packte er mit rauem Griff ihre Brustwarzen, während er gleichzeitig ihr Ohrläppchen mit seinen Zähnen bearbeitete. Der scharfe Schmerz machte sie atemlos und entfachte jetzt auch eine körperliche Begierde in ihrem Unterleib. Vom

Anknabbern ihrer Ohrläppchen ging er über zu sanften Berührungen mit seiner Zunge, während er jetzt ebenso sanft ihre Brüste massierte. Doch als sie sich gerade auf diese zärtlichen Liebkosungen eingestellt hatte, ging er schon wieder dazu über, sie wieder härter anzufassen, was ihre Lustgefühle nochmals verstärkte.

Er kicherte nochmals leise vor sich hin, als wisse er genau, wie sehr seine Spielchen sie anmachten. „Sag mir, wenn es zu viel wird!"

Die nächsten Minuten waren erfüllt von einem Tanz der Sinne, mal sanft und lustvoll, mal wild und schmerzhaft. Nach jedem Beißen und Kneifen nahm er sich die Zeit, die wunden Stellen ihres Körpers wieder zu besänftigen und Becca in einen Zustand absoluter Entspannung zu versetzen, bevor er dann doch wieder wilder und fordernder zu Werke ging und damit die Erregung in ihr jedes Mal wieder neu anfachte. Sein Mund war überall, erkundete mal hier ihren Hals, mal dort ihre Schultern und ihre Arme, während seine Hände fest auf ihren Brüsten blieben. Die ganze Zeit über presste er mit seinem vollen Gewicht seine Erektion gegen ihren Po, gewissermaßen als dauerhaften Hinweis darauf, was sie noch erwarten durfte.

Das Wechselspiel der Gefühle aus zärtlicher Entspannung und wilder, harter Gangart wurde nun schneller, intensiver, bis er sie schließlich losließ. „Dreh dich um und zieh deinen Slip aus!", befahl er mit rauer, keuchender Stimme.

Den ersten Teil seines Kommandos erfüllte sie sofort und erwiderte seinen Blick. Die feurige Begierde in seinen Augen und das schnelle Heben und Senken seines

Brustkorbs beschleunigte ihren Puls. Er sah so wild und gefährlich aus, so als wolle er sie ficken, bis ihr Hören und Sehen verging. Aber das machte ihr keineswegs Angst, im Gegenteil, es machte sie nur noch mehr an.

„Zieh ihn aus!", befahl er erneut.

In einem sinnlichen Striptease, währenddessen sie unablässig seine Reaktionen beobachtete, streifte sie ihn ab. Die Kinnlade klappte ihm herunter. Seine Nasenflügel blähten sich auf. Seine Hände ballten sich so fest zu Fäusten, bis die Knöchel weiß wurden. Aber er blieb, wo er war und wandte keine Sekunde lang den Blick von ihrem Körper ab.

Er berührte sie nicht, bis sie sich vorbeugte, um den Reißverschluss ihrer Stiefel zu öffnen. „Habe ich dir etwa gesagt, dass du sie ausziehen sollst?"

Oh, Gott, sie könnte gleich hier und jetzt kommen. Er entpuppte sich als noch dominanter als sie es erwartet hatte. „Du möchtest, dass ich sie anlasse?"

„Ja." Dieses einzelne Wort kam als erstickte Bitte heraus. Ethans Körperspannung verstärkte sich weiter. Weitere dreißig Sekunden vergingen, in denen er nichts anderes tat, als sie anzuschauen. Schließlich knöpfte er seine Jeans auf und deutete mit dem Kopf in Richtung Bett. „Leg dich auf die Bettkante!"

Sie tat, wie ihr geheißen wurde, ohne den Augenkontakt zu ihm zu unterbrechen, und kam mit am Ende der Matratze angewinkelten Knien zum Liegen. Als seine Jeans zu Boden glitt, stützte sie sich auf die Arme, um bessere Sicht zu haben. Eine längliche, dicke Wölbung zeichnete sich unter seinen Boxershorts ab, und ohne es selbst zu merken, leckte sie sich über die Lippen. Sie konnte es kaum erwarten, ihn in sich zu spüren.

Mit seiner Unterwäsche immer noch am Leib, krabbelte er über sie und fing ihren Mund zu einem Kuss ein, der die tiefen Gefühle zwischen ihnen offenbarte. Sie waren geprägt von heftiger Begierde, wütend und kontrolliert zugleich. Aber als der Kuss immer intensiver wurde, entdeckte Becca subtile Hinweise sowohl für Angst als auch für Vertrauen. Sie schlang ihre Arme um seinen Hals und zügelte ihn ein wenig, bis die Angst verschwand.

Mit Händen und Knien noch immer an ihren Seiten hob er den Kopf und schaute sie voll Ehrfurcht an. Eine Hand erforschte ausgiebig die Vertiefung zwischen ihren Brüsten und ihren flachen Bauch. „Du bist so schön."

Ein Gefühl der Wärme breitete sich in ihrem ganzen Körper aus und verdrängte auch die letzten Spuren ihrer Unsicherheit.

Die Hand wanderte nun wieder zurück zu ihren Brüsten und dann über den Hals bis hin zu ihrer Wange. „Zeig mir, was du magst!"

Das Wärmegefühl dehnte sich nun zu einer siedend heißen Verlegenheit aus. Seinen Befehlen zu gehorchen war eine Sache. Das Kommando der Verführung zu übernehmen, war eine andere. Sie löste ihre Arme aus seiner Umklammerung und wandte sich ab.

„Berühre dich, Becca! Zeig mir, wo du meine Hände, meinen Mund haben möchtest. Lehre mich, wie du berührt werden möchtest!"

Jede seiner Aufforderungen wurde bestimmter, fordernder, um sie dazu zu bringen, sich zu offenbaren. Es wäre so einfach für sie, ihm einfach zu sagen, er möge sein Kondom aufsetzen und sie vögeln, aber da war etwas in seinen Augen, das ihr sagte, dass er mehr wollte als nur das. Er wollte die Feinheiten ihrer sexuellen Gelüste kennenlernen. Er wollte an die Grenzen ihrer Komfortzone gehen. Vor allem aber wollte er sie zum Orgasmus bringen.

Etwas zögerlich streichelte sie mit ihren Fingern über eine ihrer steifen Brustwarzen. „Ich möchte hier berührt werden."

„Zeige es mir!"

Sie versuchte, sich ihm zu entziehen, aber mit seinen Knien hielt er sie wie in einem Schraubstock fest. Es gab kein Entrinnen aus seiner Forderung. Sie beschrieb kleine Kreise um ihren Nippel und nahm dann all ihren Mut zusammen und packte und drehte die Spitze mit ihren Fingern. Ihr Unterleib zog sich zusammen, und vom Stechen in ihren Brüsten musste sie scharf einatmen.

„Du magst es also auch auf die harte Tour?" Ohne ihre Antwort abzuwarten, wiederholte er ihre Bewegungen mit ihrer anderen Brust, zunächst mit seinen Fingern, dann mit seinem Mund.

Dicke Schweißperlen bildeten sich auf ihrer Stirn, während ihre Warzen immer härter wurden. Es war, als wolle er testen, wie weit sie zu gehen bereit war. Die Schmerzen in ihrem Becken wurden immer pulsierender, sie wollte ihren Körper winden, konnte es aber kaum, weil sein Körper ihrem im wahrsten Sinne des Wortes die Grenzen aufzeigte. Als der Punkt erreicht war, an dem ihre Warzen zu explodieren drohten, schrie sie laut auf. „Stopp! Hör auf!"

Er setzte einen Kuss auf ihren Busen, bevor er erneut

den Kopf hoch. „Wo noch?"

Er wollte noch mehr? War das nicht Vorspiel genug? Aber wie von magischer Hand gesteuert, wanderten ihre Finger tiefer zu der Stelle zwischen ihren Oberschenkeln. Als sie ihren Finger zwischen ihre Schamlippen schob, wandte sie sich erneut ab.

„Schau mich an, wenn du dich berührst!"

Diese Aufforderung kam so harsch wie ein militärischer Befehl, was ihren Körper in Alarmbereitschaft versetzte. Sie blickte ihn an und war im Begriff, ihre Hand wieder wegzuziehen.

„Nein, hör nicht auf!" Ethan führte ihre Hand wieder an die Stelle zurück. „Mach es dir selbst!"

Ihre Wangen glühten vor Verlegenheit, und fieberhaft suchte sie nach Ausreden. Alles, aber nicht das. „Es ist schwierig das zu tun, wenn deine Knie meine Oberschenkel zusammenhalten."

„Nichts leichter als das." Er verlagerte sein Gesicht und keilte seine Knie etwas tiefer, und diesmal von der Innenseite, im Bereich ihrer Unterschenkel fest ein und drückte sie somit auseinander. „Los, mach es dir jetzt!"

Trotz der Beharrlichkeit, die sie in seinen Gesichtszügen feststellte, konnte sie einfach nicht dieses unangenehme Gefühl, das sie lähmte, überwinden. Dies führte die Intimität, die sie bislang gekannt hatte, auf eine ganz neue Ebene. Sie schloss die Augen und glitt langsam mit ihren Fingern zu ihrer Klitoris. Schon die leiseste Berührung schickte Schauer der Wollust durch ihren Körper. Sie rieb langsam, und während sie so in ihrer Begierde versank, fasste sie ganz allmählich und unbewusst den Mut, alle Zwänge, die sie sich bislang selbst auferlegt hatte, fallenzulassen.

„So ist es gut, Bec. Zeige es mir!"

Seine Worte übten eine ungemein beruhigende Wirkung auf sie aus, und sie erhöhte den Druck, bis ihre Hüften sich zusammenzogen.

„Super", flüsterte er.

Nun spürte Becca, wie sich zu ihren Fingern weitere gesellten. Ethan schob erst einen Finger in ihre Öffnung, dann einen zweiten und fand mit Leichtigkeit ihren G-Punkt. Er passte sein Tempo den Bewegungen ihrer Finger an, und jede ihrer gemeinsamen Bewegungen brachte sie ein Stück näher ans Ziel.

Aber als sie kurz vor dem Orgasmus stand, überkam sie erneut die Verlegenheit, die sie bewog, innezuhalten. Sie zog ihre Hand zurück.

„Nein, hör nicht auf!"

„Ich kann nicht", bekannte sie mit ruhiger, schicksalsergebener Stimme.

„Dann lass mich das zu Ende führen!" Er presste seinen Daumen gegen ihre Klitoris, so rau und fordernd, wie seine Lippen von ihren Besitz ergriffen hatten. Seine Finger glitten nun immer fester und tiefer hin und her, so lange, bis Becca sich schließlich in ekstatischen Zuckungen erging, die auf seinen Körper prallten.

Sie hatte kaum Zeit, sich von ihrem Höhenflug zu erholen, als er fragte: „Wo sind die Kondome?"

„Auf dem Nachttisch."

Er langte hinüber und ergriff eines, während er in seiner Ungeduld mit hektischen Bewegungen gleichzeitig seine Boxershorts loswerden wollte und bei diesem Kunststück fast den Nachttisch umgeschmissen hätte.

Das Geräusch vom Aufreißen der Folienverpackung unterbrach die Stille. Er streifte das Kondom über sein Glied. Ohne auf ihre Erlaubnis zu warten oder sie gar zu fragen, ob er fortfahren solle, glitt er in sie hinein.

Ab jetzt würde er das Sagen haben, denn er wusste, dass sie auf diese Weise wahrscheinlich heftiger kommen würde.

Ihr Körper erzitterte angesichts seiner Größe und der Intensität, mit der ihre Lippen gedehnt wurden. Er verschwendete keine Zeit damit, es nach den gerade erst verklungenen Nachbeben ihres ersten Orgasmus ruhig angehen zu lassen. Seine Hüften schoben sich im gleichen Rhythmus hin und her wie zuvor seine Finger, aber sein Schwanz ging tiefer hinein und stimulierte all ihre sensiblen Stellen.

Mit immer schneller wachsender Spannung in ihrem Körper erhoben sich ihre Hüften von der Matratze, um seine Stöße aufzunehmen. In dem Wunsch nach mehr und der Begierde, dass er sie vollständig ausfülle, schlang sie ihre Beine um seine Taille. Sie musste sich auf die Unterlippe beißen, um nicht sofort zu kommen.

„Nein, Bec, halte nichts zurück!" Er beschleunigte seine Stöße, so schnell, dass er jedes Wort nun nur noch stoßweise hervorbrachte. „Hast du eigentlich eine Vorstellung davon, wie geil du aussiehst, wenn du kommst? Also komm jetzt!"

Ihr Körper gehorchte, nach einem zähen Ringen mit ihrem Verstand, seinem Kommando. Die Intensität ihres Orgasmus traf sie mit solcher Wucht, dass sie ihre Zähne aufeinanderbeißen musste. Aus Angst, ins Bodenlose zu versinken, klammerte sie sich heftig mit Armen und

Beinen an ihn. Eine Welle der Lust nach der anderen pulsierte durch ihren Körper und zog sie so tief in einen Zustand der Glückseligkeit, dass sie nicht einmal bemerkte, dass nun auch Ethan seinen Höhepunkt erreichte, laut ihren Namen ausrief und dann auf ihrem Körper zusammensackte.

Mit einem heftig in ihrer Brust hämmernden Herzen hielt sie ihn ganz fest und begleitete ihn durch die letzten Auswirkungen seines Orgasmus. Mit jedem Kuss, den sie ihm auf die feuchte Stirn drückte, spürte sie den salzigen Geschmack von Schweiß auf ihren Lippen. Ihre Arme und Beine waren so schlaff wie ausgeleierte Gummiringe, und als Ethan endlich seinen Kopf hob, ließ sie sie zur Seite fallen.

Er grinste sie verschlagen an. „Das war…"

„Ja", ergänzte sie für ihn. In ihrem jetzigen Zustand war es ihrem Gehirn nicht möglich, die richtigen Worte für die Beschreibung des Geschlechtsaktes mit ihm zu formulieren. Überwältigend, fantastisch, unglaublich - all diese Attribute waren unzureichend.

Ethan gab ihr einen weiteren zärtlichen Kuss, bevor er aufstand und ins Bad verschwand. Als er hinter der Tür verschwunden war, lief ihr ein Frösteln über die nackte Haut.

Jetzt würde also die Verlegenheit der Minuten danach kommen. Bei einem schnellen Abenteuer oder, im anderen Extrem, nach dem Sex mit einer Person, mit der eine langjährige Beziehung besteht, wusste man ja, woran man war, aber Ethan war irgendwo im Grenzbereich dazwischen angesiedelt.

Und das Schlimmste war, dass sie nicht wollte, dass

dies hier bloß eine einmalige Angelegenheit gewesen war. Dabei hatte der Sex eigentlich die Gefühle, die sie so langsam zu ihm entwickelt hatte, nur verkompliziert, und wenn er nicht genauso empfand…

Sie zog ihre Stiefel aus und die Bettdecke hoch bis zu ihren Schultern, bevor sie sich, mit dem Rücken zur Badezimmertür, auf die Seite legte. Es würde ihr die Demütigung ersparen, wenn sie in seinem Gesicht lesen müsste, dass er lediglich auf einen schnellen Fick ausgewesen war.

Ein dünner Lichtstrahl wurde auf der Wand vor ihr sichtbar, der sich ausweitete, bis ein Schatten seine Mitte erfüllte. Dann verschwand er wieder und tauchte den Raum erneut in Dunkelheit. Sie hielt den Atem an, gespannt darauf, ob er nun einfach nur seine Sachen nehmen und gehen würde.

Aber nichts dergleichen geschah; stattdessen spürte sie, wie die Matratze unter seinem Gewicht in Bewegung geriet und wie sein muskulöser Körper sich an ihren anschmiegte. „Hast du etwas dagegen, wenn ich noch etwas länger bleibe?", fragte er.

Sie schüttelte den Kopf und lächelte. „Nein."

„Gut, denn ich möchte jetzt noch nicht gehen." Ethan legte seinen Arm um ihre Hüfte und zog Becca noch ein Stück dichter zu sich heran.

Kapitel Neun

Mit dem Duft von Beccas Parfüm auf dem Kopfkissen und dem Gefühl eines warmen, weichen Körpers neben sich wachte Ethan auf. Ein schwacher Lichtstrahl fiel durch die Vorhänge und kündigte die Ankunft des neuen Morgens an. Er rieb sich den Schlaf aus den Augen, um sich zu vergegenwärtigen, dass dies hier kein Traum war. Als das Bild von der neben ihm liegenden Becca nicht verschwand, verzogen sich seine Lippen zu einem Grinsen.

Daran könnte ich mich gewöhnen.

Ihr Atem ging langsam und gleichmäßig, so ganz anders als die zitternden und keuchenden Atemzüge, die sie ausgestoßen hatte, als er sie aufgefordert hatte, sich selbst zu berühren. Ein wenig hatte er noch immer ein schlechtes Gewissen, dass er sie so dazu gedrängt hatte, aber es war die einzige Möglichkeit für ihn gewesen, seine Angst davor, nüchtern Sex mit einer Frau zu haben, zu überwinden. Er hatte den Akt nicht dadurch vermasseln wollen, dass er womöglich zu früh käme oder etwas machte, das ihr nicht gefiel. Aber auf diese Weise hatte er ganz nebenbei noch eine andere Seite von ihr kennengelernt. Je mehr Kommandos er ihr gegeben hatte, desto angetörnter war sie gewesen, selbst als sie etwas hatte tun sollen, das ihr eher unangenehm war.

Das musste er beim nächsten Mal unbedingt nochmals ausprobieren.

Unmittelbar nachdem er diesen Gedanken gefasst hatte, erkannte er, worüber er da überhaupt nachsann. Beim nächsten Mal? Himmel, er hatte doch erst ein einziges Mal mit ihr geschlafen, und da plante er schon das nächste Mal. Aber der Ständer, den er unweigerlich bekam, wenn er sich vorstellte, was er mit ihr machen würde, war einfach nicht zu leugnen.

Ich muss hier raus, bevor ich möglicherweise noch über sie herfalle, wenn sie aufwacht.

Auf leisen Sohlen und ohne das geringste Geräusch zu verursachen, stahl er sich aus dem Bett - eine Eigenschaft, die er sich bei seinen unzähligen One-Night-Stands angeeignet hatte - und fand seine Bekleidung. Aber als er seine Jeans angezogen hatte, überdachte er nochmals seine Entscheidung, sich davonzustehlen. Becca verdiente etwas Besseres, insbesondere nachdem er sie gefragt hatte, ob er bleiben könne.

Er hielt inne und strich sich mit seinen Fingern über den Kopf. Noch nie zuvor hatte er eine Frau gebeten, die Nacht bei ihr verbringen zu können, aber bei Becca verspürte er dieses Bedürfnis. *Himmel, was ist nur mit mir los?*

Kaffee. Ich brauche Kaffee!

Er machte sich nicht die Mühe, sein Hemd anzuziehen, als er in die Küche ging. In der Wohnung herrschte noch immer die Unordnung vom Vortag, aber jetzt, in den frühen Morgenstunden, lag eine wohltuende Stille über den Räumen. Nachdem er die Schränke durchsucht hatte, hatte er alles gefunden, um eine Kanne Kaffee aufsetzen zu können und lehnte sich an die Theke, während dieser durch die Maschine lief.

Wie soll ich also mit der Situation umgehen?

Er mochte Becca. Eigentlich sogar sehr! Sogar so sehr, dass er in Erwägung ziehen könnte, in der Stadt zu bleiben, um zu sehen, wie sich diese Beziehung entwickelte. Rebecca war hübsch, clever, abenteuerlustig, sexy…

Bei dem Gedanken daran pulsierte es schon wieder in seiner Leistengegend, und er stöhnte. Es gab keine Chance, eine weitere NA-Sitzung zu überstehen, ohne dass er daran würde denken müssen, wie es sich anfühlte, tief in ihr zu sein. Das hatte er nicht bedacht, als er sie geküsst hatte oder als er ihre Einladung, die Sache im Schlafzimmer fortzuführen, angenommen hatte. Und er musste diese Sitzungen besuchen, und sei es nur, um verantwortungsbewusst zu handeln und keinen Rückfall zu erleiden.

Und wie auf Kommando verdrehte sich bei dem Gedanken daran sein Magen, und er wartete darauf, dass das bekannte Verlangen nach einem Schuss einsetzte.

Diesmal aber war es nicht so intensiv wie zuvor. Seine Bewältigung war heute weniger eine Herkulesaufgabe als vielmehr ein Verlangen, mit dem auch er als Normalsterblicher fertig werden konnte.

Er atmete tief ein und langsam wieder aus, und das Verlangen ließ langsam wieder nach, als er an die Hürden dachte, die er gestern überwunden hatte. Becca hatte ihm in einer Phase der akuten Schwäche geholfen. Sie hatte ihm dabei geholfen, seine Musik wiederzuentdecken. Und dank ihr hatte er zum ersten Mal seit Monaten eine Nacht ruhig durchschlafen können. Becca war in seinem Genesungsprozess weitaus hilfreicher gewesen als alles andere, und es sich mit ihr zu verderben, war das Letzte, was er wollte.

Ich werde einfach ihre Reaktion abwarten, wenn sie aufwacht, und dann weitersehen.

„Mann, ich könnte jetzt einen Kaffee gebrauchen", ertönte eine verschlafene, weibliche Stimme aus dem Wohnzimmer.

Ethan fuhr genau in dem Moment herum, in dem Ari die Küche betrat. Beide erstarrten und blickten sich gegenseitig an. Sie bekam große Augen und sprach mit deutlich schockierter Stimme. „Ich kenne dich."

Er fuhr zurück. „Ja, ich bin Beccas Freund."

„Nein, ich kenne dich." Sie deutete auf das Tiger-Tattoo, das seinen rechten Arm einnahm. „Ich kenne das Tattoo von irgendwoher."

Sofort bildeten sich dicke Schweißperlen auf seinem Nacken. Er hätte schwören können, dass er Beccas Mitbewohnerin bis gestern Abend noch nie gesehen hatte, aber wer wusste schon, wie viele Dummheiten er im Rausch begangen hatte?

„Du bist Ethan Kelly von Ravinia's Rejects."

Becca hatte ihn ja bereits gewarnt, dass Ari ein riesiger Fan war, aber das war doch sicherlich kein Grund für den geradezu ehrfürchtigen Blick, den sie ihm zuwarf, während sie gleichzeitig weiter mit dem Finger auf ihn zeigte. Er befürchtete ein wenig, dass nun ein vorpubertäres Kreischen folgen würde, aber es gelang ihr irgendwie, ruhig stehenzubleiben, mit einem Mund, der vor Überraschung sperrangelweit offen stand.

„Äh, ja." Er legte seine Stirn auf die Schulter, um den Schweiß abzuwischen. Bislang nahm die erste Begegnung mit einem Fan seit seinem Abtauchen alles andere als einen fantastischen Verlauf.

Sie ließ die Arme sinken und kam näher. „Ich bin ein riesiger Fan."

„Das sagte Becca mir bereits."

„Sie auch. Wir sind beide große Fans."

Er spähte verstohlen nach seiner Jacke und seinem Helm neben der Tür und malte sich insgeheim den besten Fluchtweg aus. „Ach wirklich?"

Ari nickte, noch immer völlig hingerissen. „Ich kenne alle Texte eurer Lieder."

„Solch ein Zufall, ich auch."

Einige Sekunden vergingen, während derer Ari heftig blinzeln musste. „Oh mein Gott, was soll ich nur davon halten? Ich muss mein Handy holen und ein Bild mit dir machen."

Mist! Das Letzte, das er jetzt gebrauchen konnte, war ein Selfie von ihr mit ihm, das womöglich in den sozialen Netzwerken breitgetreten werden würde. Das würde seine Tarnung auffliegen lassen.

Ari rannte zurück in ihr Zimmer, während er kurz an der Tür innehielt. Wie wild drückte er mehrmals hektisch auf den Fahrstuhlknopf. Es kümmerte ihn im Augenblick wenig, dass er nur halb bekleidet war. Er musste so schnell wie möglich der Kameralinse entfliehen, koste es, was es wolle.

Als die Fahrstuhltür sich öffnete, huschte er eilends hinein. Genau in dem Moment, in dem sie sich wieder schloss, tauchte Ari auf dem Flur auf und ging auf den Fahrstuhl zu.

Während der Fahrstuhl begann, abwärtszufahren, schlug er frustriert seine Stirn gegen die Wand. So hätte dieser Morgen nicht enden sollen, aber es gab keine andere Möglichkeit. Die ihm schon bekannten körperlichen Folgen seines Entzugs hämmerten in seinen Venen und drohten einmal mehr, ihn in den Abgrund zu ziehen. Er ballte seine Hände zu Fäusten und wartete darauf, dass die Entzugserscheinungen wieder abklangen, bevor er seine Jacke anzog. Ohne auf weitere Probleme zu stoßen, verließ er das Gebäude. Sein Motorrad war noch immer am Ende der Straße geparkt, und in hohem Tempo fuhr er zu seiner Wohnung zurück.

Als er das Fahrzeug gerade in den Lastenaufzug schob, summte sein Handy. In der Hoffnung, dass Becca anrief, um sich zu erkundigen, wo er war, zog er das Gerät hervor, aber statt ihrer erschien Adams Nummer auf dem Display. Enttäuscht stieß er einen Seufzer aus, bevor er das Gespräch annahm. „Hallo, Adam."

„Hallo? Ist das alles? Wir machen uns alle fürchterliche Sorgen um dich."

„Ach wirklich?", fragte er, während er die Tür zu seiner Wohnung aufschloss. Sein ältester Bruder klang genauso wie ihr Vater, wenn dieser angefressen gewesen war. „Warum das denn?"

„Weil du dir in den letzten vierundzwanzig Stunden nicht die Mühe gemacht hast, unsere Anrufe zu beantworten."

Ethan blätterte im Menü seines Handys und prüfte die Anruferliste. Tatsächlich, es waren seit gestern mindestens zwanzig verpasste Anrufe von seiner Familie verzeichnet. „Tut mir leid, ich hatte mein Handy stummgeschaltet."

„Da musst du schon mit einer besseren Entschuldigung kommen. Ich war schon drauf und dran, einen Flug zu dir zu buchen, um nachzusehen, ob du noch lebst."

„Ich bin nicht Ty", entgegnete Ethan, und in seiner Stimme schwang deutlich Verärgerung mit. „Ich bleibe clean, ihr braucht euch also keine Sorgen zu machen!"

„Warum zum Teufel nimmst du dann keine Anrufe an?"

„Ich habe dir bereits den Grund genannt." Er parkte sein Motorrad an der Wand neben der Tür und hängte den Helm an den Haken darüber.

„Warum hast du dein Telefon stummgeschaltet?"

„Warum fühlt ihr, Mutter und du, euch bemüßigt, mich alle paar Stunden zu überprüfen? Du weißt, dass ich nicht hilflos bin."

Allmählich verrauchte Adams Wut, und aus seiner Stimme sprach nun stattdessen echte Beunruhigung. „Es ist ja nur, weil wir uns Sorgen um dich machen."

„Hört einfach auf, euch Sorgen zu machen, okay? Ich habe hier eine großartige Hilfe, sie ist einfach wundervoll. Sie ist nett, aufmerksam, clever und hat die Courage, mir einen Klaps auf den Hinterkopf zu verpassen, wenn ich mich mal wieder wie ein Trottel benommen habe. Sie hat mir auf meinem Weg zur Drogenabstinenz bereits durch das Gröbste durchgeholfen, ihr könnt also getrost aufhören, mich wie ein Kind zu behandeln."

Einen unheilschwangeren Moment war es still in der Leitung, und Ethan wurde mulmig zumute. Wenn Adam so still war, bedeutete das im Allgemeinen, dass er sich darauf vorbereitete, die gemachten Äußerungen in der Luft zu zerreißen.

„Also, erzähle mir mehr über deine Hilfsperson!"

Ethan konnte sich lebhaft vorstellen, wie sein Bruder reagieren würde, wenn er ihm erzählte, wer Becca war. Sie hatte nicht gerade das, was man einen ausgezeichneten Ruf nennt, auch wenn sie sich schon vor Jahren von ihrem Image als Partygirl verabschiedet hatte. Sie hatte versucht, seine Privatsphäre zu wahren, und nun konnte er es ihr mit gleicher Münze heimzahlen. „Das geht dich einen Scheißdreck an!"

„Heute Morgen um neun geht ein Flug nach LaGuardia, den ich immer noch erreichen könnte", warnte Adam ihn.

„Mach mal halblang! Ich bin kein Kind mehr."

„Nein, aber du lebst in einer gefährlichen Ecke."

„Zum Mitschreiben, Adam - in Hell's Kitchen gibt es schon seit langem einen Strukturwandel, es ist nicht mehr das Drecksloch, das es früher einmal war. Du hast ja gesehen, was meine Wohnung kostet."

„Du weißt genau, dass ich nicht das meinte."

Ethan ließ sich auf das Sofa fallen und massierte seine Schläfe. Adam und seine Mutter hatten zweifellos zum Thema Entzug recherchiert und wussten vermutlich von der nach einem Monat einsetzenden Depression. „Ja, ich bin an der Ein-Monats-Grenze, und ja, es ist hart, aber wenn ich Hilfe brauche, kann ich auf Becca zählen."

„Ihr Name ist also Becca, was?"

Verdammt! Irgendwie hatte es Adam geschafft, ihm den Namen aus der Nase zu ziehen. „Ja."

„Und sie lebt in der Stadt?"

„Nein, sie lebt in diesem verdammten New Jersey."

Angesichts dieses Kommentars konnte Adam nun lachen, statt ihn zum Schweigen zu bringen. „Ah, der Sarkasmus ist mit voller Kraft zurückgekehrt. Immer ein gutes Zeichen."

„Siehst du? Mir geht es gut. Also Schluss mit den ständigen Kontrollen, okay?"

„Gut, ich werde auch Mutter bitten, sich zurückzuhalten, aber wundere dich nicht, wenn sie trotzdem anruft und mehr über Becca wissen will."

Der Kloß, der sich bildete, schnürte ihm förmlich die Kehle zu. „Warum?"

„Weil du zum ersten Mal vom Charakter einer Frau berichtest und nicht, wie du sie auf einer Tournee gevögelt hast."

Na, aber da war ja noch gestern Abend…

„Und für mich hört sich das so an", fuhr Adam fort, „als habest du eine sehr hohe Meinung von ihr."

„Ja, ich mag sie. Sie ist cool, aber das sollte noch lange kein Grund für Mutter sein, eine weitere Hochzeit zu planen. Eigentlich wäre es schön, wenn du Becca Mutter gegenüber gar nicht erst erwähnen würdest."

„Du willst nicht, dass sie sich zu große Hoffnungen macht?"

„Ja, so in der Art."

Aber je länger er darüber nachdachte, desto besser gefiel ihm die Idee, eine Beziehung mit Becca einzugehen, mehr Zeit mit ihr auch außerhalb der NA-Sitzungen zu verbringen und als ihr Partner, und nicht nur als ihr Bekannter bezeichnet zu werden. Er musste nur noch die beste Methode herausfinden, um den Übergang vom Bekannten zum Freund zu schaffen.

„Ich werde Mutter kein Wort sagen, wenn du mir erzählst, wo du gestern Abend warst."

Verdammt, sein Bruder gab einfach nie auf! Aber das bedeutete ja nicht, dass er ihm alles erzählen musste. „Ich habe Rosh Hashanah gefeiert."

"Rosh - was zum Teufel?"

„*Shanah Tovah*, Adam." Er beendete das Gespräch und steckte das Handy wieder in seine Tasche, nicht ohne sich vorher vergewissert zu haben, dass es immer noch stummgeschaltet war.

***

„Becca, ich glaube, du bist mir einige Erklärungen schuldig!"

Becca setzte sich kerzengerade im Bett auf, als sie das hysterische Kreischen ihrer Mitbewohnerin hörte. Ihr erster Gedanke war, dass sie immer noch nackt vom Vorabend war. Den zweiten widmete sie dem immer noch warmen Laken von der Person, die neben ihr gelegen hatte. Das angenehme Ziehen zwischen ihren Beinen war eine weitere Erinnerung an den intensiven Körperkontakt vom gestrigen Abend.

Ach du liebe Güte! Ich habe mit Ethan Kelly geschlafen.

Dann folgte ein weiterer beunruhigender Gedanke. *Wo ist er?*

Becca beeilte sich, die Bettdecke über ihre Brust zu ziehen, als Ari in ihr Schlafzimmer stürmte. „Hast du schon mal von Anklopfen gehört?"

Ari stellte sich mit verschränkten Armen und hochrotem Kopf an das Bettende. „Oh mein Gott! Du hast mit ihm gevögelt?"

„Nein, mich überkam es plötzlich, nackt neben einem verführerischen Mann zu schlafen, aber ich habe es geschafft, ihn nicht anzurühren."

„Verdammt, Becca! Du weißt sehr genau, wie lange ich schon in Ethan Kelly verknallt bin."

Becca stützte ihren Kopf in die Hand. Jetzt war die Katze also aus dem Sack. „Das ist merkwürdig, gestern Abend schienst du ziemlich genervt von seiner Anwesenheit zu sein."

„Das war, bevor ich erkannte, wer er ist."

„Äh, wie bitte?"

„Du brauchst mich nicht anzulügen." Mit immer noch verschränkten Armen ließ Ari sich auf die Bettkante fallen. „Wusstest du es?"

„Natürlich wusste ich es, aber er wollte inkognito bleiben, und das habe ich respektiert."

„Aber ich bin deine beste Freundin. Du hättest es wenigstens mir erzählen können."

Becca sah auf die Uhr. 7:14. Das war überhaupt nicht ihre Zeit, um an einem freien Tag eine Grundsatzdiskussion führen zu müssen. „Da wir gerade von Ethan sprechen, wo ist er?"

Die Röte auf Aris Wangen übertrug sich nun auch auf ihre Ohren und ihren Hals, und so zusammengesackt, wie sie jetzt dasaß, glich sie eher einem Häufchen Elend. Nervös mit einer Locke ihrer blonden Haare spielend, wandte sie sich ab. „Nun, wie soll ich sagen, ich glaube, ich habe ihn verschreckt."

Becca sprang auf die Knie und hielt dabei immer noch ihre Bettdecke vor die Brust, während sie die Kälte, die an ihren nackten Po drang, ignorierte. „Was ist passiert?"

Ari lachte nervös und machte sich daran, eine neue Locke um ihren Finger zu wickeln. „Nun, ich habe den Kaffee gerochen, den er zubereitet hat, und fand Ethan mit nacktem Oberkörper in der Küche - nebenbei bemerkt, wenn er leibhaftig vor einem steht, ist er noch heißer als auf allen Fotos. Kein Wunder, dass du ihn ganz für dich allein haben wolltest."

„Heraus mit der Sprache, Ari!"

Sie ließ endlich ihre Haare in Ruhe und ließ mit einem entnervten Seufzer die Hände in den Schoß sinken. „Ich glaube, ich habe mich ein wenig zu sehr wie ein durchgedrehter Fan aufgeführt."

„Und dann?"

„Er ist ausgeflippt und davongestürzt."

„Verdammt, Ari! Das hätte ich von dir nicht erwartet, vor allem, da doch auch Gabe ein Filmstar ist und so."

„Es tut mir leid, aber wie er da so in der Küche stand - halb nackt, da ist es einfach über mich gekommen."

Becca wickelte sich die Bettdecke um den Leib und kletterte aus dem Bett, um in der Unordnung auf dem Boden nach ihrem Handy zu suchen. Als sie es gefunden hatte, wählte sie unmittelbar seine Nummer und zählte die Anzahl der Klingeltöne, bevor der Anrufbeantworter ansprang.

Mist!

Sie legte auf, ohne eine Nachricht zu hinterlassen, und sank auf ihr Bett zurück. Sie würde es später nochmals versuchen, und wenn sie ihn telefonisch nicht erreichen konnte, würde sie ihn hoffentlich auf der nächsten NA-Sitzung treffen und sich für das Verhalten ihrer Mitbewohnerin entschuldigen.

Mit immer noch gesenktem Kopf setzte sich Ari neben sie. „Tut mir leid, Becca. Ich wollte ihn nicht verjagen."

„Es ist in Ordnung. Ich bin sicher, dass ich ihn irgendwo sehen werde und ihm alles erklären kann."

Ari nickte und fragte dann: „Also, wie war es?"

Jetzt war es Becca, die errötete. „Toll!"

„Toll?"

„Ja, definitiv toll!"

Kapitel Zehn

„Rebecca, kann ich kurz mit Ihnen sprechen?"

Ein Dutzend Augenpaare richtete sich auf sie, nachdem Elaine am Ende der wöchentlichen Redaktionssitzung ihre Bitte ausgesprochen hatte, und jeder fragte sich, warum die kleine Assistentin der Chefredakteurin zu einem Vieraugengespräch gebeten wurde.

Becca wischte sich die Handflächen an ihrem Rock ab und nickte. „Na klar, Elaine."

„In meinem Büro." Sie bedeutete Becca, ihr in das Eckbüro am Ende des Korridors zu folgen, von wo es eine atemberaubende Sicht auf Midtown Manhattan gab. „Schließen Sie die Tür hinter sich!"

Becca tat, wie ihr geheißen wurde und wartete, bis Elaine hinter ihrem Schreibtisch Platz genommen hatte, bevor sie sich selbst auf den Stuhl gegenüber setzte. Ihr Mund war so trocken, dass sie bezweifelte, ihrer Chefin antworten zu können, und sie wünschte sich, dass sie die Flasche Wasser aus ihrem Büro zu dem Meeting mitgebracht hätte.

„Sie sind hier seit Januar, stimmt's?"

„Ja."

Elaine setzte eine Lesebrille auf und überflog einige Papiere auf ihrem Schreibtisch, während sie gleichzeitig weitersprach. „Ich schätze es, dass Sie sich in unseren Sitzungen mit Artikelvorschlägen einbringen, wenngleich ich glaube, dass Sie noch nicht ganz das Profil der typischen *Moderne*-Leserin verinnerlicht haben. Unsere Leserinnen sind junge, moderne Frauen, die über alle neuen Trends, seien es Mode, Schönheit oder Männer auf dem Laufenden bleiben wollen. Sie sind nicht daran interessiert, welche Schulausbildung Mädchen in Ländern der Dritten Welt erhalten."

Na toll! Ich werde also gefeuert.

Becca wickelte ihre Finger im Rippenstrickmuster ihres Rockes ein. „Ja, Elaine."

Die Chefredakteurin legte ihre Papiere beiseite und entfernte ihre Brille, um sich ihren Nasenrücken zu massieren. „Ich weiß, dass Sie gern ernsthaftere Themen aufgreifen möchten, aber das ist nichts für uns. Ich bin weit mehr daran interessiert, was Sie mir über Ihre gesellschaftlichen Verbindungen anbieten können."

Becca erstarrte, und in ihre Angst mischte sich Empörung und Verwirrung. Sie hatte Mühe, mit ruhiger Stimme zu sprechen. „Meine Verbindungen?"

„Ja, Sie sind Becca Shore, ein Partygirl, wie es im Buche steht, und Erbin eines Vermögens", erklärte Elaine ein wenig pathetisch. „Sie kennen Menschen, über die meine Leserinnen gern mehr erfahren möchten. Sie können die *Moderne* mit reizvollem Klatsch über Stars und Sternchen bereichern und damit dazu beitragen, dass die Ausgaben wie warme Semmeln weggehen. Was glauben Sie, warum ich Sie eingestellt habe?"

Ein bitterer Geschmack bildete sich in Beccas Mund, aber sie hielt ihn geschlossen.

Elaine lehnte sich vor und legte die Arme auf den Schreibtisch. „Sie wissen mit Sicherheit Dinge, die von Interesse für uns sind."

Wie wäre es mit der Info, dass ich letzte Woche mit Ethan Kelly gevögelt habe? Ich wette, deine Leserinnen wären ganz wild darauf zu erfahren, wie er im Bett ist.

Aber sie gehörte eher zu der Sorte Menschen, die genießen und schweigen. Einmal ganz abgesehen davon, dass sie sich alle erdenkliche Mühe gab, ihn davon zu überzeugen, ihr zu vertrauen. Seit Ethan am Freitagmorgen aus ihrer Wohnung geflüchtet war, hatte er keinerlei Anstalten mehr gemacht, Kontakt mit ihr aufzunehmen.

Sie versuchte, einen neutralen Gesichtsausdruck zu wahren und schüttelte den Kopf. „Im Moment nicht."

Elaines Gesichtszüge verhärteten sich, während sie sich wieder zurücklehnte. „Nun, dann betrachten Sie es als dienstliche Weisung, Rebecca. Die Feriensaison naht, und bei den Verbindungen Ihrer Familie nehmen Sie sicherlich an vielen Partys teil. Wenn eine bekannte Persönlichkeit auch nur niest, möchte ich sofort davon wissen."

Ich werde also darauf reduziert, in Promikreisen zu spionieren.

Sie musste ihre Hände zu Fäusten ballen, um dem Drang zu widerstehen, Elaine eine Absage zu erteilen. So mies ihr Job auch war, so war es doch immerhin auch eine Tätigkeit, die es ihr ermöglichte, ihre Rechnungen zu bezahlen, und das Letzte, das sie jetzt brauchen könnte, wäre eine Entlassung. Wenn sie kein Einkommen mehr hätte, wäre sie gezwungen, wieder bei ihrem Vater zu Kreuze zu kriechen und seinen Forderungen nachzukommen. „Ich werde mal sehen, was ich tun kann."

„Ausgezeichnet. Ich freue mich darauf, Ihre Berichte zu sehen." Elaine richtete ihre Aufmerksamkeit auf ihren Computer und ließ Becca durch ein Handwedeln wissen, dass sie gehen konnte.

Auch als Becca längst wieder an ihrem Arbeitsbereich war, wollte das flaue Gefühl in ihrem Magen einfach nicht verschwinden. Sie hatte diesen Job also nur bekommen, weil sie früher Teil der Szene gewesen war, und nun lief sie Gefahr, diesen Job zu verlieren. Ihr Traum, eine seriöse und respektierte Journalistin zu werden, schien in weite Ferne gerückt zu sein.

Sie zog ihr Handy hervor und wählte Aris Nummer. „Kannst du dich zum Mittagessen freimachen? Ich brauche wirklich jemanden, mit dem ich reden kann."

„Klar. Wollen wir uns im Le Cirque treffen? Ich kenne den Küchenchef, und er kann sicherlich noch einen Tisch für uns organisieren."

Bei dem Gedanken an die teure Rechnung, die in diesem Restaurant zu erwarten war, zuckte Becca zusammen, beruhigte sich dann aber mit der Entschuldigung, dass sie es jetzt gut gebrauchen konnte, sich einfach einmal etwas zu gönnen. „Geht klar. Treffen wir uns um zwölf?"

„Ich bin noch bis halb eins in einer Besprechung, sagen wir also ein Uhr. Bis dann."

***

Das Mittagessen lag noch immer wie ein Stein in Beccas Magen, als sie nach Feierabend ihre Arbeitsstätte verließ. Sie hatte zwei Stunden lang mit Ari erörtert, wie sie ihren Job behalten könne, ohne gesellschaftlich geächtet zu werden, aber ihnen wollte einfach keine geeignete Strategie einfallen.

Natürlich war es nicht gerade hilfreich gewesen, dass Ari ständig Beccas Beziehung mit Ethan angesprochen hatte. Erst als Becca gedroht hatte, Fotos von Gabe mit Zahnspange und Fahrradhelm zu veröffentlichen, hatte Ari das Thema fallenlassen. Einige Dinge durften einfach nicht an die Öffentlichkeit gelangen, und die Sache mit Ethan Kelly gehörte dazu.

Sie eilte die Straße entlang zur nächsten U-Bahn-Station. Der Zug war bereits eingefahren, als sie die Treppe zur unteren Ebene erreichte. Sie begann zu laufen, um ihn noch zu erwischen, wurde aber unmittelbar darauf durch einen Knacken unter ihrem Fuß gebremst. Sie knickte mit dem Knöchel um und geriet ins Taumeln. Einen Sturz konnte sie zwar gerade noch vermeiden, als sie jedoch das Gleichgewicht wiedererlangt hatte, waren die Türen des Zugs bereits geschlossen.

Sie blickte auf den gebrochenen Absatz ihres Schuhs und fluchte. Wenn es echte Jimmy Choos-Schuhe statt billiger Imitate wären, hätte sie den Zug noch erreicht. So aber stand sie dort mit einem ruinierten Paar Schuhe und würde zu spät zur NA-Sitzung kommen.

Sie humpelte zur nächsten Bank und kramte in ihrer Handtasche nach der kleinen Tube Alleskleber, die sie für solche Notfälle immer mit sich führte. Es gab Zeiten in ihrem Leben, in denen sie die Schuhe einfach in den

Mülleimer geworfen und sich ein neues Paar gekauft hätte, aber mittlerweile war die Situation dergestalt, dass sogar die Kosten eines Mittagessens sie finanziell weit zurückwarfen, so dass der Kauf neuer Schuhe überhaupt nicht in Frage kam. So musste sie sich vorerst damit begnügen, den Absatz wieder anzukleben und konnte nur hoffen, dass er halten würde, bis sie zu Hause angelangt war, wo sie dann einen stärkeren Kleber verwenden könnte.

Als sie schließlich verspätet in die bereits laufende Sitzung hineinschlich, war ihr Knöchel angeschwollen. Sie nahm davon Abstand, nach Ethan Ausschau zu halten und wählte stattdessen den nächstgelegenen freien Stuhl. Den anderen Mitgliedern hörte sie gar nicht zu, sie konnte im Moment nur an ihre eigene Zwickmühle denken. Sie stand vor der Wahl, sich zu einem Spitzel zu degradieren oder wieder auf die Gnade ihres Vaters angewiesen zu sein. Allein schon die Vorstellung, seinen ständigen Kontrollen ausgesetzt zu sein, verursachte einmal mehr den ihr bestens bekannten Drang, ihr Dilemma mit einem Schuss zu betäuben.

Wenn sie high war, war es ihr egal, was er über sie dachte. Seine Nörgeleien prallten dann an ihr ab wie Wasserspritzer an ihren bevorzugten Burberry-Stiefeln. Aber wenn sie zu ihm zurückkehrte, wäre das ein Eingeständnis, dass sie die falschen Entscheidungen getroffen hatte, und dies würde ihn nur noch unerträglicher machen.

Es ist besser, arm und hungrig zu sein als in Versuchung zu geraten, erneut high zu werden.

Zu dieser Überzeugung war sie vor zwei Jahren

gelangt, und sie gab ihr die Kraft, das Verlangen im Zaum zu halten. Wenn sie ihren Job bei der *Moderne* verlöre, dann würde sie eben etwas anderes finden. Barkeeperin. Kellnerin. Vielleicht würde sie sogar eine Möglichkeit erhalten, in der Werbeagentur anzufangen, in der auch Ari arbeitete. Im Übrigen hätte es ja auch etwas Gutes, völlig pleite zu sein, denn auf diese Weise müsste sie sich eine Ausgabe von zwanzig Dollar für einen Schuss Heroin zweimal überlegen, sollte sie das Verlangen danach jemals wieder packen.

Die Sitzung näherte sich dem Ende, und sie erhaschte jetzt einen Blick von Ethan von der anderen Seite des Raumes. Angesichts der Intensität seines Blicks stockte ihr der Atem, und erregt von den Erinnerungen daran, wie er sie aufgefordert hatte, sich selbst zu berühren, rutschte sie auf ihrem Sitz hin und her. Einen Moment lang erwog sie, fluchtartig die Sitzung zu verlassen, bevor er sie in eines dieser unangenehmen Gespräche verwickelte, die mit den Worten „Ach übrigens, wegen gestern Nacht" beginnen. Aber angesichts der lüsternen Hitze, die in seinen grauen Augen lag, verbot es sich eigentlich zu gehen, ohne vorher mit ihm gesprochen zu haben.

Und er wusste, wie töricht sie sich verhielt, wenn er sie aufforderte, etwas zu tun.

Sie verharrte auf ihrem Sitz und wartete auf ihn, während die anderen Teilnehmer allmählich das Kellergeschoss verließen.

Er bahnte sich einen Weg durch die Menge und stand schließlich, mit den Händen in seinen Hosentaschen, vor ihr. Selbst in einem ausgebleichten T-Shirt und abgetragenen Jeans war er äußerst sexy. „Hallo."

„Hallo", erwiderte sie, weil ihr partout nichts Besseres einfallen wollte.

Etwas unschlüssig schlenkerte er einige Male mit seinem Körper hin und her, bevor er sich schließlich auf den Stuhl neben ihr setzte. „Becca, ich…." Seine Stimme erstarb, und er blickte zur Seite.

In ihrem Hals bildete sich ein dicker Kloß. Jetzt würde er gleich mit dem allseits bekannten Spruch „danke für diese Nacht, aber ich denke, wir sollten einfach nur Freunde bleiben" kommen. Und genau das verdiente sie ja auch. Schließlich war sie es gewesen, die ihn in ihr Bett gelockt hatte, während er noch immer in seiner heiklen Phase des Entzugs war.

Er rieb sich den Nacken und wandte sich ihr nun wieder zu. „Wollen wir ins Café gehen und reden?"

„Klar", sagte sie mit einer gehörigen Portion gekünstelter Fröhlichkeit in ihrer Stimme.

Als sie jedoch aufstand, wurde sie jäh an ihren jetzt wieder pulsierenden Knöchel erinnert, der einen stechenden Schmerz in ihrem gesamten Bein verursachte. Sie keuchte und taumelte nach vorn.

Ethan fing sie auf und setzte eine sorgenvolle Miene auf. „Was ist los?"

„Diese blöden Schuhe." Sie setzte sich wieder und zog den kaputten Schuh aus. Der Kleber hatte versagt, und nun hing der Absatz nur noch an einem dünnen Faden aus Kunstleder. „Ich habe mir auf dem Weg hierher den Knöchel verstaucht."

„Lass mich mal sehen." Er kniete sich vor sie hin, um den Knöchel zu untersuchen. „Weißt du, das ist schon das zweite Mal, dass ich dich in diesen Schuhen umknicken sehe. Du solltest über stabileres Schuhwerk nachdenken."

„Damit ich womöglich nicht modisch aussehe? Niemals!"

Zärtlich strich er mit seiner warmen Hand über ihre Wade und glitt dann hinunter zum angeschwollenen Gelenk. Die Berührung entfachte eine neue Glut in ihr und ließ in ihr Erinnerungen an seine noch ganz andere Stellen ihres Körpers erforschenden Hände aufkommen. Jede noch so leichte Berührung törnte sie immer weiter an, obwohl diese doch weit davon entfernt waren, sexuellen Charakter zu haben.

„Sieht nicht so aus, als sei er gebrochen", sagte er und blickte sie erneut an. Er ließ seine Hand auf ihrem Fuß, so als könne er ihre Begierde in ihrem Gesicht lesen. Er verzog sein Gesicht zu einem verführerischen Grinsen, so dass sie in einem Vorgefühl ganz feucht wurde. „Vielleicht sollten wir wieder zu dir gehen?"

„Bist du bereit, Ari ertragen?"

„Da hast du auch wieder Recht." Er stand auf und hob sie in seine Arme. „Dann also zu mir."

„Du brauchst mich nicht zu tragen", sagte sie und verhaspelte sich ein wenig in ihrer Verlegenheit.

„Und du solltest diesen Knöchel nicht belasten." Er stieg die Treppe in dem gleichen forschen Tempo hoch, das er auch anschlug, wenn er kein Gewicht zu tragen hatte. „Das gibt mir nebenbei bemerkt auch die Möglichkeit, den edlen Ritter in glänzender Rüstung abzugeben."

„Ich bin keine Jungfrau in Nöten."

„Nein, aber das macht mir ganz und gar nichts aus." Er trug sie zu seinem Motorrad. „Glaubst du, dass du darauf mitfahren kannst?"

„Ich glaube schon."

„Dann setz deinen Helm auf!" Er gab ihn ihr und setzte seinen eigenen auf.

Sie war wegen seiner Ritterlichkeit noch immer so aufgeregt, dass sie ganz vergessen hatte, dass er sie mit zu sich nehmen würde, bis sie realisierte, dass sie nach Westen in Richtung Hell's Kitchen fuhren. Augenblicklich klingelten die Alarmsirenen in ihrem Kopf. Wenn sie mit zu ihm käme, würde das möglicherweise wieder auf Sex hinauslaufen. Andererseits würde sie sicherlich genügend Selbstkontrolle in Bezug auf Ethan Kelly aufbringen können, und außerdem wäre es auch wichtig zu wissen, wo er lebte, für den Fall, dass sie einmal nach ihm sehen müsste.

Er fuhr zu einem renovierten Lagerhaus und stellte den Motor ab. „Bleib sitzen!", forderte er sie auf, während er sie mit dem Motorrad in den Lastenaufzug schob.

„Du hast wohl kein Vertrauen zu deinen Nachbarn?", scherzte sie.

„Nicht, was das Motorrad anbelangt." Der Fahrstuhl stoppte in der obersten Etage, und er hielt inne, um die Tür vor ihnen zu öffnen. „Entschuldige die Unordnung!"

Zahlreiche Papiere lagen wild durcheinander auf den Möbeln und Tischen verteilt, während eine stattliche Anzahl leerer Sprudelflaschen sich auf der Küchentheke angesammelt hatte. Aber als er sie durch den Raum trug, erkannte sie, dass es sich bei den Papieren um Notenblätter handelte, die allesamt von ihm beschrieben worden waren.

Die Wohnung hatte den Charme und die Atmosphäre

einer stillgelegten Industriestätte, wie sie häufig bei umgebauten Lagerhäusern vorzufinden ist. Die Wände bestanden aus unverputzten Ziegelsteinen, und riesige Fenster gaben einen Blick auf die Lichter der Stadt frei, die sich im Hudson widerspiegelten. Die Küche war eine gelungene Mischung aus schwarzem Lack und Edelstahl, und eine schwarze Metalltreppe führte zum oben liegenden Schlafzimmer.

Er räumte ein Stück auf dem Sofa frei und setzte sie darauf, bevor er die Notenblätter zu ordentlichen Stapeln anhäufte. „Ich war in letzter Zeit, äh, ziemlich heftig im Rausch."

„Was für ein Rausch?" Ihr Herz pochte heftig, während sie nach Einstichstellen an der tätowierten Vene seines linken Arms Ausschau hielt.

Er hielt seine Hände in die Höhe und schüttelte den Kopf. „Nein, nein, nein - nicht diese Art von Rausch." Er sammelte weitere Notenblätter zusammen und legte sie auf den Flügel in der Mitte des Raumes. „Ein musikalischer Rausch. Seit ich deine Wohnung verlassen habe, kam mir ein guter Gedanke nach dem anderen für neue Songs, und ich habe versucht, sie niederzuschreiben, bevor ich sie wieder vergesse."

„Das hast du also das ganze Wochenende über gemacht? Neues Material komponiert?"

„Äh, ja." Wieder rieb er sich den Nacken und konzentrierte sich auf ihren Knöchel. „Ich werde dir etwas Eis bringen."

Er verschwand in der Küche und füllte eine Plastiktüte mit gestoßenem Eis aus dem Eisspender in seiner Kühlschranktür. Dann wickelte er sie in ein

Küchenhandtuch ein und legte sie sanft auf ihren Knöchel. „Zu kalt?"

„Nein, das ist gut." Sie rückte ein Stück auf dem Sofa weiter, damit er sich auch hinsetzen konnte. „Erzähle mir über diese neuen Stücke!"

„Es war verrückt, Bec. Es war wie - Zack! - ein Schleusentor, das sich öffnet. Ich glaube, ich habe inzwischen genügend neues Material geschrieben, um damit ein neues Album zu veröffentlichen. Am Wochenende habe ich kaum geschlafen, und heute Abend habe ich zum ersten Mal seitdem ich am Freitagmorgen heimgekehrt war, die Wohnung verlassen."

Hmm… Ich frage mich, was Elaine wohl sagen würde, wenn ich ihr erzählte, dass Ethan Kelly ein Soloalbum, ohne Zutun der anderen Mitglieder von Ravinia's Rejects, plant.

Er lächelte sie schuldbewusst an. „Ich sollte mich wohl dafür entschuldigen, dass ich dich nicht zurückgerufen habe, aber ich…."

Darum hat er also nicht angerufen. „Das ist schon in Ordnung."

„Nein, ist es nicht." Er stand auf und wanderte, mit seinen Händen erneut in den Taschen, vor ihr auf und ab. „Ich hätte anrufen sollen." Er machte eine Pause und fügte dann hinzu: „Ich wollte anrufen."

„Mach dir darüber keine Gedanken, Ethan! Ich verstehe das. Ich weiß, dass du nach wochenlanger Schreibblockade deinen Schreibfluss nicht aufs Spiel setzen wolltest."

„Ja, aber ich wollte dir auch nicht wehtun." Er setzte sich wieder auf das Sofa und nahm ihre Hand. „Ich wollte damit nur sagen, dass ich unsere gemeinsame Nacht sehr genossen habe, und ich hoffe, dass die guten Erinnerungen bei dir nicht dadurch zerstört werden, dass ich dich nicht angerufen habe."

„Ich verstehe, warum du gegangen bist. Ari kann ein wenig… intensiv sein."

„Ich hatte schreckliche Angst, dass sie ein Foto von mir auf Facebook oder so etwas veröffentlichen könnte. Du weißt ja selbst am allerbesten, wie schwierig es ist, sich zu verstecken, sobald die Paparazzi einmal herausgefunden haben, wo du dich aufhältst."

Sie nickte. Ihre Erinnerungen daran schienen schon in weite Ferne gerückt zu sein, aber sie wusste immer noch, wie es sich anfühlte, zum Beispiel aus dem Fitnessstudio herauszukommen, um dort, völlig verschwitzt, von einem Blitzlichtgewitter in Empfang genommen zu werden. „Was willst du damit sagen, Ethan?"

„Das hier." Er beugte sich nach vorn und küsste sie, bis sie alles um sich herum vergaß und nur noch den Druck seiner Lippen auf ihren verspürte. Er ging behutsam und langsam vor, so als warte er auf eine Erlaubnis von ihr, fortzufahren, und als Becca ihm diese erteilte, wurde er forscher und vertiefte den Kuss. Eng umschlungen hielt er sie, so leidenschaftlich, dass es ihren Hunger nach mehr weckte, der größer war als der vor einem Vier-Gänge-Menü in einem Fünf-Sterne-Restaurant.

Sie erwiderte seinen Kuss und ging nun ihrerseits mit ihren Händen auf Tuchfühlung, alles an ihm erkundend, was sie greifen konnte. Der Geschmack seiner Zunge vermengte sich mit ihrem, während der subtile Duft von Zedernholz in seinem Deo sich mit dem Geruch des

Weichspülers auf seinem Hemd vermischte. Sie strich über das perfekte Sixpack und den stahlharten Bizeps. Bevor sie genau wusste, was sie tat, ließ sie sich zurück in das Sofa fallen und zog ihn mit sich.

Glücklicherweise konnte wenigstens er noch klar denken und hielt inne, bevor sie die Sache auf die Spitze trieben. Er beugte sich über sie, mit Armen wie Eisenstangen auf beiden Seiten ihrer Brust, und hatte, atemlos wie er war, Mühe, ruhig zu sprechen. „Becca, ich begehre dich so sehr."

„Warum machst du dann nicht weiter?" Sie machte Anstalten, ihn erneut, zu einem weiteren Kuss, zu sich zu ziehen, aber er schüttelte sie ab.

„Nein, ich meine, dass ich mehr will als nur Sex. Ich mag dich. Du reißt mich mit."

„Und was schlägst du vor?"

„Du weißt schon - das übliche Programm. Gemeinsames Abendessen." Er drückte einen flüchtigen Kuss auf ihren Mundwinkel. „Einen Film ansehen." Ein weiteres Küsschen auf die Nase. „Und dann vielleicht der Nachtisch."

Er blickte sie an, und der Hunger in seinen Augen ergänzte sich mit dem angespannten, und doch hoffnungsvollen Lächeln.

Für einen angeblich abgebrühten Rocker war sein Wunsch überraschend unschuldig und aufrichtig. Sie fuhr sich mit der Zunge über die Lippen und legte ihre Arme um seinen Nacken. „Du weißt ja, wie sehr ich Nachtisch liebe."

„Verdammt, Bec, wenn du es so siehst…." Diesmal wehrte er sich nicht dagegen, dass sie ihn für einen weiteren Kuss zu sich zog. Ohne den Kontakt mit ihrem Mund abzubrechen, hob er sie erneut in seine Arme und trug sie über die Metalltreppe in sein Bett.

Er legte sie hin und grinste. „Da wir gerade von Nachtisch sprechen, seit Donnerstagabend verspüre ich ein heftiges Verlangen nach Honig." Er beugte sich dichter über sie und fügte mit tiefem Bass hinzu: „Aber nur, wenn ich ihn von deiner Haut ablecken darf."

Bei dem Gedanken daran, wie seine Zunge über ihren gesamten Körper streichen würde, lief ihr ein neuer Schauer der Wollust den Rücken hinab. „Hast du zufällig welchen da?"

„Ich werde ihn auf meine Einkaufsliste schreiben. Für den Augenblick bist du mir süß genug."

Und während sie sich ihrer Bekleidung entledigten, schwelgte sie in der Fantasie, wie leicht man sich doch in Ethan Kelly verlieben könnte.

Kapitel Elf

Die Türklingel ertönte bereits, als Becca gerade die letzten Striche Mascara auftrug. Sie blickte auf die Uhrzeitangabe auf ihrem Handy.

Mist! Er ist früh dran.

Hastig beendete sie die Arbeit an ihren Wimpern, trug noch schnell einen farblosen Lippenstift auf und prüfte abschließend flüchtig ihr Aussehen im Spiegel. Nicht so perfekt wie sie es sich gewünscht hätte, aber akzeptabel. Das knielange, eisblaue Kleid im Vintage-Stil der sechziger Jahre betonte ihre Augen, und die glitzernde Perlenstickerei sorgte für einen Hauch von Glamour, der genau richtig für den Anlass war.

Ari öffnete die Wohnungstür, als Becca gerade das Schlafzimmer verließ. Ihre Mitbewohnerin trug ein einfaches, rotes, enganliegendes Etuikleid, das ihre zierlichen Rundungen betonte und einen beachtlichen Schlitz von den Knöcheln bis zur Hüfte aufwies. Im Gegensatz zu Becca holte Ari ihre Sachen nicht vom Kleiderverleih oder stöberte in Secondhand-Läden. Sie nannte die Designerkleider ihr Eigen. „Hallo, Ethan!"

Becca atmete erleichtert auf. In den knapp zwei

Monaten, in denen sie und Ethan nun schon zusammen waren, hatte Ari ihre pubertäre Schwärmerei abgelegt und sah ihn jetzt einfach nur als Beccas Freund an, so dass Ethan jetzt viel entspannter sein konnte, wenn er sich in Beccas Wohnung aufhielt.

„Hallo, Ari! Du siehst gut aus."

Als er in die Wohnung trat, beschleunigte sich Beccas Puls. Mit seiner raubeinigen Art und dem entsprechenden Look dazu hatte er ja schon immer sehr sexy ausgesehen, aber in einem Smoking, wie er ihn jetzt trug, wirkte er geradezu unwiderstehlich. Die seidigen Jackenaufschläge passten hervorragend zu seinen kurzen, zurückgekämmten, schwarzen Haaren, und der Zuschnitt des Smokings betonte seine breiten Schultern und die schlanke Taille.

Am liebsten würde ich ihn jetzt ins Schlafzimmer zerren und sein adrettes Aussehen gründlich durcheinanderbringen.

Er wandte sich ihr zu und erstarrte, mit halb offenem Mund. „Wow, Bec! Du siehst toll aus."

Ihre Wangen wurden warm, und mit einem scheuen Lächeln senkte sie den Blick. „Du hast dich aber auch sehr hübsch zurechtgemacht."

„Nicht durchgehend zurechtgemacht." Er zog seine Hose ein Stück hoch, damit sie die polierten, metallbesetzten Motorradstiefel sehen konnte. „Ich musste zumindest ein klein wenig ich selbst bleiben."

„Du Rebell!" Sie hakte sich bei ihm unter. „Willst du mir damit etwa sagen, dass wir mit dem Motorrad zur Museums-Gala fahren?"

Ohne den Blick von ihr zu lassen, lächelte er sie an. „Nein, ich kann uns ein Taxi organisieren." Dann winkte er Ari zu. „Bis später."

Ari winkte zurück und eilte dann zurück in ihr Schlafzimmer, um die letzten Vorbereitungen zu treffen. Sie hatte für die Veranstaltung keine Begleitung, und Becca dachte einen Moment lang darüber nach, sie einzuladen, sich ein Taxi mit ihnen zu teilen. Diesen Gedanken verwarf sie allerdings ebenso schnell wie er gekommen war, als Ethan sie in seine Arme zog und küsste.

„Du siehst aus wie eine sehr verführerische Eiskönigin."

„Willst du damit etwa sagen, dass ich dieses Lied von Idina Menzel wiedergeben soll?"

Er wich zurück, setzte eine betont schreckverzerrte Miene auf und fing dann erneut an zu lachen. „Nein, bloß nicht! Tys Schwester und ihre kleine Tochter haben uns auf der Tour begleitet, als dieser Film herauskam, und ich habe dieses Lied tagelang gehört."

Die Fröhlichkeit verschwand aus seinem Gesicht, stattdessen starrte er nun mit leerem Blick und gedankenverloren vor sich hin, wie er es immer tat, wenn er von Ty sprach. Gleichzeitig rieb er sich über seinen linken Unterarm, wo der Name seines besten Freundes eintätowiert war, ein Verhalten, das er immer dann an den Tag legte, wenn ihn das Verlangen überkam.

Becca streichelte mit einer Hand seine Wange und küsste ihn auf die andere, um seine düsteren Gedanken zu verscheuchen. „Wir sollten lieber gehen, bevor es keine alkoholfreien Cocktails mehr gibt."

Die alljährliche Gala des American Museum of Natural History war eines der angesagtesten gesellschaftlichen

Ereignisse New Yorks, und Becca wollte auf keinen Fall etwas verpassen, vor allem auch deswegen, weil Elaine sie immer noch fortwährend damit nervte, weiteren Klatsch und Tratsch über die Schönen und die Reichen haben zu wollen. Es war ihr beim New Yorker Festival und bei der NYC Food and Wine Week im letzten Monat gelungen, einige kleinere Details über den einen oder anderen Promi zu enthüllen, aber bei dieser Veranstaltung würde es von hohen Tieren nur so wimmeln, so dass möglicherweise eine gute Geschichte dabei herausspringen würde.

Aber den eigentlichen Sensationsknüller schlechthin könnte natürlich die Person liefern, die sie zu der Veranstaltung begleitete. Ethans Kehrtwendung und Comeback faszinierten sie immer wieder aufs Neue. Seit Rosh Hashanah hatte er vierzehn neue Songs geschrieben, und er arbeitete mit einigen Studiomusikern an der Aufnahme eines neuen Soloalbums. Dies alles geschah still und heimlich. Wenn die Nachricht dann endlich die Runde machte, würde das ein Paukenschlag für die Musikwelt sein und diese sich dann vor Begeisterung überschlagen.

Sie konnte die Tatsache nicht leugnen, dass sie schon einige Male in Versuchung geraten war, diejenige sein zu wollen, die die Geschichte brachte, hatte den Gedanken dann aber jedes Mal schnell wieder verworfen, denn sie weigerte sich, sein Vertrauen in sie aufs Spiel zu setzen.

Das Taxi passierte den Central Park und ließ sie dann am Museum of Natural History aussteigen. Als Kind hatte Becca von ihren Eltern einige Geschichten über die extravaganten Veranstaltungen, die unter den Blicken des Blauwals und des T-Rex stattfanden, gehört, aber heute nahm sie auch zum ersten Mal daran teil. Und das hatte sie alles Ethan zu verdanken. Einige Wochen vorher, als sie von Ausstellung zu Ausstellung gepilgert waren, hatte sie einmal erwähnt, dass sie gern dorthin gehen würde, und einige Stunden später hatte er sie mit Einladungskarten überrascht.

Nachdem Sie den Rundbau betreten hatten, begaben sie sich zur Bar. Ethan bestellte für Becca die übliche Limonade mit Limette und für sich selbst eine Cola. Becca blickte in die Runde und erkannte Dutzende von Freunden ihrer Eltern und die Elite der New Yorker Gesellschaft. Zahlreiche Prominente, bekannt von Bühne und Fernsehen, mischten sich unter die übrigen Gäste und machten die Veranstaltung für Becca nur noch aufregender.

Becca bahnte sich einen Weg durch die Menge und hielt hier und da an, um mit Bekannten einen kleinen Plausch zu halten. Sie stellte Ethan als ihren Freund vor und nannte dabei stets nur seinen Vornamen. Jedes Mal wenn sie ihn erwähnte, durchströmte sie ein Gefühl der Fröhlichkeit. Sie konnte immer noch nicht glauben, dass dieser charismatische, verführerische Mann mit ihr zusammen war. Er hätte aus der Reihe der Schauspielerinnen oder Models im Saal auswählen können, aber er hielt ausschließlich ihre Hand und widmete ihr voll und ganz seine ungeteilte Aufmerksamkeit.

Womit habe ich es verdient, so glücklich zu sein?

Sie schwebte auf Wolke sieben - bis zu dem Augenblick, als sie jemanden ihren Namen sagen hörte und sich umdrehte.

***

Trotz seiner Abneigung gegen Menschenansammlungen und große Partys war Ethan froh, dass er die Karten für die Gala bekommen hatte. Becca überstrahlte alles und jeden im Saal. Und das lag nicht nur an ihrem eisblauen Kleid, das ihren vollen Brüsten schmeichelte und ihre kurvenreichen Hüften betonte. Es war die Art und Weise, wie sie auf die Menschen zuging - lächelnd, lachend, und selbst völlig Unbekannten begegnete sie offen und herzlich, so dass diese sich in ihrer Gesellschaft sofort wohl fühlten. Die Gala weckte das Partygen in ihr, das jahrelang geschlummert hatte, aber im Vergleich zu früheren Zeiten war sie viel reifer geworden und strahlte eine Kultiviertheit aus, die er sich selbst auch wünschte.

Anfangs hatte er ihre Hand gehalten, um die Ruhe, die sie ausstrahlte, auf sich selbst zu übertragen und damit seine Angst, auf einer solch wichtigen Veranstaltung erkannt zu werden, zu bekämpfen. In der ersten halben Stunde befiel ihn mehrmals das Verlangen nach einem Drogenrausch, um über diese Angstzustände hinwegzukommen, aber er konzentrierte sich dann ganz auf sich selbst und fand eine Möglichkeit, dass Unruhegefühl wieder loszuwerden. Diente anfangs das Halten ihrer Hand als Beruhigung seiner Nerven, so war es später ein Ausdruck seines Stolzes. Jedes Mal wenn er die bewundernden Blicke bemerkte, die einige Männer ihr zuwarfen, während sie sich einen Weg durch die Menge bahnte, keimte eine Spur von Eifersucht in ihm auf. Sie war seine Freundin, und er wollte diese Tatsache jedem, dem sie begegneten, deutlich machen.

Alles lief reibungslos, bis zu jenem Augenblick, in dem Becca sich umdrehte und geradewegs in das Gesicht einer großen, eleganten, älteren Frau blickte.

Becca erbleichte schlagartig, und nun war sie es, die Hilfe suchend ihre Hand tiefer in Ethans vergrub. „Claire."

Ethans Magen signalisierte durch ein tiefes Grummeln, dass hier etwas nicht stimmte, aber er widerstand dem Drang, sie einfach zu packen und fortzuziehen, denn vor so vielen Leuten eine Szene zu machen, konnte er sich nun wirklich nicht leisten.

Claire streckte ihre Arme in Beccas Richtung, so als wolle sie sie umarmen, senkte sie dann aber wieder und zog sie zurück. „Wie schön, dich hier zu treffen, Becca", sagte sie, aber ihre leicht bebende Stimme und das schiefe Lächeln in ihrem Gesicht verrieten ihre Nervosität. „Und wer ist das?"

„Mein Freund Ethan", antwortete Becca, so wie sie es schon den ganzen Abend über getan hatte.

Die Spannung, die zwischen den beiden Frauen lag, hatte der fröhlichen Stimmung ein jähes Ende bereitet. Claire blickte drein, als warte sie auf eine Erlaubnis von Becca, fortzufahren, aber diese wirkte, als würde sie jeden Moment aus der Haut fahren. Er spürte, wie es in ihr brodelte, was sich aber auch nach außen durch ein leichtes Zittern sowie einen jetzt eisernen Griff manifestierte, der ihm fast das Blut zur Hand abschnitt.

Die unangenehme Stille, die sich zwischen den beiden Frauen fast wie eine Ewigkeit ausdehnte, gab ihm die Gelegenheit, Claire etwas genauer zu studieren. Sie war groß und geschmeidig, und nur die Fältchen um ihre

Augen ließen ihr Alter erahnen, während hingegen die glänzende Schönheit ihrer Haut es ansonsten schwierig machte, das Alter zu schätzen. Ihre honigfarbenen Haare fielen in glänzenden Locken über ihre Schultern, und ihr schulterfreies Kleid präsentierte ein Dekolletee, von dem viele Männer gewiss nur schwer ihren Blick abwenden konnten. Aber irgendetwas war an ihr, das ihm entfernt bekannt vorkam.

„Besteht eventuell die Chance, dass du deine Meinung bezüglich Thanksgiving änderst?", fragte Claire. „Jacob sagte mir, dass du bereits etwas anderes vorhabest, aber dein Vater und ich, wir würden uns sehr freuen, dich an unserem Tisch zu haben."

„Claire, du weißt, es geht nicht." Beccas Aufmerksamkeit fiel auf eine Person hinter Claire, und hastig löste sie sich aus Ethans Hand und stolperte einige Schritte zurück. „Entschuldigt, aber ich muss das Bad aufsuchen!"

Mit einem Ausdruck der Verzweiflung blickte Claire Becca hinterher, als diese in Richtung der Ausstellung über asiatische Säugetiere floh, aber erst als sie Ethan ansprach, konnte dieser feststellen, dass sie auch tatsächlich so empfand. „Es tut mir so leid, dass Sie Zeuge dieser Szene werden mussten. Ich hoffe ja immer noch, dass sie sich eines Tages ändert, auch wenn sie genauso störrisch ist wie ihr Vater."

Dieser eine Satz brachte ihm die Erkenntnis, dass es da eine Seite an Becca gab, die er noch gar nicht kannte. Seit fast zwei Monaten waren sie nun ein Paar, aber in dieser Zeit hatte sie kaum einmal ihre Familie erwähnt. Und nun, da er den Grund dafür zumindest erahnen konnte, war er fest entschlossen, die ganze Geschichte, die dahintersteckte, zu erfahren.

„Mal sehen, ob ich etwas dazu beitragen kann", konnte er Claire noch soeben erwidern, bevor ein älterer Mann mit den gleichen blau-grauen Augen wie Becca sich zu ihnen gesellte und den Arm um Claires Hüfte legte. Ethan nickte dem Mann, von dem er annahm, dass er Beccas Vater war, zum Gruß zu und drehte sich dann um, um seine Freundin zu suchen.

Es ertönte eine musikalische Aufforderung an die Gäste der Gala, sich zum Büffet zu begeben, und Ethan hatte alle Mühe, gegen den Strom der Menschenmassen, die sich in diese Richtung begab, anzukämpfen. Nachdem es ihm dann aber doch gelungen war, hielt er Ausschau nach der nächsten Damentoilette.

Außerhalb der Toilette fand er Becca, die an einer Steinmauer lehnte und mit geschlossenen Augen den Kopf in den Nacken gelegt hatte. Diese ruhige, stets gefasste Frau, als die er sie kannte, schien nun am Rand einer Panikattacke zu sein. Ihr unruhiger Atem ging so heftig, dass er ihren ganzen Körper durchrüttelte. Ihre Hände verkrampften sich und entkrampften sich dann wieder, und der Schweiß schimmerte auf ihrem bleichen Gesicht.

Nur sehr vorsichtig näherte er sich ihr, aus Angst davor, dass plötzliche Bewegungen das Fass zum Überlaufen bringen könnten. „Rede mit mir, Bec!", sagte er, als er nahe genug herangekommen war, um mit gedämpfter Stimme sprechen zu können.

Die Augen, die jetzt aufklappten, spiegelten blankes Entsetzen wider. „Ethan, ich…." Sie atmete seufzend aus und schloss die Augen wieder. „Es tut mir leid, dass du das mit ansehen musstest."

Das war zwar nicht die Antwort, die er sich erhofft hatte, aber allmählich schien sie immerhin ihre Fassung wiederzuerlangen. Ihr Atem ging jetzt ruhiger, und allmählich kehrte auch die Farbe auf ihre Wangen zurück.

Er stellte sich vor sie und lehnte sich gegen die Mauer. „Komisch. Claire hat genau das Gleiche gesagt."

Er erwartete, dass sie ihre Begegnung mit Claire kommentieren würde, aber sie schielte ihn lediglich aus einem misstrauischen Auge an.

„Also, welches Problem hast du mit Claire?", fragte er, entschlossen, der Sache auf den Grund zu gehen.

„Gar keins."

„Unsinn, Becca! Ich habe dich den ganzen Abend beobachtet, und irgendetwas an dieser Frau hat dich deine Souveränität verlieren lassen."

„Vergiss es einfach, okay?"

„Nein, ich werde erst Ruhe geben, wenn du mir wenigstens sagst, wer sie ist."

Sie gab nochmals einen tiefen Seufzer von sich, der ihre ganze Frustration ausdrückte, sah ihn kurz mit beiden Augen an, bevor sie sie wieder in Richtung Decke wandte, während sie sich nervös wand und unablässig mit der Spitze ihres Schuhs auf den Boden tippte. „Claire ist meine Stiefmutter."

„Welches Problem hast du mit ihr?"

„Überhaupt keins. Ich mag sie. Sie ist die einzige Mutter, die ich je gekannt habe, und sie ist vermutlich die netteste Person, die man sich nur denken kann."

„Warum läufst du dann vor ihr davon?"

Becca beschleunigte das Tippen mit dem Schuh und biss sich auf die Unterlippe. „Ich bin nicht vor ihr weggelaufen. Es war mein Vater, vor dem ich geflüchtet bin."

Das Beschützergen in ihm machte sich so schnell bemerkbar, dass er fast vergaß zu atmen. Rachegefühle vernebelten seinen Blick. Was hatte dieses Arschloch mit ihr angestellt, dass sie solch eine Furcht vor ihm hatte? „Warum?"

Immer noch seinen Blick meidend, drückte sie sich von der Wand ab. „Hör mal, Ethan, das ist kompliziert, und ich möchte dich nicht da hineinziehen."

„Zu spät." Er stemmte seine Arme links und rechts von ihr an die Wand, so dass es kein Entkommen für sie gab. „Ich bin dein Freund, schon vergessen? Ich bin schon hineingezogen worden."

Endlich blickte sie ihn an, und die Anspannung in ihrem Gesicht löste sich langsam und machte einer Miene der Zuneigung Platz. „Ich weiß, Ethan, aber…"

„Kein Aber." Er legte seinen Zeigefinger unter ihr Kinn und hob es an. „Also, was ist zwischen dir und deinem Vater geschehen?"

Sie kaute weiter auf ihrer Unterlippe und versuchte, sich abzuwenden, aber es blieb bei den Versuchen, denn jedes Mal lenkte er ihre Aufmerksamkeit zurück auf sich. Nachdem sie eine Minute lang versucht hatte, seiner Frage auszuweichen, sagte sie schließlich mit ruhiger Stimme: „Ich meide meinen Vater, weil er der Auslöser meiner Sucht ist."

Ethan stieß pfeifend die Luft aus und lockerte die eiserne Umklammerung zu beiden Seiten Beccas. „Denkst du etwa daran, dir wieder einen Schuss zu setzen?"

Mit angewidertem Gesichtsausdruck sah sie ihn an. „Natürlich nicht! Ich bin schon viel zu lange clean, als dass ich wegen so etwas rückfällig werden könnte."

„Dann erzähl mir, inwiefern er der Auslöser ist!"

Mit allen Fasern ihres Körpers nahm sie eine Protesthaltung an und öffnete ihren Mund, aber er besänftigte sie, indem er einfach seinen Zeigefinger auf ihre Lippen legte. „Du hast mir geholfen, als ich in Not war. Jetzt bin ich dran."

Als er einen Moment lang den Ausdruck von Dankbarkeit in ihren Augen las, wusste er, dass es richtig gewesen war, das Thema anzuschneiden.

Mit immer noch hektischem Tippen des Schuhs atmete sie tief ein, um dann mit einem Male völlig regungslos dazustehen, als sie wieder ausatmete. „Auch meine Mutter war heroinabhängig. Sie nahm eine Überdosis, als ich noch ein Baby war, so dass ich keine Erinnerungen mehr an sie habe. Aber mein Vater hat solche Erinnerungen. Und es wurde schon in meiner frühen Kindheit offensichtlich, dass ich genau wie sie war."

Becca spielte mit einer Perle auf ihrem Rock, während sie weitersprach. „Mein Vater dachte, dass ich nicht auch so wie meine Mutter enden würde, wenn er mich ständig überwachte, wenn er stets ein Auge auf mich hatte. Was anfangs sicherlich gut gemeint und Ausdruck seiner Sorge um mich war, wuchs sich dann zu etwas Einengendem, Erdrückendem aus. Wenn ich auch nur eine Minute später nach Hause kam als mir erlaubt worden war, wurde ich bestraft. Wenn ich eine zwei statt einer eins im Zeugnis hatte, wurde mir dies ewig lange vorgeworfen. Wenn mein

Haar unordentlich war oder ich einige Pfund zugenommen hatte, musste ich mir Vorträge darüber anhören, dass meine äußerliche Erscheinung ein schlechtes Bild auf die Familie werfe. Als Jugendliche lebte ich in der ständigen Angst, dass er irgendeinen Fehler an mir entdecken könnte. Und er fand immer etwas an mir auszusetzen.

Meine scheinbare Rettung kam in Form eines Skiunfalls daher. Ich brach mir den Knöchel und bekam zum ersten Mal Percocet verabreicht. Und, lieber Himmel, welch eine Erlösung das war! Wenn ich Medikamente nahm, war mir alles egal. Ich konnte in Gegenwart meines Vaters sein, ohne diese fürchterliche Panik zu haben, dass ich etwas falsch machen könnte. Es war die Befreiung, nach der ich gesucht hatte, und zum ersten Mal in meinem Leben verspürte ich so etwas wie inneren Frieden."

Ethans Herz schlug höher, als er sie so reden halte, wusste er doch nur allzu gut, wovon sie sprach.

„Ich verbrauchte die erste Flasche, dann die zweite, dann die dritte. Mein Knöchel war schnell wieder verheilt, das Verlangen aber blieb. Ich begann damit, die Medizinschränke meiner Eltern und meiner Großeltern nach mehr Medikamenten zu durchsuchen. Ich täuschte eine Rückenverletzung vor. In der Schule suchte ich Kontakt zu Leuten, die mir mehr Percocet besorgen konnten. Aber als die Kosten dafür zu hoch wurden, lernte ich eine billigere Abhilfe in Form von Heroin kennen."

Sie lachte reumütig. „Ich nahm das Zeug gut ein Jahr lang, bis Claire irgendwann die Einstichstellen bemerkte. Papa bekam einen Tobsuchtsanfall, als er es herausbekam und zwang mich, eine Entziehungskur zu beginnen, aber wir wissen ja beide, was dann passierte."

Er erinnerte sich an die Geschichte, wie sie fast gestorben wäre, bevor sie es endgültig geschafft hatte, clean zu werden.

„An jenem Abend, als ich die Überdosis nahm, nahm ich mit meinen Eltern an einer Wohltätigkeitsveranstaltung wie dieser teil. Mein Vater nörgelte ununterbrochen an meinem Kleid herum, das er für zu aufreizend hielt. Infolgedessen zog ich mich auf die Toilette zurück und setzte mir einen Schuss, damit ich den Rest des Abends ertragen konnte." Nochmals atmete sie tief ein. „Der Rest ist Geschichte."

Ethan konnte mit ihr mitfühlen. Er hatte sich immer gefragt, wie eine privilegierte Persönlichkeit wie Becca an Drogen geraten konnte, und hatte bislang immer angenommen, es müsse aus Langeweile geschehen sein oder aus einem Gruppenzwang mit anderen Partylöwen heraus. „Darum meidest du ihn also?"

Sie nickte und starrte auf die Spitze ihrer jetzt ruhig gehaltenen Schuhe. „Bei meinem zweiten Anlauf zur Entziehung erkannte ich, dass es besser für mich ist, wenn ich nicht dem ständigen Druck, den er auf mich ausübt, ausgesetzt bin, und deshalb blieb ich ihm fern. Hin und wieder essen Claire und ich zu Mittag, und ich rede mindestens einmal in der Woche mit meinem jüngeren Bruder Jacob, aber mit meinem Vater habe ich seit fast zwei Jahren nicht mehr gesprochen."

Ethan konnte sich nicht vorstellen, keinen Kontakt zu seiner Familie zu haben. Gewiss, es war nicht immer einfach gewesen, unter den Fittichen seines Vaters aufzuwachsen, aber dieser hatte Ethans Liebe zur Musik immer unterstützt und war sogar auch dann hinter ihm gestanden, als Ethan beschlossen hatte, die Schule zu schmeißen und stattdessen mit seiner Band auf Tour zu gehen. Und gewiss, die ständigen Überwachungen durch seine Mutter und seine Brüder waren extrem nervig, aber er wusste auch sehr gut, dass diese aus Sorge um ihn geschahen. Er war dankbar, dass er eine große Familie hatte, die sich nicht den Teufel um ihn scherte.

Nun musste er nur noch Becca vergegenwärtigen, dass auch ihre Familie sich sehr wohl um sie sorgte.

„Was hat es also mit Thanksgiving auf sich?", fragte er.

„Jacob hat mich vor einigen Wochen angerufen und mich gefragt, ob ich nicht Thanksgiving mit der Familie in unserem Ferienhaus in den Catskills verbringen möchte. Ich wollte ablehnen, aber er wollte davon nichts hören und hat mich so lange bekniet, bis ich schließlich sagte, dass ich zumindest darüber nachdenken würde."

„Also, für mich klingt das so, als ob sowohl dein Vater als auch Claire dich sehr gern wieder als Teil der Familie sehen würden."

„Ja, aber sieh doch nur einmal, wie aufgelöst ich schon war, als ich meinen Vater nur aus der Entfernung sah. Nun stell dir vor, was passieren würde, wenn ich eine Stunde oder länger mit ihm an einem Tisch säße!"

Er hielt ihre Hand zwischen seinen und küsste ihre Fingerknöchel, bevor er ihre Hand an sein Herz drückte. „Ich werde mit dir kommen."

Vor Überraschung sperrte sie den Mund auf. „Du musst das wirklich nicht tun. Meine Familie ist völlig daneben, und ich bin sicher, dass du Thanksgiving lieber mit deiner verbringen möchtest."

„Meine Mutter und meine Brüder werden es verstehen." Er verringerte die Entfernung zwischen ihnen, bis sie sich an der Stirn berührten. „Bitte, Bec, lass mich dir so helfen, wie du mir geholfen hast! Ich will ja nicht, dass du an jedem Freitag mit deinem Vater ein Abendessen einnimmst, aber ich glaube, zusammen können wir dieses Thanksgiving überstehen."

In ihren Augen blitzten Tränen auf, aber es gelang ihr, sie zurückzuhalten. Ganz fest drückte sie seine Hand. „Also schön. Zusammen."

„Gut." Er trat einen Schritt zurück und hakte sich bei ihr unter. „Wir sollten Claire sagen, dass sie für zwei weitere Gäste eindecken muss."

Becca schüttelte den Kopf und lächelte zum ersten Mal, seit sie ihre Stiefmutter getroffen hatte. „Oh nein, nicht heute Abend. Ich werde ihr morgen eine SMS schreiben. Jetzt möchte ich einfach erst einmal nur meinen Vater vergessen und den Rest des Abends mit dir genießen."

„Damit kann ich leben." Sie gingen die Treppe hinunter und gesellten sich zu Ari an einen Tisch. Beccas Familie war für den Rest des Abends kein Thema mehr.

Kapitel Zwölf

„Mir wird schlecht."

„So schlecht fahre ich nun auch wieder nicht", scherzte Ethan, während er mit dem gemieteten Geländewagen der Mercedes-Benz G-Klasse die schneebedeckte Landstraße entlang fuhr.

Schon seit zwei Stunden wünschte sich Becca, sie könnte ihre Übelkeit auf die Autofahrt zurückführen. Aber je mehr sie sich dem Ferienhaus ihres Vaters näherten, desto mulmiger wurde ihr in der Magengegend. Wenn das so weiterginge, würde sie sich womöglich noch übergeben müssen.

Als wisse er, worüber sie sich Gedanken machte, streckte er seine Hand nach ihr aus und drückte ihre. „Alles wird gut, Becca. Wir schaffen das schon."

Nicht sie. *Wir!* Ihr Herz hüpfte vor Freude, denn aus unerfindlichen Gründen war er gewillt, die Sache bis zum Ende durchzuziehen. Jeder andere Kerl, mit dem sie zusammengewesen war, hatte so viel Angst vor ihrem Vater gehabt, dass er schon beim ersten Anzeichen seiner Gegenwart Reißaus genommen hatte. Aber Ethan hatte sich nicht nur einverstanden erklärt, für das Festmahl zu

Thanksgiving in die Catskills zu reisen, sondern sogar für das gesamte Wochenende. Sie konnte nur hoffen, dass er es sich nicht auf halbem Wege anders überlegte und sagte: „Vergiss es!"

„Lass uns etwas finden, das dich ablenkt", schlug er vor.

Ja, aber nichts, womit ich mich in einen Rauschzustand versetzen könnte, um das Wochenende auszublenden.

„Also schön, wie lief es mit den letzten Aufnahmen im Tonstudio?"

„Wirklich gut." Es gelang ihm, zu grinsen und gleichzeitig konzentriert weiterzufahren. Je weiter sie bergaufwärts fuhren, desto heftiger schneite es.

„Möchtest du das näher ausführen?"

„Ich habe einige neue Riffs ausprobiert und stellte fest, dass sie dem Stück einen ganz neuen, besseren Sound verleihen."

Sie gerieten auf eine vereiste Stelle, woraufhin das Heck des SUV ins Schlingern geriet. Becca packte instinktiv den Türgriff und presste fest die Lippen zusammen, aus Angst, dass sie sich übergeben müsse, wenn sie den Mund öffnete. Es dauerte eine Weile, bis ihr Puls wieder normal ging und sie fragen konnte: „Wie das?"

„Sie geben dem Stück mehr Tiefe." Als der Weg immer steiler wurde, verringerte er die Geschwindigkeit. „Es ist ein sonderbares Gefühl, an einem Soloalbum zu arbeiten. Einerseits vermisse ich die Zusammenarbeit mit Ty und den anderen Jungs, aber auf der anderen Seite ist es auch so befreiend. Ich kann endlich die Musik machen, die ich wirklich mag, Songs aufnehmen, die mich ansprechen."

„Kann ich hoffen, mir bald eine Demo-Version anhören zu können?"

Er schüttelte den Kopf, so wie jedes Mal, wenn sie danach fragte. „Nicht bevor das Stück fertig ist."

„Und wann wird das sein? Wenn du es auf iTunes veröffentlichst?"

Er lachte. „Nein, Bec, bevor ich das tue, wirst du es dir anhören können. Es sind noch Feinabstimmungen nötig, wenn du weißt, was ich meine. Du willst ja sicherlich auch nicht, dass deine Chefredakteurin deine Notizen sieht, die du für eine Story machst. Du wartest ab, bis die Geschichte ausgefeilt und auf Hochglanz poliert ist, bevor du sie anderen zugänglich machst. Genauso ist es auch mit meiner Musik."

Das Navigationsgerät machte sich bemerkbar, woraufhin er die Geschwindigkeit auf ein Schritttempo drosselte. „Muss ich hier abbiegen?"

Sie nickte und verspürte sogleich, wie ihr Unwohlsein sich dramatisch verstärkte.

Der Wagen fuhr durch das Metalltor, das den Anfang des Familienbesitzes markierte, und dann im Schneckentempo den schmalen Weg entlang, der von Tannen gesäumt wurde, die sich unter der Last des Schnees bogen. Sie war bereits drauf und dran gewesen, Ethan auszureden, an diesem Morgen zu fahren, weil der Wetterbericht einen Schneesturm in den Catskills vorhergesagt hatte, aber er hatte nur mit den Achseln gezuckt und angemerkt, dass er in Chicago aufgewachsen sei und mit Schnee umgehen könne. Als sie die Baumgruppe passiert hatten, bot sich ihnen das Bild eines ausladenden Hauses im Craftsman-Stil, das umgeben war von drei kleineren Bungalows.

Bewundernd pfiff Ethan leise vor sich hin. „Mir war, als habest du von einem Wochenendhaus gesprochen. Sicherlich meintest du damit eines der kleineren Häuser dort."

Sie stieß ihn spielerisch an und konnte nicht umhin, zu kichern. „Du solltest erst einmal das Strandhaus in den Hamptons sehen."

„Ich sollte eigentlich ganz still sein. Du solltest erst einmal das ‚Wochenendhaus' meiner Familie am Lake Geneva sehen. Dort war Platz für alle neun von uns, als wir aufwuchsen."

„Das war eigentlich eines der ersten Hotels meines Urgroßvaters. Als das Gebiet hier in den siebziger Jahren bei Touristen nicht mehr so angesagt war, wandelten wir es in ein Ferienhaus um."

Ethan parkte den SUV hinter den anderen Autos und wandte sich ihr zu. „Bereit?"

„Nein", jammerte sie. Sie bezweifelte, dass sie jemals bereit sein würde, sich ihrem Vater zu stellen.

„Komm schon, Bec, du bist stark genug, um dies zu überstehen. Ich werde mich vorbildlich benehmen und sie mit meinem Charme umhauen."

Sie wünschte, sie könnte seine Ansicht teilen. Sie war sich nicht sicher, wen von ihnen beiden ihr Vater zuerst angreifen würde. Immerhin hatte Ethan seinen Rockerlook über das Wochenende abgelegt. Der cremefarbene Norweger-Pullover sah ein wenig wie aus einem Modekatalog aus - perfekt für ein rustikales Wochenende in den Bergen. Er verbarg seine Tattoos, und auch wenn er sich heute Morgen nicht rasiert hatte, sahen seine Stoppeln recht gepflegt aus.

Aber sehr zu ihrer Freude trug er seine Lieblingsstiefel. Sie war dankbar dafür, dass er bereit war, sich ihrer wohlhabend-konservativen Familie anzupassen, gleichwohl aber auch darauf bestand, ein Stück weit seine eigene, ganz persönliche Note beizubehalten.

Sie nahm nicht nur ihre Reisetasche, sondern auch allen Mut zusammen und nickte. „Gehen wir."

Es begrüßten sie angenehme Gerüche von geröstetem Truthahn und mit Ahornglasur überzogenen Süßkartoffeln, als Becca die Eingangstür öffnete. Sie sog den Duft ein und konzentrierte sich darauf, sich auszumalen, wie köstlich das Mahl sein würde, statt sich mit dem Gedanken abzugeben, wie quälend es sein könnte. „Hallo?"

Frau Cordero, die Haushälterin ihrer Eltern, erschien mit ausgestreckten Armen im Foyer. „Rebecca, du bist tatsächlich gekommen!" Sie zog sie zu einer heftigen Umarmung an sich, die Becca förmlich die Luft abschnürte. „Wie geht es dir, *mai*?"

Becca löste ihren Schal, während sie versuchte, wieder zu Atem zu kommen. „Gut, und dir?"

„Ich kann mich nicht beschweren." Sie nahm Beccas Mantel und wandte sich Ethan zu. „Und wer ist das? ***¡Estás bueno!"***

Ethan grinste die puertoricanische Frau mittleren Alters, die ihm heftig zuzwinkerte, an und flirtete zurück. „Und Sie erst, *buena*."

Frau Corderos volle Wangen erröteten. Sie zog Becca zur Seite und flüsterte: „Ich mag ihn schon jetzt. Du solltest ihn behalten."

Becca kicherte. „Ich glaube, das könnte passieren."

Es wurde in der Tat immer leichter, sich in Ethan Kelly zu verlieben. Ob sie es wollte oder nicht, jedes Mal wenn sie an ihn dachte, strahlte sie über das ganze Gesicht wie ein alberner, verliebter Teenager. Gewiss, Ethan konnte gelegentlich sehr launisch und reserviert sein, aber er war immer da, wenn sie ihn brauchte. Er war aufmerksam und intelligent und wusste, wie er ihre Seele trösten konnte, wenn sie in Aufruhr war, und wie er ihren Körper dazu bringen konnte, sich vor Wollust zu räkeln. Aber am wichtigsten war, dass er ihr mit jedem Blick, den er ihr zuwarf, das Gefühl gab, die schönste Frau der Welt zu sein.

„Ethan, das ist Frau Cordero. Sie ist schon in unserer Familie, solange ich denken kann. *Mami*, das ist mein Freund Ethan."

„Freut mich, Sie kennenzulernen, Frau Cordero", sagte er mit stolzgeschwellter Brust angesichts Beccas Vorstellung.

„Oh ja, ich mag ihn wirklich." Sie kicherte hinter vorgehaltener Hand, bevor sie ihnen mit einer Handbewegung bedeutete, ihr zu folgen. „Ihr kommt gerade rechtzeitig zum Abendessen."

Frau Cordero bewirtschaftete das Ferienhaus auf die gleiche Weise, wie sie es auch mit dem Haus ihrer Eltern in Manhattan tat - mit straffer Disziplin zwar, aber auch einer heiteren Art, die ihrem Naturell entsprach. So war es keine Überraschung, dass sie das Feiertagsessen, entsprechend den Vorgaben von Beccas Vater, auf die Sekunde genau organisiert hatte. Als sie in das überdimensionierte Esszimmer eintraten, stellten zwei

Haushaltsgehilfinnen gerade die Vorspeisen auf den Tisch. Frau Cordero ließ Becca und Ethan allein, um den Gehilfinnen in spanischer Sprache einige Kommandos zu erteilen, bevor sie selbst auch in der Küche nebenan verschwand.

Die warme, herzliche Begrüßung der Haushälterin stand in scharfem Kontrast zu der unterkühlten, sterilen Begrüßung, die ihnen ihre Familie zuteilwerden ließ. Beccas Vater saß an der Stirnseite des Tisches und beäugte sie eingehend mit seinen blau-grauen Augen, bevor sein Blick zu Ethan wanderte. Die restlichen Familienmitglieder - Tanten, Onkel, Cousins - saßen stillschweigend auf ihren Plätzen, als warteten sie auf die Erlaubnis, essen zu dürfen.

Claire stand vom gegenüberliegenden Ende des Tisches auf und umarmte Becca flüchtig. „Becca, ich bin ja so froh, dass du und dein Freund es geschafft haben. Wir fingen an, uns Sorgen zu machen."

„Ja, du bist drei Minuten zu spät dran, Rebecca", sagte ihr Vater mit eisiger Stimme. „Du und dein Gast, ihr haltet das Abendessen auf."

Schon zwei Fehler, und ich habe mich noch nicht einmal hingesetzt. Sie zwang sich, ein höfliches Lächeln aufzusetzen und folgte Claire zu den beiden freien Plätzen am Tisch.

Glücklicherweise meldete sich nun Ethan zu Wort. „Tut mir leid wegen der Verzögerung, Herr Shore. Die Situation auf den Straßen wurde wegen des Schnees allmählich ein wenig heikel, und da wollte ich mit Becca im Auto besonders vorsichtig sein."

Claire legte den Kopf auf die Seite und blickte Ethan

verstohlen anerkennend an, aber Beccas Vater blieb ungerührt. Er stocherte mit seiner Gabel in dem überbackenen Mais herum, hielt seine Aufmerksamkeit aber vollständig auf Ethan gerichtet. „Mit anderen Worten, Sie sind normalerweise ein rücksichtsloser Fahrer, wenn Sie mit meiner Tochter fahren?"

Oh, Mist! Ich kann jetzt schon förmlich riechen, wie Papa ausrastet, wenn Ethan ihm von seinem Motorrad erzählt.

Aber Ethan blieb völlig unbeeindruckt von den Anschuldigungen ihres Vaters. „Überhaupt nicht. Tatsächlich besitze ich nicht einmal ein Auto. In der Stadt brauche ich keines."

„Sie lassen sie also mit der U-Bahn fahren?"

Becca umklammerte ihre Gabel ein wenig fester und zwang sich, die abfällige Bemerkung, die ihr auf der Zunge lag, hinunterzuschlucken. Es fing ja schon damit an, dass sie gar nicht mit der U-Bahn fahren bräuchte, wenn ihr Vater ihr nicht den Geldhahn zugedreht hätte.

„Wenn sie das möchte." Ethan vertiefte sich einen Moment lang in seine Vorspeise und kaute zu Ende, bevor er fortfuhr. „Aber gelegentlich rufe ich ihr auch ein Taxi, wenn sie es nicht möchte."

Becca war beeindruckt von der stoischen Ruhe, mit der Ethan dem Verhör ihres Vaters begegnete, aber sie fragte sich auch, wie lange er es noch durchhalten könne. Sie wusste nur zu gut, wie aufbrausend er war, wenn man zu weit ging, und auf keinen Fall wollte sie, dass dies hier passierte. „Ethan ist ein Gentleman durch und durch", erklärte sie ihrem Vater und hoffte inständig, dass damit das Thema erledigt sei.

Aber um sicher zu gehen, warf sie auch ihrem Bruder

einen flehenden Blick zu, auf dass er die Situation bereinige.

Fast unmerklich nickte Jacob seiner Schwester zu. „Sagen Sie mal, Ethan, wie lange sind Sie eigentlich schon mit meiner Schwester zusammen?"

„Etwa seit Rosh Hashanah." Mit Begierde in seinem Blick wandte er sich ihr zu. „Es waren zwei tolle Monate."

Ihre Wangen wurden ganz warm, und sie musste einfach lächeln, ob sie wollte oder nicht. „Ich stimme zu."

„Sind Sie Jude?", fuhr Jacob fort.

„Nein, aber Becca war so nett, mich zu diesem Feiertag zum Abendessen einzuladen und mir einige Bräuche zu erklären."

Die Nasenflügel ihres Vaters bebten leicht, aber als er den Mund öffnete, kam ihm Claire zuvor, bevor er etwas erwidern konnte. „Und was halten Sie von ihnen?"

„Sie sind wirklich süß - im buchstäblichen wie im übertragenen Sinne."

Bei diesem kleinen Scherz brach Beccas Onkel in Lachen aus, und der Rest der Familie gab sich in jetzt etwas lockerer Atmosphäre dem Essen hin.

Das heißt, mit Ausnahme von Becca und ihrem Vater. Sie konzentrierte sich voll auf ihren Teller und sah kaum einmal auf, um auch ja keinen Fauxpas zu begehen. Während Claire die Konversation auf Jacob und ihre Cousins brachte, starrte Beccas Vater Ethan weiterhin ununterbrochen und völlig unverhohlen an, als sei er ein Gigolo, der seine Tochter entehrt hatte.

Der Birnen-und Walnusssalat sowie die Kürbiscremesuppe verliefen ohne größere Zwischenfälle, aber als der Hauptgang aufgetragen wurde, beging Ethan den Fehler, die Ärmel seines Pullovers hochzukrempeln und damit seine Tattoos freizulegen.

Ihr Vater bekam augenblicklich Stielaugen. Es war für ihn eine willkommene Gelegenheit, sein Verhör wieder aufzunehmen. „Nun, Ethan, womit verdienen Sie Ihr Geld?"

„Ich bin Musiker", antwortete er und nahm einen weiteren Bissen von seinem Truthahn.

Becca schloss die Augen und hoffte inständig, dass ihr Vater sich damit begnügen würde, obwohl sie nur zu gut wusste, dass es nicht so sein würde. Ethan hatte mit der Erwähnung seines Berufs neues Öl aufs Feuer gegossen und ihren Vater in der Annahme bestätigt, dass sie nichts taugte.

„So, so, Musiker, ja?" Er ließ seine Gabel über seinem Teller kreisen. „Ist das nicht ein Synonym für ‚arbeitslos'?", fuhr er, mit hochgezogenen Augenbrauen, fort.

„Papa!" Jetzt hatte sie aber die Nase voll. „Würdest du bitte damit aufhören?"

Ethan legte beruhigend seine Hand über ihre. „Das ist schon in Ordnung, Bec. Ich bin es gewohnt, dass viele Leute dies annehmen." Er wandte sich wieder ihrem Vater zu. „Ich war in einer Band, aber sie hat sich aufgelöst, und nun versuche ich, eine Solokarriere zu starten."

„Was also bedeutet, dass Sie zwischen zwei Jobs stehen." Ihr Vater zerschnitt sein Stück Fleisch mit größerem Kraftaufwand als erforderlich gewesen wäre. „Ich wette, Sie sind sehr froh darüber, dass Sie meine Tochter gefunden haben."

„Ich bin dankbar für jeden Tag, an dem wir zusammen

sein können", antwortete Ethan und warf ihr ein Lächeln zu, das einen Schwarm Schmetterlinge in ihrem Bauch freisetzte.

Alle Frauen am Tisch schienen auf die gleiche Weise ergriffen zu sein, aber ihr Vater fuhr, ohne vom Teller aufzusehen, damit fort, sein Fleisch zu massakrieren, und hielt sein Messer, als wolle er damit jemanden erdolchen und nicht, um ein zartes Stück Truthahnbrust zu schneiden.

„Ja, ich wette, das sind Sie", grollte ihr Vater. „Aber hat sie Ihnen erzählt, dass sie erst im Alter von fünfundzwanzig Jahren an das Treuhandvermögen herankommt? Und bis dahin kann ich jederzeit meine Anwälte anweisen, die Zugangsbedingungen zu ändern, damit sie nicht alles für Drogen ausgibt."

Nun war ihr der Appetit endgültig vergangen, denn in ihrem Magen war jetzt kein Platz mehr für Truthahn, sondern nur noch eine wilde Feuersbrunst, die darin tobte. Sie war über den Punkt hinweg, Angst vor ihrem Vater zu haben. Jetzt war sie nur noch von ihm angewidert. Sie knallte Messer und Gabel mit lautem Getöse auf ihren Teller, was ihr augenblicklich die Aufmerksamkeit ihres Vaters einbrachte. „Papa, das reicht!"

„Ich mache mir einfach nur Sorgen um dich, Becca. Die Entscheidungen, die du bisher in deinem Leben getroffen hast, geben dir ja nicht unbedingt Recht."

„Ich weiß. Du lässt ja keine Gelegenheit aus, zu erwähnen, dass ich wie meine Mutter bin." Sie schleuderte ihre Serviette auf den Teller und stand auf. „Aber wenn du mich fragst, war die schlechteste Entscheidung, die meine Mutter je getroffen hat, die, dich zu heiraten."

Man hätte am Tisch eine Stecknadel fallen hören können, jeder beobachtete das Blickduell zwischen ihr und ihrem Vater und fragte sich, wer die Oberhand behalten würde.

„Setz dich, Rebecca, und hör auf, eine Szene zu machen!", befahl er.

„Ich wusste, dass es ein Fehler sein würde." Sie stieß ihren Stuhl zurück und drehte sich um. „Ich bin fertig."

So schnell sie konnte, ohne ins Laufen zu verfallen, begab sie sich zur Eingangstür, ohne sich auch nur ein einziges Mal umzublicken. Sie war hierhergekommen, um zu versuchen, sich wieder mit ihrem Vater zu versöhnen, aber spätestens jetzt war sehr deutlich geworden, dass sie es ihm niemals würde recht machen können.

Je eher sie wieder nach Manhattan zurückkehren könnte, desto besser.

***

Ethan hatte Beccas wachsenden Frust während des gesamten Essens über beobachtet, so dass ihr Wutausbruch für ihn keine Überraschung gewesen war. Und diesmal hatte er sie nicht davon abgehalten. Es war richtig, dass sie sich gegen ihn aufgelehnt hatte und die Dinge gesagt hatte, die sie hatte sagen müssen, und sei es auch nur, um sich selbst Luft zu machen. Dem Ärger freien Lauf zu lassen half dabei, den Blick nach vorne zu richten.

Ihr Vater blickte ihn mit kalten, zusammengekniffenen Augen an. „Sie sollten jetzt wohl besser gehen, bevor sie noch ohne Sie abfährt."

„Das bezweifle ich." Ethan langte in seine Tasche und

zog die Autoschlüssel hervor.

„Dann lassen Sie mich das deutlich machen", entgegnete Beccas Vater mit harter, ruhiger Stimme. „Ich weiß, dass Sie nur hinter ihrem Geld her sind, und ich werde alles tun, was ich kann, damit Sie keinen Cent davon sehen werden."

„Damit bin ich vollkommen einverstanden, Herr Shore." Er verschränkte seine Arme und lehnte sich auf seinem Stuhl zurück, als Ausdruck dafür, dass er nirgends hingehen würde. „Aber nur, um das klarzustellen - ich brauche ihr Geld nicht. Ich habe selbst genug davon."

Er kämpfte gegen seine Unschlüssigkeit an und versuchte, das bekannte Zucken in seinem linken Arm zu ignorieren. Er war gerade dabei, für sie sein Inkognito aufzugeben. „Es war wirklich großartig, wie Becca meine Identität geheim gehalten hat, aber unter den gegebenen Umständen halte ich es für erforderlich, Ihnen alles über mich zu erzählen. Mein Name ist Ethan Kelly, und ich war der Leadsänger von Ravinia's Rejects."

„Nie im Leben", sagte ihr Bruder und machte große Augen. „Ihr Jungs seid einfach toll!"

„Danke, Mann." Ethan sah Jacob einen Moment lang grinsend an, bevor er sich wieder ihrem Vater zuwandte. „Wie Ihnen Ihr Sohn sicherlich bestätigen kann, ging es uns allen ziemlich gut, bevor wir im Sommer unseren Leadgitarristen verloren. Auszeichnungen. Welttourneen. Wissen Sie, schon allein für die Lizenzgebühren für fünfzehn Sekunden eines unserer Songs für einen Werbespot musste man einen siebenstelligen Betrag hinblättern."

Ihrem Vater fiel die Kinnlade herunter, aber Ethan war

noch nicht fertig. Wenn er schon einmal die Bombe bei ihrer Familie platzen ließ, dann wollte er auch sicherstellen, dass sie groß genug war, um ihren Vater einmal so richtig wachzurütteln.

„Abgesehen davon, Herr Shore, habe ich einen eigenen Treuhandfonds. Nicht etwa, dass ich ihn brauchen würde. Mein Vater war Sean Kelly von Kelly Properties in Chicago. Ich bin sicher, Sie haben von ihm gehört. Er war derjenige, der Sie vor einigen Jahren bei der Immobilie in der Michigan Avenue ausgestochen hat."

Beccas Vater saß regungslos da, nur seine Nasenflügel zuckten fast unmerklich. Er war es nicht gewohnt, dass man seine Autorität untergrub, aber Ethan war nicht bereit, nachzugeben.

Jetzt war der Zeitpunkt gekommen, um Klartext zu reden. „Sie sehen also, dass ich mit Becca nicht des Geldes wegen zusammen bin. Ich bin mit ihr zusammen, weil sie ein großartiger Mensch ist. Sie war für mich da, als ich den Verlust meines Bandkollegen und besten Freundes zu verkraften hatte, und sie half mir dabei, mein Leben wieder in den Griff zu bekommen. Und dafür werde ich auf ewig in ihrer Schuld stehen."

Er stand auf, langsam und ohne weitere Umschweife, und sein gesamter Habitus machte deutlich, dass er jederzeit Herr der Lage war. „Jeder sieht Becca immer noch als die Person an, die sie vor drei Jahren war, und nur sehr wenige Menschen sind bereit zu akzeptieren, dass sie reifer geworden ist und sich verändert hat. Sie reden immer noch nur von ihrer Vergangenheit. Aber der Punkt ist doch der, dass wir *alle* Fehler machen. Es kommt nur darauf an, ob wir auch daraus lernen. Ich bin derjenige, der sie davon überzeugt hat, heute hierherzukommen. Und ich hoffe sehr, dass ich diesbezüglich keinen Fehler begangen habe.

Wenn Sie mich jetzt entschuldigen wollen, ich werde nach ihr sehen und ausloten, ob ich sie davon überzeugen kann, wieder an den Tisch zurückzukehren."

Ohne ein weiteres Wort zu sagen und mit etwas aufrechterem Gang als gewöhnlich, verließ Ethan den Raum. Monatelang hatte er sich versteckt gehalten und alles getan, um nicht erkannt zu werden, doch nun hatte er sich endlich eines Besseren besonnen und konnte auch wildfremden Menschen erzählen, wer er war und den Lohn für seine Leistung einstreichen. Es erfüllte ihn ein wenig mit Stolz, wenn er daran dachte, dass er dies seit den Anfängen seiner Karriere nicht mehr getan hatte.

Doch an dieser Erkenntnis würde er sich später weiden können. Jetzt musste er erst einmal Becca finden und sie davon überzeugen, ihrem Vater eine weitere Chance zu geben. Man konnte zwar vor seinen Schreckgespenstern einfach davonlaufen. Weit besser war es jedoch, sich ihnen zu stellen. Die Musik hatte ihm dabei geholfen, dies zu tun, und seitdem fühlte er sich freier denn je. Nun musste er nur noch Becca dabei helfen, ebenfalls dieses Maß an Befreiung zu erreichen.

Im Foyer stieß er mit Frau Cordero zusammen. „Wo ist Becca?"

„Draußen, beim Holzstoß." Sie händigte Ethan seinen Mantel aus. „Den werden Sie brauchen können."

„Danke." Er schlüpfte hinein.

„Sehr gern." Sie langte hoch zu ihm und kniff ihm in die Wange. „Ich wusste, dass ich Sie mag."

Er musste ein Lachen unterdrücken. Wie viele Gäste in solch einem vornehmen Haushalt wohl von einer Hausangestellten gekniffen wurden? Aber wenigstens gab es hier eine Person, die es guthieß, dass er mit Becca zusammen war.

Es schneite jetzt noch heftiger als vorhin, so stark, dass er nur noch schemenhaft seine Umgebung erkennen konnte. Dicke, schwere Schneeflocken sammelten sich auf seinen Schultern, seinen Haaren, seinen Augenlidern. Mehr als fünf Zentimeter Schnee waren hinzugekommen, seit sie angekommen waren, und inzwischen war, da langsam die Nacht anbrach, an eine Rückkehr nach Manhattan nicht mehr zu denken. Sie saßen hier für diese Nacht fest.

Langsame, rhythmische Schlaggeräusche in Begleitung von weiblichem Stöhnen waren von der anderen Seite des Hauses zu vernehmen. Er folgte den Geräuschen, bis er Becca gefunden hatte, die dort stand und Holz hackte. Er sah ihr eine Weile dabei zu, wie sie ein Scheit nahm, ihn mit der Axt spaltete, um dann zum nächsten Scheit überzugehen.

Dann näherte er sich ihr von hinten und ergriff die Axt, als sie sie gerade über die Schulter hob. „Bist du jetzt unter die Holzarbeiter gegangen?"

Sie ließ den Griff los und fuhr herum. „Du Idiot. Ich hätte dich verletzen können."

„Damit?" Er hielt die Axt wie eine Gitarre und strich mit seiner Hand über die Klinge, als wolle er einen Akkord anstimmen.

Er bemerkte den Anflug eines Lächelns auf ihrem Gesicht, doch schnell blickte sie wieder zu Boden und versuchte, ihm die Axt aus den Händen zu entwinden. „Gib sie mir zurück! Ich muss meinen Frust abreagieren."

„Wie wäre es mit einem kleinen Tanz?" Er drehte den Stiel und wirbelte Becca herum, so dass ihr Körper sich jetzt eng an seinen schmiegte. Durch den Luftzug war ihr Parfüm noch deutlicher wahrzunehmen, und er führte seine Nase ganz dicht hinter ihr Ohr, um es noch intensiver riechen zu können. Er bewegte seine Hüften hin und her und brachte Becca durch sanften Druck seiner Hände auf ihren Hüften dazu, sich im Gleichtakt mit ihm zu einem langsamen Foxtrott zu bewegen. „Siehst du? Das ist doch viel schöner als Holz zu hacken."

Doch sie machte sich steif und schnappte ihm die Axt weg. „Ich muss noch einige Scheite bearbeiten."

Er nahm einen Sicherheitsabstand ein und lehnte sich, mit seinen Händen in den Hosentaschen, an die Hausmauer, während sie ihre Tätigkeit wieder aufnahm. „Du solltest zurück ins Haus kommen. Es ist eiskalt hier draußen."

„Das hier hält mich warm." Sie hob die Klinge über ihre Schulter und ließ sie präzise auf das Holzscheit schnellen.

„Aber es wird gleich der Nachtisch serviert."

Sie hielt inne, und einen Moment lang hegte er die Hoffnung, dass ihre Vorliebe für Süßes sie wieder zu ihrer Familie locken könnte. Dann schüttelte sie den Kopf. „Nein. Wenn er sich wie ein komplettes Arschloch benimmt, kann ich es nicht genießen."

„Zu schade, dass du nicht dageblieben bist. Ich glaube, ich konnte ihn davon überzeugen, dass ich kein Loser auf der Suche nach einer reichen Erbin bin."

Nun war das Holzhacken endgültig uninteressant geworden. Die Axt glitt ihr aus den Händen, und sie wandte sich ihm zu. „Was hast du getan?"

„Ich habe ihm gesagt, wer ich bin." Er kam ihr jetzt so nahe, dass seine eiskalte Nase nur wenige Zentimeter von ihrer roten entfernt war. „Und dank eines kleinen Hinweises von meinem Bruder habe ich ihn verbal auch noch ein wenig abgewatscht."

„Aber ich dachte, du wolltest deine Identität nicht preisgeben."

„Das stimmt auch, aber in diesem Fall habe ich eine Ausnahme gemacht." Er nahm sie in den Arm, zog sie ganz dicht zu sich und führte ihren Kopf wieder hoch, so dass sie ihn ansehen musste. „Du bist es mir wert."

Sie strahlte, doch ihr Lächeln war nur von kurzer Dauer, denn schon versiegelte er ihre Lippen mit seinen. Der Kuss war langsam und unbefangen, und dennoch leidenschaftlich. Mit jeder weiteren Sekunde wurde seine Erektion immer härter, so dass er sich schließlich gezwungen sah, den Kuss abzubrechen, um nicht noch womöglich in Versuchung zu geraten, sie in das nächstbeste Bett zu zerren.

„Ethan, ich…" Sie zitterte am ganzen Körper, schmiegte sich noch dichter an ihn und legte ihren Kopf unter sein Kinn. „Du bist absolut wundervoll - weißt du das eigentlich?"

„Du bist auch großartig." *Und ich kann mich verdammt glücklich schätzen, dass ich dich habe.* „Also, was ist nun mit dem Dessert?"

Sie hielt inne und sah ihn mit zweifelndem Gesichtsausdruck an. „Vielleicht können wir es mit hinaus nehmen."

Er fügte sich in sein Schicksal. Er konnte sie also nicht davon überzeugen, an den Tisch zurückzukehren, aber er hatte ja noch das ganze Wochenende, während dessen sie sich mit ihrem Vater versöhnen konnte. „Wohin?"

„Zu dem Bungalow dort drüben." Sie rieb sich so aufreizend gegen seinen Körper, dass die in ihm auflodernde Begierde dringend ihre Befriedigung suchte. „Ich habe darum gebeten, dass man uns dort einquartiert, damit du mich so hart rannehmen kannst, wie du willst, ohne dass uns jemand hört."

Sein Mund wurde ganz trocken, während sein Blut mit aller Macht in seinen Schwanz strömte. „Warum hast du mir das nicht eher erzählt?"

Er legte sie über seine Schulter und rannte in Richtung des Ferienhauses, während Becca gar nicht wieder aus dem Lachen herauskam.

***

Becca schlich in die Küche und schloss die Tür, so leise sie konnte, hinter sich. Die Umrisse der Einrichtung warfen in der gespenstischen Ruhe des Hauses dunkle Schatten. Nachdem Ethan ihr den vierten Orgasmus geschenkt hatte, war sie eingenickt, dann aber schnell wieder mit einem knurrenden Magen aufgewacht, der sie daran erinnerte, dass sie den Großteil des Feiertagsessens verpasst hatte. Als sie gerade auf Zehenspitzen zum Kühlschrank schlich, um nach einigen Resten zu suchen, gingen plötzlich die Lichter an.

Ihr Herz raste. Vor Schreck konnte sie sich kaum rühren und wagte erst nach einer Weile, über ihre Schulter nach der Person zu spähen, die sie erwischt hatte.

„Kannst du auch nicht schlafen?", fragte Claire. Sie wickelte ihren Bademantel enger um ihr Nachthemd und schnürte ihn zu, während sie sich Becca näherte. Auch nach der Geburt von Jacob hatte sie ihre laufstegkonforme Figur beibehalten, was dazu beigetragen hatte, dass sie in den späten Achtzigern und frühen Neunzigern auf den Titelseiten Dutzender Zeitschriften geprangt hatte.

„Ich bin nur hungrig." Becca öffnete den Kühlschrank und schnappte sich die Schüssel mit dem Truthahn sowie den Brotbeutel. „Soll ich dir etwas fertig machen?"

„Nein, aber ich nehme einen Schluck Milch." Claire setzte sich auf einen der Hocker, die um die riesige Ess-Insel in der Mitte der Küche platziert waren.

„Kommt sofort." Becca setzte die Milchtüte oben auf den Stapel und begab sich auf die andere Seite der Insel. Sie goss ein Glas für ihre Stiefmutter ein. „Tut mir leid wegen heute Abend, Claire. Ich habe es versucht. Ich habe es wirklich versucht."

„Ich weiß, Schatz, aber du kennst ja deinen Vater." Sie seufzte ermattet und blickte auf ihre Milch, rührte sie aber nicht an. „Es hat mir Respekt abgenötigt, wie Ethan sich gegen ihn aufgelehnt hat. Keiner deiner vorhergehenden Freunde hatte den Mumm, dies zu tun."

Lächelnd bereitete Becca ihr belegtes Brot. „Ja, er ist ein toller Mann."

„Ich hatte nicht gewusst, wie berühmt er ist, bis er es uns selbst erzählte, aber als dein Bruder nach ihm im Internet suchte, erkannte ich ihn wieder." Sie nahm einen Schluck Milch. „Mit kurzem Haar sieht er ja noch besser aus."

Becca musste kichern. „Stimmt, er ist ganz schön sexy. Aber er hat mehr als nur einen Knackarsch und eine traumhafte Stimme. Er bettet mich auf Rosen, wenn ich bei ihm bin."

„Wie hast du ihn kennengelernt?"

Becca zögerte und fragte sich, wie Claire wohl reagieren würde, wenn sie die ganze Wahrheit erführe. „Nun ja, äh, wir haben uns auf einer meiner NA-Sitzungen kennengelernt."

Ihre Stiefmutter zog die Augenbrauen in die Höhe. „Er ist auf Entzug, so wie du?"

Becca nickte, beendete die Tätigkeit an ihrem Sandwich und begann, ein weiteres für Ethan zuzubereiten. „Sein bester Freund starb an einer Überdosis, und das war für ihn das Alarmsignal, dass er clean werden musste, bevor er auf die gleiche Weise endet."

„Aber ist das nicht gefährlich? Hast du keine Angst, dass er rückfällig werden und dich in diesem Fall auch zum Drogenkonsum verleiten könnte?"

„Überhaupt nicht." Sie legte die Truthahnscheiben übereinander auf das Brot und darauf ein Salatblatt. „Ich bin so stolz darauf, wie weit er schon ist. Und wir sind ein gutes Team, wenn es darum geht, uns gegenseitig vor einem Rückfall zu bewahren." Sie machte eine Pause und erinnerte sich an etwas, das er ihr vor Monaten gesagt hatte. „Er reißt mich mit."

„Ich verstehe das, Becca, aber ich mache mir dennoch Sorgen."

„Das brauchst du nicht." Sie schüttelte die Milchtüte. Es war noch genügend für sie und Ethan darin. Sie klemmte sie unter den Arm und ergriff den Teller mit den belegten Broten. „Ehrlich, Claire, du machst dir keine Vorstellung davon, wie gut er mir tut. Und jedes Mal, wenn ich in seiner Nähe bin, entdecke ich immer mehr Gründe, mich in ihn zu verlieben."

Sie wollte sich zur Tür begeben, aber Claire stellte sich vor sie und schnitt ihr den Weg ab. Dann schlang sie ihre Arme um Becca und umarmte sie. „Ich bin froh, das zu hören, Becca, aber brenne nicht mit ihm durch, ohne mir vorher Bescheid zu sagen!"

Becca lachte. „Wir sind erst seit zwei Monaten zusammen, Claire. Eine Hochzeit liegt noch in weiter Ferne."

„Aber manchmal weiß man es einfach." Sie drehte ihren Ehering hin und her. „Dein Vater und ich waren auch erst seit solch kurzer Zeit zusammen, als er mir einen Antrag machte."

Ja, und ich kann immer noch nicht verstehen, wie ein solch wundervoller Mensch wie du so lange mit einem Menschen wie meinem Vater verheiratet bleiben kann.

Sie warf ihrer Stiefmutter ein flüchtiges Lächeln zu. „Wie ich schon sagte, wir haben es nicht eilig."

Aber während sie sich auf den Weg zum Bungalow machte, ertappte sie sich bei der insgeheimen Frage, wie es wohl wäre, mit Ethan Kelly verheiratet zu sein.

Kapitel Dreizehn

Ethan hielt eine Seite seines Kopfhörers an sein Ohr gedrückt und bewegte seinen Kopf im Rhythmus der Musik. „Das ist echt geil", informierte er seinen Tontechniker Damian.

„Danke, Mann." Der klatschte Ethan mit der Faust ab. „Aber mal ehrlich, Alter, das sind mordsmäßig schöne Songs, die du da geschrieben hast. Das hat mir das Abmischen leicht gemacht."

Das Stück endete, im Gegensatz zum Grinsen auf seinem Gesicht. Das neue Album war völlig anders als alles, was Ethan jemals zuvor aufgenommen hatte. Zum ersten Mal in seiner Karriere gab es kein Musiklabel, das ihm auferlegte, beim Sound des Hardrock zu bleiben, der Ravinia's Rejects so berühmt gemacht hatte. Es gab immer noch genügend Rockeinflüsse, aber er hatte auch, je nach Song, Elemente aus anderen Stilrichtungen, wie Blues, Country und elektronische Klänge eingearbeitet. Das Ergebnis war eine Zusammenstellung, die vollständig seinen ganz persönlichen Stil widerspiegelte.

Und er mochte es.

Bis zu diesem Zeitpunkt war er von Ängsten, Zweifeln

und auch dem stets vorhandenen Suchtempfinden heimgesucht worden. Oft hatte er nachts das Studio verlassen und sich gefragt, was er sich da selbst zugemutet hatte. Er hatte sein Talent, seine Visionen, ja sogar seinen Geisteszustand in Frage gestellt. Stets hatte seine alte, gefährliche Muse versucht, ihn wieder zu sich zurückzuholen, aber er hatte widerstanden, indem er sich die Vorzüge seiner neu gewonnenen Freiheit und die Freude daran, Musik zu machen, die nicht vom Heroin verunreinigt war, vor Augen geführt hatte. Wie Becca es ihm schon vor Monaten gesagt hatte, ließ das Verlangen niemals vollständig nach, aber es wurde mit der Zeit einfacher, damit umzugehen.

Heute aber war der erste Tag, an dem er seiner Musik lauschen konnte, ohne sie mit seiner Vergangenheit in Verbindung zu bringen.

Er legte die Kopfhörer nieder und deutete auf den USB-Stick an Damians Laptop. „Kann ich den mit nach Hause nehmen, um es meiner Freundin vorzuspielen?"

„Er gehört dir." Damian vollführte noch einige Klicks auf der Tastatur und entfernte dann das Speichermedium. „Lass es mich wissen, wenn du noch einige Feinabstimmungen vornehmen möchtest."

„Werde ich tun. Und denk dran, das muss alles unter uns bleiben, bis ich selbst die Nachricht verkünde."

„Kein Problem, Mann. Ich bin verschwiegen wie ein Grab." Damian begann damit, seine Ausrüstung zusammenzupacken. „Und falls du wieder einmal mit mir zusammenarbeiten möchtest, ich bin zu allen Schandtaten bereit."

„Geht klar." Ethan steckte den USB-Stick in seine

Tasche und griff nach seiner Jacke. Er konnte es gar nicht erwarten, zu erfahren, was Becca davon hielt. „Bis demnächst."

Ethan stieg auf sein Motorrad und verließ die Parkgarage unter dem Aufnahmestudio. Während er von Hell's Kitchen nach Midtown fuhr, spürte er, dass die Dezemberluft es in sich hatte, aber die hellen Lichter und die Weihnachtsdekoration scheuchten die Tristesse der langen Nächte fort.

Das und das Gefühl eines warmen Körpers, den er jeden Abend in seinem Bett vorfand.

Er fuhr vor das Gebäude, in dem Becca arbeitete, stellte das Motorrad ab und wartete darauf, dass sie aus der Drehtür kam. Und er brauchte nicht lange zu warten.

Becca kam mit Leggings, die sehr zu seinem Gefallen die Konturen ihrer wohlgeformten Beine nachzeichneten, aus der Eingangshalle gerannt. Sie gab ihm einen Kuss, bevor sie ihren Helm aufsetzte und hinter ihn auf das Motorrad stieg. „Genau zur rechten Zeit."

„Ich wollte dich nicht warten lassen." Er ließ den Motor aufheulen und raste nach Norden in Richtung Central Park.

Es war Freitagnachmittag, und er hatte ein vergnügliches Beisammensein für sie beide geplant. Nach den zahlreichen, zähen Veranstaltungen mit der High Society in den letzten zwei Monaten freute er sich nun darauf, auch einmal ein ganz normaler Mensch sein zu dürfen. Als er in der Nähe des Parks angelangt war, verlangsamte er das Tempo, bis er schließlich einen sicheren Parkplatz für sein Motorrad fand.

„Was machen wir hier?", fragte sie.

„Das ist eine Überraschung." Er half ihr vom Motorrad herunter und verstaute den Helm. „Komm einfach mit mir mit!"

Arm in Arm flanierten sie durch den Park und sprachen über ihren Tag, wobei er allerdings nichts von dem fertiggestellten Album erwähnte. Der USB-Stick in seiner Tasche erinnerte ihn daran, dass er nach dieser Überraschung noch eine weitere in petto hielt.

Als sie um die Ecke bogen und die Wollman-Eislaufbahn erblickten, strahlte Becca vor Freude. „Gehen wir dorthin?"

„Ja." Er dirigierte sie zum Eingang und zog zwei Vorverkaufskarten heraus, die er vor einigen Tagen erstanden hatte. „Ich dachte, die Eisbahn am Rockefeller Center sei ein wenig zu überlaufen, aber ich wollte etwas unternehmen, das uns in Feiertagsstimmung bringt."

„Aber du weißt schon, dass Hanukkah eher ein kleinerer Feiertag ist und es bis dahin noch eineinhalb Wochen sind?", scherzte sie, bevor sie dem Angestellten am Schlittschuhverleih ihre Schuhgröße nannte.

„Ich weiß, und bis Weihnachten ist es sogar noch weiter hin, aber das ist mir egal. Ich wollte noch einmal die Aufregung und die Spannung verspüren, die ich auch als Kind empfand, als ich noch über die glitzernden Lichter staunen konnte." Er händigte ihr die geliehenen Schlittschuhe aus. „Gönne mir das Vergnügen!"

Sie rollte theatralisch mit den Augen und wehrte mit ihrem Grinsen den Sarkasmus ab. „Ich glaube, das werde ich tun."

Die Schlittschuhe hatten nicht die Kufen, wie er sie als Kind beim Eishockeyspielen kennengelernt hatte, und kaum hatte er das Eis betreten, fing er auch schon an, zu stolpern. In dem verzweifelten Versuch, das Gleichgewicht zu halten, ruderte er wild mit seinen Armen und traf dabei schließlich Beccas Brust. Ihm wurde ganz flau in der Magengegend, aber er konnte nicht sagen, ob aus Verlegenheit, weil er sie aus Versehen geschlagen hatte, oder weil er sich gerade vor allen Leuten zum Narren machte.

Beccas lautes Lachen beruhigte seine Nerven ein wenig. Sie nahm ihn an die Hand und führte ihn auf dem Eis umher. „Das erste Mal auf Schlittschuhen?"

„Bitte! Mein älterer Bruder ist Torhüter in der NHL. Wir haben in unserer Kindheit alle viel Zeit auf dem Eis verbracht." Ethan deutete auf die gezackte Spitze an den Kufen. „Natürlich haben Eishockey-Schlittschuhe nicht diese Dinger."

„Das nennt man Zackenkufe."

„Wie auch immer." Die Zackenkufe verfing sich erneut im Eis, so dass er nach vorne fiel. „Scheißding!"

Vielleicht war das gemeinsame Schlittschuhlaufen doch keine so gute Idee.

„Du machst das falsch", sagte Becca immer noch lachend. „Man muss sie ungefähr so einsetzen."

Mit diesen Worten ließ sie seine Hand los und glitt, immer mehr Fahrt aufnehmend, zur Mitte des Eises. Dann drückte sie die Zackenkufe ins Eis und sprang ab. Zwei Umdrehungen später landete sie auf einer Kufe und fügte nahtlos eine Pirouette an, wobei sie ihre Arme auf elegante Weise nach oben streckte.

Mit stolzgeschwellter Brust beobachtete er sie. Sie war so wunderschön, und er konnte noch immer kaum sein

Glück fassen, dass sie seine Freundin war.

Als sie zu ihm zurücklief, rempelte er sie scherzhaft mit seiner Schulter an. „Angeberin."

„Hey, fünf Jahre Eiskunstlaufunterricht haben sich bezahlt gemacht." Sie nahm ihn erneut an die Hand. „Sind Sie bereit für Ihre Lektion, Herr Kelly?"

„Nein, ich ziehe es vor, einige Runden mit einer wundervollen Frau an meiner Seite zu laufen."

Sie errötete. „Ich arbeite für eine Modezeitschrift. Ich bin sicher, wir könnten ein Model für Sie ausfindig machen."

„Ich brauche kein Model, wenn ich dich habe." Er drückte seine Lippen auf ihre Stirn.

Das Rot auf ihren Wangen verstärkte sich, und sie biss sich auf die Unterlippe.

Lieber Himmel, weiß sie eigentlich, wie sehr mich das anmacht? Das Blut rauschte mit aller Macht in seinen Schwanz, aber er widerstand dem Drang, diese Lippe zwischen seinen Zähnen anzusaugen, zu einem Kuss, der alle Eltern auf der Eislaufbahn veranlassen würde, ihren Kindern die Augen zuzuhalten.

Sie drückte sich mit den Schlittschuhen ab und begab sich mit Ethan im Schlepptau unter die Menschenmenge auf der Eislaufbahn. „Wie hat denn deine Familie immer die Ferien verbracht?"

„Das war das reinste Chaos." Als er so in Erinnerungen aus seiner Kindheit schwelgte, wurde ihm ein wenig wehmütig ums Herz, insbesondere wenn er an die Zeit dachte, die er mit seinen Brüdern verbracht hatte. Caleb und Frank waren im Allgemeinen die Rädelsführer gewesen, wenn sie irgendwo in Schwierigkeiten gerieten, während Adam derjenige gewesen war, der sie davon abgehalten hatte, das Haus niederzubrennen oder verhaftet zu werden. Die Erinnerungen an jene Zeit wollte er nicht missen.

Schweigend blickte er Becca an. Ein nachdenkliches Lächeln umspielte ihre Lippen, und der abwesende Blick sagte ihm, dass sie mit ihren Gedanken weit abgeschweift war. „Woran denkst du?", fragte er.

„Dass du so ganz anders aufgewachsen bist als ich."

Wenn es auch nur annähernd so zugegangen war wie zu Thanksgiving, konnte er sich lebhaft vorstellen, wie steif und förmlich ihre Ferien gewesen sein mussten. „Keine Kämpfe um das letzte Stück Fleisch auf dem Teller oder mit Schokolade vollgeschmierte Gesichter?"

Sie schüttelte den Kopf. „Jacob ist vier Jahre jünger als ich und hätte damit vielleicht durchkommen können, aber mich hielt mein Vater immer an der kurzen Leine. Selbst zu Hanukkah wurde mir nicht mehr als ein Stück Schokolade erlaubt. Allerdings hat Claire mir dann immer einige weitere Stücke zugesteckt, wenn er gerade nicht hinsah."

„Beabsichtigst du, in diesem Jahr Hanukkah mit ihnen zu feiern?"

Ihr Körper versteifte sich, während sie tief einatmete. „Das ist nicht sehr wahrscheinlich."

Er drehte eine halbe Runde, um all seinen Mut für seinen verrückten Vorschlag zu sammeln. „Könntest du dir vorstellen, Weihnachten bei uns zu Hause zu verbringen?"

Sie zog ihn aus der Menschentraube heraus und vollführte vor ihm einen Dreher. „Du lädst mich ein, deine Familie kennenzulernen?"

„Tu nicht so überrascht! Du hast mich ja auch zu deiner mitgenommen." Von Gefühlen überwältigt, die er sich selbst noch nicht so recht einzugestehen getraute, berührte er mit beiden Händen ihre Wangen.Wie hatte er sich so schnell in sie verlieben können? Doch die Antwort auf diese Frage fand er schnell in ihren hellen, blau-grauen Augen, von denen man sich gar nicht vorstellen konnte, dass man sich nicht im Handumdrehen in sie verlieben musste. „Ich verspreche dir, dass ich dich vor Jasper beschützen werde. Und vor Frank."

In artistischer Haltung auf ihren Zahnkufen balancierend, beugte sie sich vor und küsste ihn. „Ich muss über dein Angebot nachdenken."

„Was gibt es da nachzudenken?"

„Nun, da ist zunächst einmal das Zusammentreffen mit deiner Mutter." Mit dem Blick auf das Eis gerichtet, glitt sie an seine Seite und dirigierte ihn zurück in den Pulk der Eisläufer. „Ich weiß ja, dass ich nicht den allerbesten Ruf habe."

Diese Aussage weckte wieder die Schuldgefühle in ihm. Ihr Ruf war einer der Gründe, warum er noch keinem Familienmitglied erzählt hatte, dass er mit ihr zusammen war. In Anbetracht ihres früheren Verhaltens würden sie falsche Schlussfolgerungen ziehen. „Vielleicht, aber du hast dich geändert. Abgesehen davon, kannst du ihnen anfangs ruhig deine Identität verschweigen, so lange, bis sie dich kennengelernt und sich selbst ein Bild davon gemacht haben, wie wenig Gemeinsamkeiten zwischen deinem früheren Leben und deinem heutigen vorhanden sind."

„Glaubst du wirklich, dass das funktioniert?"

„Absolut", sagte er im Brustton der Überzeugung, wenngleich er insgeheim doch seine Zweifel hatte. Vermutlich würde Adam erst einmal ihren Hintergrund recherchieren, und seine Mutter würde Becca, ganz im Stile ihrer früheren Tätigkeit als Staatsanwältin, gehörig ins Kreuzverhör nehmen. Aber wenn sie sie erst einmal richtig kennengelernt hätten, würden sie erkennen, wie wunderbar sie war.

Er drückte fest ihre Hand. „Sie werden dich lieben."

Fast so sehr wie ich.

***

Becca drehte mit Ethan eine Runde nach der anderen auf der Eislaufbahn, während sie immer noch über seinen Vorschlag nachdachte. Er wollte, dass sie ihre Familie traf. Und wenn seine Mutter sich auch nur annähernd so verhielt wie die Mütter ihrer vorhergehenden Freunde, würde sie augenblicklich zu der Ansicht gelangen, dass Becca nicht gut genug für ihren Sohn sei, und versuchen, dies zu beweisen. Es bedurfte lediglich einer Google-Suche, um die Fehler in ihrer Vergangenheit deutlich aufzuzeigen.

Andererseits war das natürlich der nächste logische Schritt in einer Beziehung - die Familie des Partners kennenzulernen. Die meisten Frauen wären wohl ganz hingerissen von der Vorstellung, dass Ethan Kelly sie mit zu sich nach Hause nehmen wollte, um sie seiner Mutter vorzustellen, aber Becca hatte davor nur Angst. Sie war gerade dabei, sich in ihn zu verlieben. Die ablehnende Haltung ihres Vaters in Bezug auf ihre Beziehung zu Ethan war ihr egal, weil Vater und Tochter sich schon seit

Jahren nichts mehr zu sagen und sich entfremdet hatten, aber wäre es für Ethan genauso, wenn seine Familie sie nicht leiden könnte?

Ethan schwieg mehrere Minuten lang. Schließlich begann er: „Es tut mir leid, dass ich dieses Thema aufgebracht habe, Bec. Ich dachte nur, dass…"

Sie legte einen Finger auf seinen Mund und brachte ihn damit zum Schweigen. „Es ist in Ordnung. Ich bin nur nervös, das ist alles."

„Dafür gibt es keinen Grund." Er zog sie in seine Arme und legte auf seiner Brust seine Hand über ihre, damit sie das Klopfen seines Herzens spüren konnte. „Wenn mein Bruder meiner Mutter über Thanksgiving sogar seine schwangere Freundin vorstellen kann, ohne verstoßen zu werden, kann ich definitiv auch dich mitbringen." Er machte eine Pause und zog die Stirn in Falten. „Sofern du nicht auch schwanger bist und mir noch nichts davon gesagt hast."

„Ach du liebe Güte!" Lachend versuchte sie, sich seinen Armen zu entziehen, aber er hielt sie nur umso fester. „Darüber sollte man lieber keine Witze machen."

„Ich wollte dir nur klarmachen, dass es nichts gibt, worüber du dir Sorgen machen müsstest." Er drückte einen schnellen Kuss auf ihre Lippen und ließ sie dann los.

Sie drehte sich genau in dem Moment um, als das Blitzlicht einer Kamera aufflammte. Das war eigentlich nichts Ungewöhnliches, denn es gab schließlich viele Familien hier, die einen Schnappschuss von ihren Kindern auf dem Eis machten, aber dennoch beschlich sie ein ungutes Gefühl. Sie spähte in die Menge, um den Urheber des Fotos zu suchen, und ihr Blick fiel auf einen Mann, der eine Kamera mit riesigem Objektiv direkt auf sie und Ethan gerichtet hielt.

„Ich glaube, wir wurden erkannt." Sie nickte fast unmerklich in die Richtung des Fotografen und bemerkte, dass dieser ihre Bewegungen verfolgte, während sie weiter über das Eis liefen.

Mit zusammengebissenen Zähnen beobachtete Ethan ihn aus dem Augenwinkel.

„Möchtest du gehen?", fragte sie.

„Ja." Er führte sie zu einer Bank und riss sich wütend die Schlittschuhe von den Füßen. „Ich hasse diese verfluchten Paparazzi."

„Wer mag sie schon?" Aber das Erlebte ging ihr immer noch durch Mark und Bein. Irgendwie kam ihr dieser Fotograf bekannt vor. Sie hatte ihn schon einmal gesehen, aber sie konnte sich partout nicht daran erinnern, wo. Früher hatte sie sich praktisch ständig einem Blitzlichtgewitter ausgesetzt gesehen, da wäre es also wohl kaum überraschend, wenn sie ihm schon einmal begegnet wäre.

Ethan gab die Schlittschuhe ab und führte Becca von der Bahn. „Bleibt nur zu hoffen, dass wir ihn im Park abschütteln können."

Ohne weiter belästigt zu werden, erreichten sie sein Motorrad. Ethan blieb angespannt und schweigsam, während er ihr den Helm reichte. Genauestens behielt er die Umgebung im Auge, so als erwarte er, dass sie jeden Moment von einem messerschwingenden Stalker überfallen werden könnten.

„Es ist nur ein Fotograf", versuchte sie ihn zu beruhigen.

„Ich weiß, aber ich weiß auch, wie gefährlich sie sein können, wenn sie ihre Ziele verfolgen." Er stülpte sich den Helm über. „Ich möchte nicht, dass du verletzt wirst."

Aber auf dem Weg zu seiner Wohnung konnte Becca das Gefühl einfach nicht loswerden, dass ein Teil ihrer märchenhaften Romanze zu Ende ging. Es war gut und schön, ein ganz normales Paar sein zu wollen. Aber es war nicht zu leugnen, dass Berühmtheit nun einmal im Spiel war und dadurch ihre Beziehung in Zukunft vor besondere Schwierigkeiten gestellt würde.

„Es tut mir leid, dass unser Ausflug so abrupt endete", sagte sie, als sie seine Wohnung erreicht hatten.

„Mir nicht." Er bockte sein Motorrad an seinem üblichen Platz auf und hängte seine Jacke an den Haken neben den Helmen. „Es gibt mir die Möglichkeit, dir dies zu zeigen."

Er nahm den USB-Stick aus seiner Tasche und steckte ihn an seinen Laptop.

Becca blickte ihm über die Schulter, während er das Passwort eingab, um die Inhalte aufzurufen. „Streng geheime Informationen, die du den Russen gestohlen hast?"

Er kicherte und reichte ihr einen Bluetooth-Kopfhörer. „Nicht ganz."

Sie setzte ihn auf und tauchte augenblicklich tief ein in die Welt der Musik. Süß und gleichzeitig auch düster und gespenstisch. Sie spürte, wie ihr Puls sich beschleunigte und bewegte ihre Hüften im Rhythmus der Musik. Ihr stockte der Atem, als sie hörte, wie die ihr bestens bekannte Stimme von selbst Erlebtem sang, vom Abtauchen in die Finsternis und dem Wiederauftauchen ins Licht. Nicht vergossene Tränen brannten in ihren Augen, und sie musste mit ihrer Faust ihren Mund bedecken, um nicht wie ein Baby zu weinen. Sie hatte Ravinia's Rejects immer geliebt, aber nun hatte Ethan die Musik auf eine tiefergehende, persönlichere Ebene gebracht, die ihr zu Herzen ging und sie auf eine gemeinsame Reise mit ihm schickte.

Ethan verfolgte jede einzelne ihrer Reaktionen genauestens, und als der Song endete, zog er in Erwartung ihrer Meinung fragend die Augenbrauen hoch. Mit unverhohlenem Sarkasmus fragte er: „Das ist nervig, oder?"

Das Lachen ließ ihre Tränen versiegen, und sie boxte ihm spielerisch auf die Brust. „Ja, das ist total nervig."

Er schlang seine Arme um ihre Hüfte und zog sie zu sich. „Sag mir, was du wirklich denkst, Bec!"

„Das ist hammermäßig, genau wie du!" Sie strich mit ihren Fingern durch sein Haar und führte seine Lippen auf ihre.

„Es gefällt dir also?"

„Ja, sehr."

„Und erhalte ich ein Dankeschön dafür, dass du die erste Person bist, die es hören darf?" Er ergriff ihren Po und drückte sie ganz fest an sich, so dass sie seine harte Erektion deutlich an ihrem Unterleib spüren konnte, was ihre eigene Begierde anheizte.

„Ich bin sicher, dass sich da etwas machen lässt."

„Ich auch."

Er hob sie in die Höhe, und ihre Beine schlangen sich instinktiv um seine Taille. Ein leidenschaftlicher Kuss folgte dem nächsten, jeder einzelne davon gieriger als der vorhergehende, bis er Becca schließlich hoch in sein Bett trug und sie vollständig befriedigte.

Kapitel Vierzehn

Hilde wartete bereits in Beccas Arbeitsnische, als Becca am Montagmorgen dort eintraf. Das Wochenende war traumhaft gewesen, eine glückselige Mischung aus leidenschaftlichem Sex und toller Musik, denn Ethan hatte ihr nach und nach all seine Songs vorgestellt. Viel zu schnell war die Zeit vergangen, doch unbarmherzig hatte der Wecker an diesem Morgen sie wieder an den Alltag erinnert.

„Ich habe deine Textnachricht erhalten." Becca reichte Hilde ihren Kaffee. „Noch etwas?"

„Elaine hat nach dir gesucht."

Becca blickte zur Uhr und fluchte. Sie war fast eine halbe Stunde zu spät gekommen. „War sie angefressen?"

„Wann ist sie das schon einmal nicht?" Hilde nippte an ihrer Tasse, bevor sie fortfuhr. „Sie ordnete an, dass ich hier warte, um dir die Nachricht gleich überbringen zu können."

„Die da lautet?"

„Sie möchte dich in ihrem Büro sehen. Aber ein bisschen plötzlich!" Weiter an ihrem Kaffee schlürfend, entfernte sich Hilde, als ob nichts gewesen wäre.

Kalter Schweiß lief Becca den Rücken herunter. Selbst wenn Elaine gute Nachrichten für sie hätte, war da immer noch das Problem, dass sie zu spät an ihrem Arbeitsplatz war. Sie verstaute ihre Tasche, wischte sich die Handflächen an ihrem Rock ab und machte sich auf den Weg zum Eckbüro der Chefredakteurin.

Elaines Sekretärin warf ihr ein flüchtiges Lächeln zu. „Sie erwartet dich bereits, Rebecca."

Mist! Kein gutes Zeichen, wenn schon die Sekretärin Bescheid weiß. Sollte ich schon gleich nach Kartons für meine Sachen fragen?

Sie hielt einen Moment vor der Tür inne, atmete tief durch, um sich zu sammeln, und klopfte.

„Herein", rief Elaine von der anderen Seite.

Becca schluckte den Kloß in ihrer Kehle herunter und trat ein. „Sie hatten nach mir gefragt, Elaine?"

Die Chefredakteurin stand vor ihrem Schreibtisch und konzentrierte sich auf die Unterlagen, die darauf verteilt waren. „Ja. Kommen Sie her!"

Als Becca sich dem Schreibtisch näherte, schlug ihre Angst in blankes Entsetzen um. Bei den Unterlagen, die Elaine studierte, handelte es sich um Fotos von ihr und Ethan. Bei einem Spaziergang durch Hell's Kitchen, auf der Wollman-Eislaufbahn, am Fluss, in Gittas Café. Selbst beim Skilaufen in den Catskills am Thanksgiving-Wochenende.

Elaine sah auf und blickte sie mit durchdringendem Blick an. „Das haben Sie mir alles verheimlicht."

Becca versuchte, etwas zu entgegnen, aber es schnürte ihr dermaßen die Kehle zu, dass sie keinen Ton herausbrachte.

„Ich hatte Sie gebeten, mir Klatsch und Tratsch von

Berühmtheiten zu liefern, und die ganze Zeit über sitzen Sie auf der Story Ihres Lebens." Sie hielt ein Foto hoch, auf dem zu sehen war, wie Becca und Ethan sich küssten.

„Sie haben mir nachspioniert?", fragte sie mit zitternder Stimme

„Selbstverständlich." Elaine ließ die Fotos fallen und ging zurück zu ihrem Stuhl. „Als Ihr Vater erwähnte, dass Sie Ethan Kelly zu Thanksgiving zu sich nach Hause mitgebracht haben…"

„Mein Vater hat Ihnen gesagt, dass wir zusammen sind?" Sie wusste ja, dass er Ethan nicht leiden konnte, aber das brachte das Fass zum Überlaufen.

„Unterbrechen Sie mich nicht!" Elaines Stimme war schneidender als selbst das schärfste Samurai-Schwert. „Und ja, ich habe letzte Woche mit Ihren Eltern zu Mittag gegessen, und sie haben mir alles über Ihren neuen Freund berichtet. Ich wollte die Geschichte zuerst gar nicht glauben, aber dann haben sie mir diese Bilder gezeigt." Sie tippte auf eines von ihnen, das Becca und Ethan beim Skifahren zeigte.

„Ich wusste sofort, dass das eine ganz große Geschichte werden würde, also setzte ich Armando darauf an, Ihnen zu folgen." Sie deutete mit einer Armbewegung auf alle Fotos. „Sie sind sehr beschäftigt gewesen."

Becca sank auf den Stuhl vor Elaines Schreibtisch und bedauerte, dass sie heute Morgen zum Frühstück den Bagel gegessen hatte, der nun so schwer wie ein Stein in ihrem Magen lag. „Was wollen Sie, Elaine?"

„Sie haben darum gebeten, eine Story schreiben zu dürfen, und nun gebe ich Ihnen eine in ganz eigener Sache." Die Chefredakteurin legte ihre Hände zu einer

Raute zusammen und lehnte sich zurück. „Ich möchte eine exklusive Enthüllungsgeschichte. Ethan Kelly ist ein Buch mit sieben Siegeln, und seit dem Tod seines Bandkollegen ist er sogar noch weiter abgetaucht. Sie scheinen ihn ja recht intim zu kennen."

Die Antwort kam über ihre Lippen, noch bevor sie richtig darüber nachgedacht hatte. „Nein."

„Im Journalismus dreht sich eben alles um die Story, um die eine Geschichte, die die Öffentlichkeit fesselt, durch die Zeitungen und Zeitschriften verkauft und Internetseiten angeklickt werden. Und ich bin sicher, dass Tausende Frauen nichts anderes zu tun haben werden als die *Moderne* zu kaufen, wenn sie einen Bericht über Ethan Kelly enthält. Ich will alles über seinen Kampf gegen die Sucht, über sein neues Album und über seine Reaktion auf den Tod seines Bandkollegen wissen."

„Das werde ich ihm nicht antun."

Elaine schnalzte tadelnd die Zunge. „Und genau deswegen werden Sie im Journalismusbetrieb niemals Erfolg haben. Nichts ist persönlich. Alles ist geschäftlich. Wenn es um eine Story geht, müssen Emotionen außen vor bleiben."

Elaines Skrupellosigkeit ließ Becca zusammenzucken. Wenn es das war, was einen guten Journalisten ausmachte, so wollte sie diesen Beruf nicht mehr ausüben. „Aber er ist mein Freund, nicht irgendein Fremder von der Straße."

„Er ist eine Person des öffentlichen Interesses, über die unsere Leserinnen mehr erfahren möchten." Mit dem Gesichtsausdruck einer Mutter, die ihr Kleinkind zum wiederholten Male belehrt, beugte Elaine sich über ihren Schreibtisch vor. „Rebecca, Schätzchen, ich habe Sie nur aus dem einzigen Grund hierbehalten, weil ihre Eltern gute Freunde von mir sind. Als Ihr Vater erwähnte, dass Sie eine seriöse Journalistin werden möchten, konnte ich mich vor Lachen kaum halten. Aber weil er mich gebeten hat, Ihnen zu helfen, habe ich mich bereit erklärt, Ihnen diesen Job zu geben. Und ich muss sagen, bisher haben Sie meine Erwartungen erfüllt."

Der Art und Weise nach zu urteilen, wie Elaine sie von oben herab ansah, dürften die Erwartungen wohl nicht zu hoch gewesen sein.

Aber der Stachel, den Elaines nüchterne Beurteilung bei Becca hinterließ, war nichts im Vergleich zu der unerträglichen Erniedrigung, die die nackte Wahrheit ihr bescherte. Ausschließlich ihr Vater war dafür ursächlich, dass sie hier war. Dass sie Knochenarbeit geleistet hatte, um einen Abschluss auf der Journalismus-Schule von New York zu erhalten, spielte nicht die geringste Rolle. Für die Öffentlichkeit würde sie immer Becca Shore, Millionenerbin und verkommenes Partygirl, bleiben.

„Ich gebe Ihnen die Gelegenheit, mich eines Besseren zu belehren, Rebecca." Sie hielt ein Foto von der Eislaufbahn in die Höhe. „Ich möchte bis Freitagnachmittag eine Story über Ethan Kelly in meiner Postbox haben. Wenn Sie sich dazu außerstande sehen, brauchen Sie sich nicht die Mühe machen, am Montag an Ihrem Arbeitsplatz zu erscheinen."

Sie ließ das Bild fallen und wedelte Becca zu, zum Zeichen, dass sie gehen möge. „Sie haben Ihren Auftrag. Enttäuschen Sie mich nicht!"

Beccas Knie schlotterten, als sie sich erhob, doch sie zwang sich, den Raum betont ruhig und kontrolliert zu verlassen. Irgendwie gelang es ihr, einigermaßen würdevoll aus dem Eckbüro zu schreiten. Die Übelkeit hingegen wollte einfach nicht nachlassen, sondern wurde im Gegenteil nun so stark, dass sie zur Toilette eilen musste, um dort ihr Frühstück wieder loszuwerden. Anschließend entlud sich ihre Frustration in Form von heißen Tränen, die sie vergoss, während sie gleichzeitig die Toilette umklammerte.

Sie brauchte diesen Job. Wenn sie ihn verlöre, wäre sie gezwungen, sich wiederum von einer anderen Person abhängig machen zu müssen, und mit jeder Faser ihres Körpers stemmte sie sich gegen diese Vorstellung. Aber auf der anderen Seite konnte sie es nicht mit ihrem Gewissen vereinbaren, ihren Job nur deshalb behalten zu können, indem sie den Mann, den sie liebte, hinterging.

Es muss eine Kompromisslösung geben. Es muss einfach eine geben.

Die Tränen versiegten, und sie beschloss, ihre Energie darauf zu verwenden, diese Lösung zu finden.

***

Ein wenig ratlos, mit dem Ende eines Markierstifts an seinem Mundwinkel, blickte Ethan auf die Zeitschiene auf dem Whiteboard vor ihm. Früher hatte es bei seinem Plattenlabel immer jemanden gegeben, der sich um die Veröffentlichung eines neuen Albums gekümmert hatte. Jetzt war er ganz allein dafür verantwortlich.

Die Arbeit am Album war abgeschlossen. Er war stolz darauf und hatte es zudem noch in Rekordzeit eingespielt. Nun aber betrat er Neuland. Wann sollte er das neue Soloalbum ankündigen? Und wie? Auf seiner Internetseite? In einer Pressemitteilung? Sollte er einer örtlichen Radiostation einen Ausschnitt zukommen lassen?

Und natürlich würde, sobald er mit der Neuigkeit an die Öffentlichkeit ging, auch schlagartig Schluss mit dem einfachen Leben sein, das er so sehr genossen hatte. Er würde in Fernsehshows auftreten und Konzerte geben müssen. Die Leute würden ihn wieder auf der Straße erkennen, und er würde sich auf weitere Ereignisse wie die am Freitagabend gefasst machen müssen.

Er verspürte wieder dieses Brennen in seinem Handgelenk, das sich bis zu seinem Nacken ausbreitete. Kalter Schweiß bedeckte seine Haut. Seine Muskeln waren zum Zerreißen gespannt, und sein Magen zog sich zusammen. Die Entzugserscheinungen kamen so überraschend und mit solcher Macht, dass er sich auf den nächsten Stuhl fallen lassen musste. Minutenlang versuchte er, sich auf das bewusste und kontrollierte Ein- und Ausatmen zu konzentrieren, und war dankbar für jeden Atemzug, der ihm neuen Sauerstoff zuführte. Er würde damit fertigwerden, genauso, wie er auch mit den Anfällen zuvor fertiggeworden war. Er musste sich nur die Maßnahmen vergegenwärtigen, die seine Leere füllten.

Einige Minuten später war der Anfall vorbei, und andere Dinge rückten wieder in den Mittelpunkt. Er setzte sich an seinen Computer und startete eine Internet-Suche zu seinem eigenen Namen. Es wurde kein aktuelles Bild angezeigt. Wer immer dieser Paparazzo gewesen sein mochte, er hatte die Bilder von ihm und Becca auf der Eislaufbahn nicht an einen Medienvertreter verkauft.

Sein Telefon klingelte, und er nahm das Gespräch an, ohne auf die Nummer zu achten.

„Hallo Liebling", sagte seine Mutter mit honigsüßer Stimme. „Wie geht es dir?"

„Es würde mir viel besser gehen, wenn du aufhören würdest, mit mir wie mit einem Fünfjährigen zu sprechen, Mutter." Er versuchte, ernst zu klingen, konnte aber doch die Belustigung in seinem Tonfall nicht unterdrücken. „Ja, es geht mir gut. Und nein, ich habe keine Drogen genommen. Und ja, ich arbeite wieder. Noch weitere Fragen?"

„Ja, wie hast du es geschafft, zum Klugscheißer zu werden?"

Diese Gegenfrage brachte ihn zum Lachen. „Frank", entgegnete er.

„Ich muss unbedingt mit dem Jungen reden, wenn er zu Weihnachten nach Hause kommt. Da wir gerade davon sprechen…"

Ethan legte den Markierstift auf den Tisch und sprang auf die Küchentheke. „Ich werde kommen, Mutter. Mach dir darüber keine Gedanken."

„Wunderbar! Ich möchte darauf hinarbeiten, dass all meine Jungs zusammenkommen. Das ist uns seit drei Jahren nicht mehr gelungen."

„Es ist nicht meine Schuld, dass Ben und Frank über die Feiertage immer Spiele haben, oder dass Caleb wieder einmal irgendwo einen Einsatz hat."

„Oder dass du wieder einmal mit der Band auf Tournee bist."

„Nun, ich bin gerade sehr damit beschäftigt, eine Solokarriere auf die Beine zu stellen, aber ich nehme an, das hat auch noch Zeit bis nach den Feiertagen." Mit dem beruhigenden Gefühl, dass er die Freiheit besaß, selbst seine Karriere steuern zu können, schloss er die Augen und lächelte. Es bedeutete, dass er friedvolle Feiertage würde genießen können, ohne von Dutzenden Reportern auf der Suche nach Sensationsmeldungen belästigt zu werden. „Bringt Dan seine Freundin mit?"

„Ja, auch wenn die arme, kleine Jenny dann hochschwanger sein wird. Warum fragst du?"

Seine Gemütsruhe wurde schlagartig abgelöst durch eine gewisse innere Anspannung. „Äh, wäre es in Ordnung, wenn ich auch meine Freundin mitbrächte?"

In der daraufhin eintretenden Stille konnte Ethan vor seinem geistigen Auge förmlich das Bild seiner Mutter sehen, wie sie perplex, mit sperrangelweit geöffnetem Mund, dastand. „Du hast eine Freundin und erzählst mir nichts davon?"

„Mutter, ich bin inzwischen erwachsen, schon vergessen? Ich muss dir nicht jedes Detail meines Lebens erzählen."

„Aber wenn du eine Beziehung eingehst, solltest du mir das schon sagen."

„Nicht, wenn diese Beziehung noch in einem frühen Stadium ist. Ich wollte zunächst sicherstellen, dass es etwas Dauerhaftes ist, bevor ich irgendjemandem davon erzähle."

„Seit wann genau bist du denn schon mit ihr zusammen?"

Er spielte mit den Fingern am Saum seines T-Shirts. „Seit etwa drei Monaten. Noch weit entfernt von einem Heiratsantrag, Mutter, also erwähne es gar nicht erst."

„Schon gut, das werde ich nicht tun." Aber ein wenig Verärgerung und Enttäuschung schwang doch in ihrer

Stimme mit. „Und übertreibe es nicht mit religiösen Symbolen, wenn du dich ans Schmücken des Hauses machst. Sie ist Jüdin."

„Jüdin?"

„Ich glaube, das reicht fürs Erste, Mutter. Überfalle sie nicht gleich mit zu vielen Fragen, wenn du sie kennenlernst, okay?"

„Darf ich wenigstens wissen, wie sie heißt?"

„Becca." Er legte auf, bevor seine Mutter ihn weiter mit ihren bohrenden Fragen löchern konnte. Becca hatte ohnehin schon genug Angst davor, dass ihre Vergangenheit ihr zum Vorwurf gemacht werden würde, und er wollte seiner Mutter nichts preisgeben, was Becca noch unsicherer machen würde. Sie hatte die Wahrung seiner Identität respektiert, als er ihre Familie kennengelernt hatte, und nun wollte er das Gleiche für sie tun.

Abgesehen davon konnte seine Familie sie nur gern haben, und wenn sie erst einmal die richtige Becca kennengelernt hatten, würde er auch ihren Nachnamen bekanntgeben können.

Er ging zurück zum Whiteboard und fuhr mit seinen Vorbereitungen für die Veröffentlichung des Albums fort, indem er PR-Firmen heraussuchte, bis schließlich sein Wecker ihn an die wöchentliche NA-Sitzung erinnerte. Er griff nach Helm und Jacke und fragte sich, welche köstlichen Produkte Gitta wohl in dieser Woche in ihrem Café bereithalten würde.

***

Ari musste zweimal hinschauen, als sie die Wohnung betrat. „Was machst du denn schon hier, Becca? Musst du nicht an einer Sitzung teilnehmen?"

Becca saß, schon mit Schlafanzug bekleidet, auf dem Sofa und zog die Knie an die Brust. „Mir ist schlecht geworden."

Ein Anflug von Panik machte sich bei ihrer Mitbewohnerin breit. „Dann bleib mir bloß vom Hals! Ich kann es mir nicht leisten, jetzt krank zu werden. Ich muss unbedingt noch ein Projekt fertigstellen, bevor ich nächste Woche nach Los Angeles fliege."

„Das ist nicht der Grund meiner Übelkeit."

Die Furcht vor einer Erkrankung wich nun einer tiefen Besorgnis. „Oh, oh, du bist doch nicht etwa schwanger, oder?"

„Warum zum Teufel sollte ich schwanger sein?" Sie warf ein Kissen nach ihrer Mitbewohnerin. „Ich habe die Pille jeden Tag zur vorgeschriebenen Zeit genommen, vielen Dank für die Nachfrage."

„Tut mir leid, aber du scheinst in letzter Zeit ein wenig, nun ja, *emotional* zu sein." Ari setzte sich auf die Kante eines Stuhls und legte ihre Hände in den Schoß. „Was ist los mit dir?"

„Wo soll ich nur anfangen?"

„Wo du willst. Schließlich bin ich immer noch deine beste Freundin."

Zum ersten Mal seit ihrem Gespräch mit Elaine heute Morgen rumorte es nicht mehr in ihrem Bauch. „Ich habe dir ja schon erzählt, dass ich glaubte, jemanden gesehen zu haben, der am Freitag auf der Eislaufbahn Fotos von mir und Ethan gemacht hat. Nun, jetzt kenne ich den Hintergrund dazu. Elaine hat diesen Fotografen beauftragt, mir nachzustellen. Sie hat Fotos von uns beiden von überall in der Stadt."

Aris Mund stand vor Erstaunen offen, und ihre braunen Augen waren weit aufgerissen. „Diese blöde Schlampe."

„Ach, das ist ja längst noch nicht alles. Sie fordert von mir, dass ich einen Bericht über Ethan schreibe. Sie sagte mir, wenn sie ihn bis Freitag nicht erhalten habe, sei ich so gut wie gefeuert."

„Ach du liebe Güte! Die Frau ist wirklich unverschämt."

„Und als krönenden Abschluss eröffnete sie mir dann auch noch, dass sie mich nur aus dem einzigen Grund eingestellt habe, weil Papa sie um diesen Gefallen gebeten habe." Becca angelte nach einem weiteren Kissen und zog es an ihre Brust. „Dank meines Vaters stehe ich nun also vor der Alternative, Ethan zu hintergehen oder meinen Job zu verlieren."

„Das schreit nach einem Wein." Ari erhob sich und verschwand in die Küche. Eine Minute später kehrte sie mit einer Flasche Rotwein, einem Korkenzieher und zwei Gläsern zurück.

„Du weißt doch, dass ich keinen Alkohol trinke."

„Ja, aber wenn es einen Grund gibt, eine Ausnahme von der Regel zu machen, dann diesen." Sie goss beide Gläser voll und händigte eines Becca aus. „Also, dann wollen wir doch einmal überlegen, welche Möglichkeiten wir haben."

Becca hielt ihr Glas in der Hand, ohne daraus zu trinken, lächelte ihre Mitbewohnerin aber tapfer an. Das mochte sie an Ari. Schon von Kindesbeinen an hatte sie immer eine Möglichkeit gefunden, Regeln und Verbote zu umgehen, und Becca hoffte, dass ihre beste Freundin auch in dieser Situation eine Idee hatte, wie sie die Probleme bewältigen konnten.

Ari nahm einen großen Schluck aus ihrem Glas. „Okay, beginnen wir mit dem extremen Szenario. Option eins: Du sagst Elaine, dass sie sich den Job an den Hut stecken kann."

Becca schnaubte vor Lachen, als sie sich das Gesicht der Chefredakteurin als Reaktion auf eine solche Herangehensweise vorstellte. Sie setzte das Glas ab und verwarf diesen Gedanken. „Dafür habe ich nicht den Arsch in der Hose."

„Den hattest du aber einmal." Ari nahm erneut einen Schluck. „Option zwei: Du bittest deinen Freund um Erlaubnis, die Geschichte bringen zu dürfen, um deinen Job zu behalten."

Becca stöhnte bei dem Gedanken daran. „Ich weiß nicht recht, Ari. Ethan legt sehr viel Wert auf seine Privatsphäre, und die Informationen, die Elaine möchte - ehrlich gesagt, hasse ich den Gedanken daran, ihn zu fragen."

Ari nickte ihr verständnisvoll zu. „Aber du könntest ihm ja wenigstens deine Zwickmühle erklären."

„Nein, das kann ich nicht." Becca warf ihr Kissen beiseite und wanderte vor dem Sofa auf und ab. „Schließlich bin ich daran schuld, dass die Paparazzi uns ausfindig gemacht haben. Wenn ich ihn zu Thanksgiving nicht mit zu uns nach Hause genommen hätte, hätte mein Vater auch Elaine nichts über ihn erzählen können, und dann wären keine Fotografen auf uns angesetzt worden. Erkennst du denn nicht - die Wahrung seiner Privatsphäre ist in Gefahr, und das nur wegen meines Fehlers."

„Vielleicht, aber es ist ja nicht so, dass du ihn wissentlich hintergangen hast. Schließlich hat er ja selbst vorgeschlagen, zu dir nach Hause zu kommen. Er selbst war es, der deinem Vater gegenüber seine Identität preisgegeben hat."

„Ich weiß, aber..." Sie hielt inne und presste ihre Handfläche an die Stirn. So sehr sie sich auch bemühte, die Sache nüchtern zu betrachten, es blieb stets das Gefühl, dass sie versagt hatte. „Ich habe so sehr versucht, ihn zu schützen."

„Aber er ist ein erwachsener Mensch, Becca. Er kann auf sich selbst achtgeben."

„Kann er das wirklich? Auf mich wirkt er immer noch labil, ich sehe immer noch die Gefahr, dass ein einziger Rückschlag ihn erneut auf den falschen Weg bringen könnte."

„Und du bist dieser Gefahr nicht ausgesetzt?" Ari stand auf und ging auf sie zu. „Nehmen wir doch einmal an, du handelst moralisch korrekt und weigerst dich, diese Geschichte zu schreiben. Du verlierst den einzigen Job, den du jemals gehabt hast, und bei der derzeitigen Arbeitsmarktsituation fallen neue Stellen nicht vom Himmel. Hinzu kommt, dass man sich schnell eine Meinung über dich gebildet hat, sobald du deinen Namen erwähnst. Wir wohnen hier mietfrei, aber für den gesamten Unterhalt kann ich nicht aufkommen."

„Glaubst du nicht, dass ich daran nicht auch schon selbst gedacht habe?"

„Dann gibt es also noch zwei weitere Möglichkeiten. Erstens: Krieche bei deinem Vater zu Kreuze und bitte ihn um ein monatliches Taschengeld."

Angewidert von dieser Idee, zog Becca die Nase kraus. „Du weißt, dass ich das nicht tun werde."

„Die zweite Möglichkeit besteht darin, dass du dich von Ethan aushalten lässt und bei ihm einziehst. Er hat mit Sicherheit die finanziellen Möglichkeiten, dich zu unterstützen, und du lebst ja praktisch ohnehin schon dort."

„Ich käme mir vor wie ein Schmarotzer." Sie sank auf das Sofa zurück. „Der Sinn meiner Bemühungen, Journalistin zu werden, bestand ja auch darin, unabhängig zu sein und sich nicht auf das Geld einer anderen Person verlassen zu müssen, um über die Runden zu kommen."

„Ja, aber Leute wie du und ich müssen immer beweisen, dass wir mehr sind als verwöhnte, kleine, reiche Mädchen."

„Du scheinst ja keine Probleme in deinem Beruf zu haben."

„Das liegt daran, dass ich das, was ich tue, auch gern tue. Presseerklärungen, gesellschaftliche Veranstaltungen, Personen, die im Rampenlicht stehen - das ist alles genau mein Ding."

Mit Grauen kam Becca Elaines Ansicht, dass im Hinblick auf die Storys niemals Emotionen im Spiel sein dürften, in den Sinn. „Ich dachte, dass es mir im journalistischen Bereich ebenso ergehen würde."

Ari setzte sich neben sie und umarmte sie. „Gib deinen Traum noch nicht auf! Du wirst eine Möglichkeit finden, das zu tun, was du liebst."

Als es an der Tür klingelte, stand Ari auf, um sie zu öffnen.

Ethans Stimme ertönte aus dem Flur. „Ari, Becca war nicht auf der Sitzung…"

Becca sah auf, und in diesem Moment war ihr völlig egal, dass sie einen abgetragenen, altmodischen Schlafanzug trug und völlig verheulte Augen hatte.

Mit schnellen, langen Schritten durchquerte Ethan den Raum und hockte sich vor sie. „Bist du in Ordnung?"

Sie zwang sich, für ihn ein mattes Lächeln aufzusetzen. „Bald."

„Als ich dich nicht auf der Sitzung sah, habe ich mir Sorgen gemacht."

Ihr Herz tat einen Hüpfer, und schlagartig wurde ihr erneut bewusst, dass sie ihn niemals würde hintergehen können. „Ich bin nur früher von der Arbeit nach Hause gegangen, weil mir nicht gut war, das ist alles."

„Könnte dich dies wieder aufmuntern?" Er zog eine kleine Schachtel mit dem Logo von Gittas Café hervor. „Sie sagte, dass es ein Kuchen für feierliche Anlässe sei und dass du ihn sicherlich mögen würdest."

Sie streichelte seine Wange. „Danke, Ethan. Das ist süß von dir."

Als sein Blick auf das Glas Wein neben ihr fiel, presste er seine Lippen aufeinander. „Kann ich noch etwas für dich tun?"

Ari, die hinter Ethan stand, signalisierte Becca, sie möge ihm die Lage erklären, aber Becca schüttelte nur den Kopf. „Ich brauche nur noch ein klein wenig Zeit, um mich zu sammeln."

Er erhob sich, nicht ohne vorher nochmals einen Blick auf das Weinglas zu werfen. „Ruf mich an, wenn du etwas brauchst!"

Er beugte sich vor, um ihr einen Kuss auf die Stirn zu geben und verabschiedete sich von Ari, bevor er die Wohnung verließ.

Augenblicklich sprang Beccas Mitbewohnerin auf die Stelle, die Ethan gerade noch eingenommen hatte. „Was ist nur los mit dir, Becca? Er will dir helfen, aber du weist ihn ab."

„Ich komme schon allein damit klar."

„Unsinn." Ari trat einen Schritt zurück. „Du weißt sehr gut, dass Vertrauen eine zwingend erforderliche Voraussetzung für eine gute Beziehung ist."

„Ja, er hat mir seine Geheimnisse anvertraut, und ich werde sie ganz bestimmt nicht ausnutzen, um meine Karriere zu retten."

„Aber Vertrauen ist keine Einbahnstraße, Becca. Du musst ihm ebensosehr vertrauen."

„Ich…" Es fiel ihr keine gute Ausrede ein. Ari hatte Recht. Auch sie musste Ethan ihre Geheimnisse anvertrauen. Aber auf der anderen Seite hasste sie auch den Gedanken daran, ihn mit ihren Problemen zu belasten. „Ich werde eine Nacht darüber schlafen."

„Na gut, aber ich hoffe sehr, dass du deine Zurückhaltung ablegst, denn ansonsten wird eure Beziehung auf eine harte Probe gestellt werden."

Becca zog sich in ihr Schlafzimmer zurück und versuchte einzuschlafen, aber es wollte ihr einfach nicht gelingen, zu aufgewühlt war sie. Es gab einfach keine naheliegende Lösung für ihre missliche Lage. Auch als ihre Mitbewohnerin ihr eigenes Schlafzimmer aufgesucht hatte und allmählich Ruhe einkehrte, wälzte Becca sich weiter in ihrem Bett herum und stand schließlich, kurz nach ein Uhr morgens, auf. Einige Sekunden später wählte sie Ethans Nummer.

„Du bist noch auf?", fragte er.

„Ja, und du?"

„Ich auch."

„Ist es schon zu spät, um noch vorbeizukommen?", fragte sie mit leiser und zaghafter Stimme.

„Soll ich kommen und dich abholen?"

„Nein, ich kann mir ein Taxi nehmen." Sicherheitshalber sah sie aber nochmals in ihrer Brieftasche nach, um zu prüfen, ob sie genügend Geld dafür hatte. „Ich bin in Kürze bei dir."

Sie zog sich eilig an und rief ein Taxi.

Als sie bei Ethan eintraf, wartete dieser bereits auf sie und zog sie in seine Arme. „Was ist los, Bec?"

„Kennst du die Redensart ‚die Wahl zwischen Pest und Cholera haben'? Versuche, dich einmal zu entscheiden, wenn du in der Zwickmühle steckst!"

Er legte seinen Arm noch ein wenig fester um sie und führte sie die Treppe hinauf. „Möchtest du mir das erklären?"

„Vielleicht." Sie streifte ihre Jacke und Schuhe ab und kletterte dann zu ihm ins Bett, wobei sie sich augenblicklich instinktiv an seinen Körper anschmiegte. „Es handelt sich um ein Problem an meinem Arbeitsplatz."

„Erzähle mir davon!" Er massierte ihr die Schläfen und wartete auf ihre Antwort.

Von den Anstrengungen des Tages fielen ihr fast die Augen zu. Wenn sie sich ihren Frust nicht bald von der Seele redete, lief sie Gefahr, vorher einzuschlafen. „Meine

Chefredakteurin hat mir einen Auftrag erteilt, mit dem ich nicht einverstanden bin."

„Aus welchem Grund?"

Sie biss sich auf die Unterlippe und fragte sich, wie viel sie ihm erzählen sollte. „Weil es möglicherweise einige Menschen verletzen würde, wenn ich ihn ausführte."

„Und wenn du es nicht tust?"

„Dann werde ich gefeuert."

Er atmete scharf durch die Zähne ein. „Eine schwierige Entscheidung."

„Jetzt weißt du, warum ich so angefressen bin."

„Ja, aber ich kenne dich. Du wirst deinem Herzen folgen und das Richtige tun."

„Auch wenn das das Ende meiner Karriere als Journalistin bedeutet?"

„Wer sagt, dass das so sein wird? Du bist eine fantastische Frau, Bec, und du wirst schon bald einen neuen Job finden, und sei es eine Tätigkeit als freie Journalistin." Er schubste sie spielerisch an. „Übrigens, sagtest du nicht, dass du es sowieso hasst, dort zu arbeiten?"

„Das stimmt." Sie kuschelte sich noch ein wenig enger an ihn und spürte, wie die Sorgen des Tages allmählich entschwanden. Ethan glaubte an sie. Jetzt musste sie nur noch selbst an sich glauben und das Richtige tun. „Danke, dass du mich aufmunterst."

„Jederzeit." Er küsste sie sanft auf den Kopf und hielt sie fest, bis sie eingeschlafen war.

Kapitel Fünfzehn

Ungeachtet der Proteste der Sekretärin marschierte Becca am Donnerstagmorgen in das Büro ihres Vaters. Auch zwei Tage später hatte sie das Problem an ihrer Arbeitsstelle noch nicht lösen können, aber wenigstens konnte sie ihren Vater zur Rede stellen. „Papa, wir müssen miteinander reden."

Mit einer hochgezogenen Braue über seinen kühlen, blau-grauen Augen blickte er von seinem Computermonitor auf und bedeutete seiner Sekretärin, zu gehen. „Setz dich, Rebecca!"

Kerzengerade, um ihre Entschlossenheit zu demonstrieren, setzte sie sich auf den Stuhl vor seinem Schreibtisch und schlug die Beine übereinander. „Zuerst einmal möchte ich dir sagen, dass ich nicht damit einverstanden bin, dass du Elaine von Ethan erzählt hast."

„Wir haben als alte Bekannte lediglich zu Mittag gegessen, und zufälligerweise kamen wir auf dich zu sprechen."

„Ja, aber jetzt will sie mich dazu zwingen, eine Story über sein Privatleben zu schreiben, andernfalls verliere ich meinen Job. Einen Job, den ich, wie ich inzwischen herausgefunden habe, nur deinetwegen annehmen konnte."

„Du hast dich bei deinen lächerlichen Versuchen, eine journalistische Karriere zu starten, verrannt, und ich habe dir eine Tür geöffnet."

„Für mich ist das nicht lächerlich. Das ist es, was ich aus meinem Leben machen möchte."

„Oh, bitte. Du wirst nicht in der Lage sein, lange genug clean zu bleiben, um einen verantwortungsvollen Beruf auszuüben. Und der Umstand, dass du dich mit einem Süchtigen wie diesem Rockstar abgibst, wird dich nur noch tiefer in den Sumpf ziehen."

Mit vor Wut glühendem Gesicht sprang sie auf. „Erstens bin ich seit fast drei Jahren clean, und die Sucht ist für mich kein Problem mehr, seit ich mich deinen ständigen Kontrollen und Manipulationen entzogen habe. Zweitens ist Ethan auf Entzug, genauso wie ich. Wir helfen uns gegenseitig dabei, clean zu bleiben."

„Wenn ihr euch mit dem Heroin nicht gegenseitig in den Abgrund zieht, genau so, wie es auch deiner Mutter widerfahren ist."

Sie atmete tief ein, um ihrem Vater dann eine Kanonade aus Beschimpfungen und Flüchen entgegenzuschleudern. „Ich habe keine Erinnerungen an meine Mutter und kann daher nicht sagen, ob ich so wie sie bin oder nicht. Aber ich weiß, dass du der Grund dafür bist, warum ich abhängig geworden bin."

Für den Bruchteil einer Sekunde entgleisten seine Gesichtszüge und zeigten den Ausdruck von Überraschung. Doch schnell fasste er sich wieder und stellte die Fassade der Selbstbeherrschung wieder her.

„Mache nicht mich dafür verantwortlich! Wir wissen beide, dass Sucht auch genetisch bedingt ist."

„Vielleicht, aber die Art und Weise, mit der du stets Perfektion von mir verlangt hast, war nicht hilfreich. Weißt du eigentlich, welch geiles Gefühl es für mich war, mich keinen Deut mehr darum scheren zu müssen, was du von mir denkst? Wie wohl ich mich in meiner Haut fühlte, ohne an Hunderte von Dingen erinnert zu werden, die du an mir auszusetzen hattest?"

Nachdenklich ließ er seine Finger um seinen Mund spielen, während er sich zurücklehnte.

„Ich weiß, dass ich immer eine Enttäuschung für dich war. Ich weiß, dass du in mir nie viel mehr als eine hoffnungslose Abhängige mit einem Treuhandvermögen gesehen hast. Aber du hast dich geirrt. Ich habe etwas gefunden, das mir Spaß macht. Ich wollte Berichte schreiben, die etwas bewirken. Ich wollte die Rechte derer verteidigen, denen Unrecht zugefügt wird, und bei den Menschen das Bewusstsein für die Probleme der Welt schärfen. Ich wollte Artikel schreiben, die das Leben der Menschen besser machen. Und keiner hat an mich geglaubt außer Ari."

Sie stützte sich auf die tadellos gepflegte Glasplatte seines Schreibtisches und beugte sich vor. „Ich weiß, warum du Elaine von Ethan und mir erzählt hast, und ich bin hierhergekommen, um dir zu sagen, dass ich weder meinen Traum noch Ethan aufgeben werde, auch wenn deine Intrigen mich meinen Job kosten mögen."

Damit machte sie auf dem Absatz kehrt und verließ ohne ein weiteres Wort den Raum.

Endlich, nach drei Tagen, in denen eine Welt für sie

zusammengebrochen war, verspürte sie wieder das befreiende Gefühl, die Fäden in der Hand zu haben. Sie hatte ihrem Vater gehörig die Meinung gesagt, woraufhin ihr ein gewaltiger Stein vom Herzen gefallen war, und als sie die Eingangshalle zu seinem Bürohochhaus erreicht hatte, hatte sie auch eine Idee, wie sie mit Elaine verfahren sollte.

***

Ethan schlug einige Tasten auf seinem Klavier an und notierte grinsend die Noten. Parallel zu seinen Bemühungen, die Veröffentlichung seines neuen Albums zu organisieren, sprudelten auch weiterhin die Ideen für neue Stücke. Wenn es weiter so gut liefe, würde er schon bis zum Frühjahr genügend Material für ein neues Album haben.

Er wünschte sich nur, dass es auch bei Becca so gut liefe. In den letzten Nächten hatte sie sich im Bett hin und her gewälzt und nur einschlafen können, nachdem er in den frühen Morgenstunden Sex mit ihr gehabt hatte. Sie war nicht mehr ins Büro gegangen, sondern hatte stattdessen Stunden bleistiftkauend damit zugebracht, eine Idee nach der anderen aufzuschreiben, nur um die Notizen Minuten später wieder zu zerreißen und in den Papierkorb zu befördern. An diesem Morgen jedoch war sie erstmals seit langem mit einem entschlossenen Gesichtsausdruck aufgewacht, was ihm die Hoffnung gab, dass sie eine Lösung für ihr Problem gefunden hatte.

Noch vor der Morgendämmerung hatte sie sich in ihre Wohnung begeben, und seitdem hatte er nichts mehr von ihr gehört. Er hoffte, dass die Ruhe ein gutes Zeichen war.

Er arbeitete noch einige weitere Tonfolgen aus, als sein

Telefon klingelte und im Display ihre Nummer anzeigte. „Hallo meine Schöne, wie geht es dir?"

„Viel besser. Ich habe bei Elaine einen Artikel eingereicht, und jetzt halte ich Ausschau nach Flügen in die Karibik. Morgen früh um sechs geht ein Flug nach Barbados. Möchtest du mit mir einen kleinen Abstecher dorthin unternehmen?"

Er warf einen Blick nach draußen, wo sich der Schnee auf seinem Fensterbrett auftürmte. „Sonne und warmer Sand, das klingt gut."

„Prima. Dann buche ich sofort den Flug. Er geht vom Flughafen JFK ab, vielleicht solltest du also zu mir kommen, bevor wir uns dorthin auf den Weg machen?"

„Wird erledigt." Mit sogar noch breiterem Grinsen als eben beendete er das Gespräch. Becca hatte wieder ihre unerschütterliche und furchtlose Haltung angenommen. Er freute sich schon riesig auf den Spaß, den sie in den Tropen haben würden. Diese Art Erholung war genau richtig für ihn, bevor er sich wieder in das Rampenlicht begab.

Und es würde ihm die perfekte Gelegenheit geben, sie davon zu überzeugen, über Weihnachten mit ihm nach Hause zu kommen.

***

Beccas Knie zitterten unentwegt, während das Flugzeug abhob. *Was habe ich mir nur dabei gedacht, in dieses Flugzeug zu steigen? Ich hasse es, zu fliegen!* Aber es war eine spontane Idee gewesen. Sie musste einfach einmal raus aus dem Alltagstrott, und Claire war vor einigen Monaten so nett gewesen, ihr für Notfälle eine Kreditkartennummer zuzuschieben.

Und schließlich konnte es doch wohl als Notfall gelten, wenn sie eine Geschichte einreichte, die sie vermutlich den Job kosten würde.

Ethan legte beruhigend seine Hand auf ihren Oberschenkel. „Soll ich die Flugbegleiterin um eine Kotztüte bitten?"

Sie schüttelte den Kopf. „Es ist nur mein erster Flug seit langem, das ist alles."

Sie brauchte nicht hinzuzufügen, dass es ihr allererster Flug war, den sie nüchtern antrat. Ethan nickte, und der verständnisvolle Ausdruck in seinen grauen Augen signalisierte ihr, dass er sehr gut verstand, was sie meinte. „Immerhin sind wir in der ersten Klasse."

„Ja, welch eine Verschwendung, nicht wahr?" Sie blickte aus dem Fenster und betrachtete die Sonne, die über der Stadt unter ihr aufging. „Aber jetzt oder nie, habe ich mir gesagt."

„Warum ausgerechnet Barbados?"

„Meine Familie hat dort ein kleines Strandhaus. Ich war schon seit Jahren nicht mehr dort, aber es ist diskret genug für uns beide." Inklusive Eisenzaun und Infinity-Pool mit herrlichem Blick auf das Meer. „Danke, dass du mitgekommen bist."

„Selbstverständlich." Er schwieg einen Moment, den Kopf abgewandt. „Was ist eigentlich auf deiner Arbeitsstelle passiert? Du sagtest, dass du einen Artikel eingereicht habest, aber ich weiß, dass du es dir nicht leicht gemacht hast, ihn zu schreiben."

Das mulmige Gefühl in ihrer Magengrube, das sie nun verspürte, hatte mit dem Flug nichts zu tun. „Ich habe einmal etwas ganz anderes geschrieben. Es ist nicht das, was Elaine wollte, so dass ich vermutlich ein Kündigungsschreiben von ihr vorfinden werde, wenn ich heimkehre, aber wenigstens habe ich so ein reines Gewissen."

„Du hast mir nie erzählt, was du schreiben solltest."

„Das ist jetzt nicht mehr wichtig." Sie drückte seine Hand und lächelte ihn an. Sie hatte dem Druck, der auf ihr gelastet hatte, standgehalten, weil ihr Ethan wichtiger war als ihr Job. „Ich habe getan, was ich für richtig hielt, und jetzt freue ich mich auf ein paar Tage Sonne mit dir."

„Ich auch." Er lehnte sich zurück und schloss seine Augen.

Becca biss sich auf die Unterlippe und blickte auf die Uhrzeit auf ihrem Handy. Fünf Stunden bis zur Landung. Da würde ihr Magen wohl noch einiges durchmachen müssen.

Sie hatte zwar keinen Artikel über Ethan eingereicht, aber ihre Geschichte würde das öffentliche Interesse an ihr bestimmt wieder neu entfachen, wenn sie veröffentlicht werden würde.

Kapitel Sechzehn

Ethan tauchte in den Infinity-Pool, schwamm eine Bahn und hielt dann an der Wand an, von der aus man auf die Karibik blicken konnte. Die Sonne versank in einem letzten feurigen Aufbäumen wie ein rot glühender Ball über dem Wasser, bevor sie sich den langen Schatten der Nacht ergab.

Ein weiterer perfekter Tag im Paradies.

„Wie ist das Wasser?", fragte Becca hinter ihm.

„Warm." Als er sich umdrehte, fiel ihm die Kinnlade herunter.

Völlig unbekleidet stand Becca am Pool. Sie ließ das Handtuch aus ihrer Hand fallen und stieg mit verführerischem Hüftschwung in das Wasser. Sie stellte einen intensiv lockenden Blickkontakt mit ihm her. Als sie sich zu ihm gesellt hatte, hatte er bereits eine heftige Erektion und wünschte sich nichts sehnlicher als in sie einzudringen.

„Möchtest du mir etwas sagen?", fragte er mit unverhohlener Begierde in seiner heiseren Stimme.

Sie schlang ihre Arme um seinen Hals und ihre Beine um seine Hüfte. Perfekt schmiegte sich ihr Körper an seinem an, so als sei er nur für ihn gemacht. „Es ist nett, ein privates Strandhaus wie dieses zu haben, nicht wahr?"

„Allerdings." Er senkte seinen Kopf ein wenig, damit sie ihm einen Kuss geben konnte, der sein Verlangen nur noch verstärkte. Das Wochenende bestand aus einer idealen Mischung aus Spaß und Sex, von den Outdoor-Aktivitäten wie Segeln und Schnorcheln bis hin zu den langen, ausgedehnten Liebesspielen im Schlafzimmer. Kein Fernseher. Kein Internet. Keine Unterbrechungen. Die Art und Weise, wie sie auf seine Berührungen reagierte, signalisierte ihm, dass auch sie mehr wollte.

Er drehte sie herum, so dass sie mit dem Rücken gegen die Wand des Pools lehnte. Der Sonnenuntergang verstärkte die roten Glanzlichter in ihrem Haar zu einer glänzenden Krone um ihren Kopf herum. Ein leichter Geschmack von Mangos, die sie vorhin verzehrt hatte, lag noch immer auf ihren Lippen. Ihr nasser, rutschiger Körper glitt fast reibungslos an seinem Körper entlang, und jede einzelne Berührung erregte und lockte ihn. Um sie herum lag der süßliche Geruch tropischer Blumen in der Luft und vermischte sich mit dem Kokosnussshampoo, das sie heute schon benutzt hatte. Alles um sie herum hatte den Zauber einer magischen Fantasie.

Und doch war das alles real. Diese verführerische, intelligente, großzügige Frau lag in seinen Armen und machte ihn zum glücklichsten Mann der Welt.

Seine Badehose sank langsam zu Boden, und er streifte sie ganz ab. Er umklammerte Beccas Po, hob sie aus dem Wasser und führte sie zu dem gut gepolsterten Sofa neben dem Pool. „Soll ich hineingehen und ein Kondom holen?"

„Wenn du willst, aber ich weiß ganz genau, dass ich heute die Pille genommen habe."

Zögernd, mit seinem Glied kurz vor ihrer Öffnung, hielt er inne. „Willst du damit sagen, dass du mir vertraust?"

Sie nickte. „Und du, vertraust du mir?"

Schon oft genug hatte er beobachtet, wie sie, pünktlich wie ein Uhrwerk, ihre morgendliche Pille nahm, um zu wissen, dass sie ihn nicht mit einer Schwangerschaft hereinlegen wollte. Und selbst wenn die Pille versagen würde, würde es ihn nicht stören. Er wollte eine Zukunft mit ihr. Eine, die eines Tages vielleicht auch Kinder beinhaltete.

Aber für den Moment war alles, woran er denken konnte, wie wundervoll es sich anfühlte, als er in sie hineinglitt. Die enge, feuchte Hitze. Die Art und Weise, wie ihre inneren Muskeln sich um ihn klammerten. Die Art und Weise, wie sich ihre Lippen zu einem Keuchen öffneten, als er begann, in sie einzudringen, und sich zu einem Stöhnen ausweiteten, als er begann, sich in ihr zu bewegen.

Er nahm sich viel Zeit und führte jede Bewegung seines Beckens gemächlich und genüsslich aus. Vielleicht war es an diesem Ort eine einmalige Geschichte oder der Beginn zahlreicher Abenteuer, aber wie auch immer, er war entschlossen, jeden einzelnen Moment dieses Erlebnisses auszukosten. Ihr Körper hob sich an, um die Welle der Lust, die sich in ihr aufbaute, aufzufangen. Er fädelte seine Finger zwischen ihre, während sein Mund ihre Lippen mit einem leidenschaftlichen Kuss nach dem anderen förmlich zu verschlingen schien. Und als er sie auf diese Weise zum Höhepunkt brachte, hielt er sie ganz fest und folgte ihr kurze Zeit später auf den Gipfel der Lust.

Als sie ihre Umgebung endlich wieder wahrnahmen, war die Nacht hereingebrochen. Solarlampen beleuchteten die Wege, die zurück zum Haus führten, und der Viertelmond über ihnen war für ihn gerade ausreichend, um ihr Gesicht erkennen zu können. Ihre Schönheit raubte ihm fast den Atem, aber es war das Funkeln in ihren Augen, das sein Herz wild zum Klopfen brachte.

Während sie sein Gesicht streichelte, lächelte sie ihn scheu an und ließ ihre Finger über sein Kinn streichen. „Ich liebe dich", flüsterte sie.

Es schien, als sei die Zeit angehalten worden, aber das machte ihm keine Angst, im Gegenteil. Diesen Moment wollte er am liebsten für immer in Erinnerung behalten. Er sog jedes Detail dieses Augenblicks in sich auf, strich dann eine Haarlocke aus ihrer Stirn und sagte: „Ich liebe dich auch, Becca."

Sie lächelte noch strahlender und zog ihn zu einem weiteren Kuss zu sich herunter.

Das Leben konnte gar nicht perfekter sein als in diesem Moment, befand er.

***

Ethans Telefon klingelte und beendete seinen ausgedehnten und wundervollen Schlaf. Er erkannte Adams Name auf dem Display und eilte aus dem Schlafzimmer, damit das Klingeln Becca nicht aufweckte.

„Hallo Adam", begrüßte er seinen Bruder, während er gleichzeitig einen Bademantel überstreifte. „Wie geht es dir heute Morgen?”

„Ich bin ein wenig verärgert. Warum hast du mir nicht gesagt, dass du mit Becca Shore zusammen bist?”

Der Blick in den Himmel verhieß einen weiteren herrlichen Tag im Paradies, aber die Kälte in Adams Stimme übertrug sich auch durch das Telefon und verursachte eine Gänsehaut auf Ethans Arm. „Weil ich genau wusste, dass du dann ein Riesentheater veranstalten würdest.”

Er konnte förmlich spüren, wie sein älterer Bruder versuchte, sich seine Wut nicht anmerken zu lassen, dass es aber trotzdem heftig in ihm brodelte. „Du wusstest also, dass sie ein Problem sein würde.”

„Ein Problem? Nicht die Bohne.” Er schwang sich auf die Theke und langte nach einem Wasserglas. „Ganz im Gegenteil, sie ist das Beste, was mir je widerfahren ist.”

„Dann hast du wohl noch nicht die Nachrichten gesehen.”

Ethans Mund wurde trocken. „Wovon redest du?”

„Stell den Fernseher an!”

„Geht nicht.”

„Warum nicht?”

„Weil es in diesem Haus keinen gibt.” Sein Herz begann, heftig zu klopfen, und er malte sich Hunderte Szenarien aus, von denen ihm keines so recht gefallen wollte. „Sag mir, was los ist, Adam!”

„Sie hat dich hintergangen.”

Das Glas drohte ihm aus der Hand zu fallen, und er stellte es schnell zur Seite, damit es nicht zerbrach und sie aufweckte. „Wovon redest du?”

„Wie ich schon sagte. Offenbar hat sie an ein

Frauenmagazin namens *Moderne* eine Exklusivgeschichte über dich verkauft, nach der sich die Medien die Finger lecken. Die Ausgabe kommt erst morgen heraus, aber die Chefredakteurin, Elaine Halpern, hat vorab bereits einige Fotos veröffentlicht, die euch beide recht intim miteinander beim Schlittschuhlaufen zeigen."

„Verdammt!" Ethan sprang vom Tresen und lief haareraufend im Zimmer auf und ab. „Wie ist sie an die herangekommen?"

„Offensichtlich durch deine Freundin. Sie hat dich vermutlich hereingelegt."

„So etwas macht Becca nicht." Aber dennoch hatte sich ein Funken Zweifel in seinem Gehirn festgesetzt und wollte einfach nicht wieder verschwinden. Zu viele Dinge wollten nicht recht ins Bild passen. Das Geheimnis, das sie um die einzureichende Story machte. Die plötzlich vorhandenen finanziellen Mittel für einen Flug erster Klasse nach Barbados. Das Strandhaus, in dem sich keinerlei Medien befanden.

„Okay, vergessen wir einmal, dass ihr Vater uns gegenüber wegen der Immobilie in der Michigan Avenue wahrscheinlich immer noch voller Missgunst ist - was mir hätte auffallen müssen, als du mich nach ihm gefragt hast. Vergessen wir auch einmal, dass sie nicht den allerbesten Ruf hat und wahrscheinlich versucht, auf diese Weise wieder in die Schlagzeilen zu geraten. Kannst du dir vorstellen, wie viel Geld sie dafür erhält, schmutzige Wäsche auf deine Kosten zu waschen?"

„Und ich sage dir noch einmal, dass Becca so etwas nicht macht."

„Wirklich? Richtig überzeugt klingst du aber auch

nicht.” Ethan vernahm das Klicken einer Computertastatur auf der anderen Seite der Leitung. „Es heißt hier, dass in dem Artikel Einzelheiten über deine Sucht, deinen Entzug und dein Soloprojekt zu lesen sein werden. Wer sonst, wenn nicht sie, sollte solche Informationen liefern können?”

In seinem Gehirn begann es, so fieberhaft zu arbeiten, dass ihm ganz schwindlig wurde, und er sank auf das Sofa nieder, weil er befürchtete, dass seine zitternden Knie einknicken würden. Es gab keine andere Erklärung. Becca hatte ihn hintergangen. Diese verdammte Schlampe hatte ihn hierhergelockt, ihm gesagt, dass sie ihn liebe und auch ihm eine Liebesbekundung entlockt, und das alles nur, um ihn davon abzuhalten, die Wahrheit zu erfahren.

„Wo bist du jetzt?”, fragte Adam, jetzt mit ruhigerer Stimme.

„Auf Barbados.”

„Möchtest du, dass ich den nächsten Rückflug heraussuche?”

Angesichts des Mitleids in der Stimme seines Bruders und der Vorstellung, dass Adam ihm schon wieder aus der Patsche helfen musste, wurde ihm ganz schlecht, aber andererseits war es auch beruhigend, zu wissen, dass es jemanden gab, der sich um ihn kümmerte. „Ja, bitte.”

Es folgten einige weitere Klicks auf der Tastatur. „Der nächste Flug geht in zweieinhalb Stunden.”

„Das kann ich schaffen.” Er würde den Jeep, den sie gemietet hatten, nehmen, auch wenn das bedeutete, dass er sie hier sitzenlassen würde. Schließlich hatte sie ja vermutlich genügend Geld dafür erhalten, ihn verraten und verkauft zu haben, um ein Taxi zum Flughafen nehmen zu können.

„Buchung erledigt."

„Danke, Adam." Mit zitternden Händen beendete er das Gespräch. Zum ersten Mal seit Monaten spürte er wieder das dringende Bedürfnis, sich einen Schuss zu setzen und damit einfach alles um sich herum zu vergessen, aber seine Vernunft behielt dann doch die Oberhand. Er weigerte sich, wegen einer Frau rückfällig zu werden, die ein falsches Spiel spielte. Er wusste, dass er sie damit würde konfrontieren müssen, dass er ihr sagen musste, dass es vorbei war, aber der Gedanke daran tat ihm dennoch in der Seele weh.

Er liebte sie immer noch.

Was ihren Vertrauensbruch noch viel unerträglicher machte.

Aber ich muss es tun.

Mit seinen Händen entschlossen zu Fäusten geballt, knallte er die Schlafzimmertür auf.

Mit vor Schreck geweiteten Augen fuhr Becca auf. „Ethan, was ist los?"

„Ich weiß, was du getan hast." Er versuchte, hart und wütend zu klingen, stellte aber fest, dass seine Entschlossenheit in dem Moment bröckelte, als sein Blick auf ihre nackten Kurven fiel.

Verdammt, ich will sie immer noch.

Er griff nach seiner Reisetasche und begann, seine Sachen hineinzustopfen, um der Versuchung zu widerstehen, sie zu berühren und jegliche Selbstbeherrschung zu verlieren.

„Wovon redest du?"

„Herzlichen Glückwunsch, Becca. Du hast endlich

deinen großen Durchbruch geschafft. Deine Story über mich ist Gesprächsthema Nummer eins in den Nachrichten."

„Wovon zum Teufel sprichst du?" Sie griff nach ihren Sachen um sich herum und näherte sich ihm, aber er hielt sie von der Reisetasche fern und begab sich in das Badezimmer, um dort auch die restlichen Sachen einzusammeln.

„Kein Wunder, dass du dich bezüglich deines Artikels, den deine Chefredakteurin von dir verlangt hat, so bedeckt gehalten hast. Du hast ausgekundschaftet, wie du mich am besten hintergehen kannst." Er kam in das Schlafzimmer zurück und zog eine Jeans an. „Und ich bin sicher, dass du diesen Fotografen bei der Wollman-Eislaufbahn dafür bezahlt hast, Fotos von uns zu machen, um das Geschäft komplett zu machen."

„Nein, Ethan!" Ungläubig starrte sie ihn an. „Nichts davon habe ich getan!"

„Aber du wusstest davon, nicht wahr? Von wem sonst hätte deine Chefredakteurin diese Fotos erhalten können?"

Sie verschränkte die Arme über ihrem Bauch und sah aus, als würde sie sich jeden Augenblick übergeben. Er wertete dies als Eingeständnis ihrer Schuld.

„All das Gerede über meinen Schutz, über die Respektierung meiner Privatsphäre." Er zog sich hastig ein T-Shirt über und griff nach den Schlüsseln auf dem Nachttisch. „Du hast mir die Hucke vollgelogen, um mein Vertrauen zu erschleichen und mich dann zu verraten, als du einen guten Preis dafür erhieltst."

Ihre blau-grauen Augen füllten sich mit Tränen, und

ihr Kinn zitterte. „Denkst du das wirklich von mir?"

Er hielt inne, weil er sich einen kleinen Moment lang die Frage stellte, ob er womöglich falsche Schlussfolgerungen zog. „Was soll ich sonst davon halten, wenn die Zeitschrift, für die du arbeitest, morgen mit einer Exklusivgeschichte nur über mich herauskommt?"

Sie presste ihre Augen zusammen, aber einer einzelnen Träne gelang es dennoch, sich einen Weg über ihre Wange zu bahnen. Doch als sie die Augen wieder öffnete, sah sie ihn aus kalten und harten Augen und mit grimmiger Miene an. „Nach allem, was war, nachdem ich keine Mühe gescheut habe, deine Identität geheim zu halten, glaubst du nun, dass ich Fotos zur Verfügung stellen und Elaine all deine Geheimnisse verraten würde? Hast du nicht selbst gesagt, du würdest darauf vertrauen, dass ich das Richtige tun würde?"

„Offensichtlich habe ich mich in dir geirrt."

Sie erschauerte, aber diesmal mehr aus Wut denn aus Verbitterung. Sie deutete mit dem Finger auf die Tür. „Hinaus!"

„Mit Vergnügen." Er machte kehrt und verließ den Raum, bevor er in Versuchung geraten konnte, sich nochmals umzudrehen.Vielleicht würde er später die Gelegenheit haben, die Wunden an seinem gebrochenen Herzen zu lecken und sich selbst dafür zu schelten, welch ein Idiot er gewesen war.

Aber jetzt musste er erst einmal ein Flugzeug erreichen.

***

Becca wartete, bis das Motorengeräusch des Jeeps verklungen war, bevor sie es sich erlaubte, den Schluchzer, der sich schon seit geraumer Zeit in ihrer Kehle gebildet hatte, herauszulassen. Was immer sie jetzt auch tun würde, es würde alles nur noch schlimmer machen.

Sie hatte einen Artikel eingereicht, in dem sie ihre eigenen Erfahrungen von ihrer Sucht und ihrem Entzug verarbeitet hatte, aber Elaine hatte ihn offenbar überarbeitet und ihre eigene Version über Ethan mit hineingestrickt, zweifellos auch mithilfe der Informationen von ihrem Vater und Claire. Aber noch schlimmer war, dass Ethan glaubte, dass sie ihn verraten hatte.

Immer heftiger kamen die Schluchzer, und Becca verbarg ihr Gesicht in einem Kopfkissen, um sie zu ersticken. Als sie den Punkt erreicht hatte, an dem sie nicht mehr weinen konnte, kletterte sie aus dem Bett und schleppte sich unter die Dusche. Das heiße Wasser wusch das Salz ihrer Tränen fort und milderte ein wenig den Schmerz ihres gebrochenen Herzens.

Ihr Flug würde erst Mittwochmorgen gehen. Damit hatte sie also noch zwei Tage Zeit, um einen Plan auszuarbeiten, wie sie sich an Elaine und an ihren Eltern rächen konnte. Aber Ethan zurückzugewinnen, war aussichtslos. Ja, sie liebte ihn, aber er hatte ihr kein Vertrauen geschenkt, als sie es am nötigsten gebraucht hatte. Und ohne Vertrauen konnte es keine gemeinsame Zukunft geben.

Kapitel Achtzehn

Fröstelnd stand Ethan am Ende von Pier 84 und starrte auf das bewegte Wasser des Hudson. Ein Sturm war im Anzug, und der normalerweise belebte Park lag einsam und verlassen da. Während der letzten zehn Minuten, seit denen er schon hier war, war ihm keine Menschenseele begegnet. Als er das letzte Mal hier gewesen war, hatte Becca ihn davor bewahrt, sich wieder seiner gefährlichen inspirativen Kraft hinzugeben. Aber seit er sie vor einer Woche auf Barbados verlassen hatte, fühlte er sich verlorener denn je. Sein musikalischer Inspirationsfluss war versiegt, und nachts verfolgte ihn ständig ihr entsetztes Gesicht, das sie aufgesetzt hatte, als er gegangen war. An das Verlangen, wieder in sein altes Suchtverhalten abzutauchen, wollte er lieber gar nicht erst denken.

Er hatte eine Ausgabe der Zeitschrift gekauft und fand die Details in dem Artikel allenfalls oberflächlich. Das war ganz sicher nicht die reißerische Enthüllungsgeschichte, die der Aufmacher versprach, was in ihm die Frage aufkommen ließ, ob Becca überhaupt tatsächlich dahintersteckte. Es gab genügend Fotos mit ihnen beiden, aber sie waren allesamt aus der Zeit um Thanksgiving entstanden. Keines stammte aus der Zeit vor diesem Fest.

Dann hatte er in den Nachrichten gehört, dass sie als Leiterin der Shore-Stiftung eingesetzt worden war, und hatte die ersten beiden Artikel, die sie im Blog der Stiftung veröffentlicht hatte, gelesen. Der erste handelte von einer inhaltlichen Neuausrichtung der Stiftung, und der zweite war ein mutiger, nichts beschönigender Artikel über Drogensucht, der Schluss machte mit den Klischeevorstellungen, die gewöhnlich damit einhergingen. In Fußnoten war zu lesen, dass der Artikel ursprünglich der Zeitschrift *Moderne* vorgelegt, von dieser aber abgelehnt worden war, weil er für die Leserschaft der Zeitschrift als ungeeignet erachtet worden war.

Aber Ethan sprach der Artikel an, er war das bislang fehlende Teil im Puzzle. Es war der Artikel, den Becca eingereicht hatte, um die Enthüllungsgeschichte zu liefern, die ihre Chefredakteurin gewollt hatte.

Ethan zog sein Handy hervor und suchte Beccas Nummer. Sekundenlang starrte er sie an, konnte sich aber nicht überwinden, sie anzurufen. In seinem Magen rumorte es so heftig wie im Fluss vor ihm, und ein Verlangen ganz anderer Art packte ihn - das Verlangen nach ihr.

Stattdessen rief er Adam an. „Bring mich von meinen trüben Gedanken ab!"

„Warum?" Die Stimme seines älteren Bruders klang besorgt. „Denkst du darüber nach, wieder Drogen zu nehmen?"

„Nein, ich denke darüber nach, sie anzurufen."

„Becca Shore?"

„Nein, Marilyn Monroe. Natürlich rede ich von Becca."

„Warum?"

Er scharrte eine Weile mit den Füßen hin und her und trat dann missmutig gegen das Geländer. „Ich vermisse sie."

„Selbst nach dem Artikel?"

„Ja." Er machte eine Pause und fügte dann hinzu: „Tja, du wirst es nicht glauben, aber ich bin nicht der Ansicht, dass sie diejenige ist, die mich verraten hat. Ich meine, die Informationen in dem Artikel hätten von jeder Person aus der Thanksgiving-Tischrunde kommen können. Becca weiß viel mehr intime Dinge über mich als die, von denen im Artikel die Rede ist."

„Was willst du damit sagen?"

„Ich glaube, dass ich einen Riesenfehler begangen habe."

Er erwartete, dass Adam wie schon letzte Woche über ihn herfallen würde, aber stattdessen sagte sein Bruder: „Ich hatte heute ein nettes, langes Gespräch mit ihrem Vater wegen einer Geschäftsanbahnung, und als wir auf Becca zu sprechen kamen, gab er einige interessante Informationen preis, die mich zu der Annahme bringen, dass ich sie möglicherweise auch falsch eingeschätzt habe."

„Boah! Hast du soeben zugegeben, dich geirrt zu haben? Der Herr ‚Ich weiß alles und treffe nie eine falsche Entscheidung'?"

Adam kicherte. „Ja, seit ich verheiratet bin, weiß ich, was Demut bedeutet."

„Wärst du wohl so freundlich, mir einige Lektionen

darüber beizubringen?"

„Willst du damit sagen, dass du Becca zurückhaben willst?"

„Mehr als alles andere. Sie gibt mir Rückhalt. Sie inspiriert mich. Sie gibt mir die Kraft, wieder aufzustehen, wenn ich am Boden zerstört bin. Sie ist meine Muse, und ohne sie kommt es mir so vor, als würde ein Teil von mir fehlen." Ethan hielt seinen Atem an und rieb sich über die Mitte seiner Brust, genau dort, wo er die Leere in sich am bedrückendsten empfand. „Ich liebe sie immer noch."

„Dann solltest du dich vielleicht umdrehen und dies mir sagen", sagte eine Frau hinter ihm.

Ethan fuhr herum und sah Becca nur wenige Meter entfernt von ihm stehen. „Ich rufe dich später zurück", murmelte er noch, bevor er Adam wegdrückte. „Was machst du denn hier?"

„Ich habe dich gesucht." Sie blieb, wo sie war, mit ihren Händen in den Jackentaschen. Der Wind wehte ihr dunkles Haar in ihr Gesicht. „Ich war bei dir zu Hause, doch gerade, als ich eintraf, fuhrst du los. Glücklicherweise war der Taxifahrer bereit, dir zu folgen."

Neue Hoffnung keimte in ihm auf. Vielleicht vermisste sie ihn ja so sehr wie er sie vermisste. „Warum bist du zu mir nach Hause gekommen?"

Sie blickte zu Boden. „Heute ist Montag, und ich wollte mich nur vergewissern, dass du heute Abend zur NA-Sitzung kommst. Ich bin immer noch für dich da, Ethan. Zumindest so lange, bis du dich für einen offiziellen Betreuer entschieden hast."

„Seit wann bist du schon hier?"

„Lange genug." Er erwartete, dass sie die Distanz

zwischen ihnen verkürzen würde, aber sie blieb so stocksteif stehen wie eine Statue.

Diese Botschaft war laut und deutlich. Sie wollte, dass er den ersten Schritt machte.

Seine Zunge fühlte sich doppelt so schwer an wie normal, als er stotternd und stockend die Worte sprach, die sie brauchte. „Es tut mir leid, Becca. Ich hätte dir nicht vorwerfen dürfen, mich verraten zu haben."

„Aber du hast es getan."

„Und es war idiotisch von mir, das von dir zu denken." Er tat einen vorsichtigen ersten Schritt und wartete dann ab, ob sie davonstürzen würde, bevor er sich ihr noch weiter näherte. „Ich hätte auf mein Herz hören müssen. Ich hätte an dich glauben müssen."

Er konnte in ihren Gesichtszügen nicht erkennen, was sie dachte, als er ihr nun ganz nahe kam und ihre vom Wind eiskalten Wangen in seine Hände nahm, ihr Kinn anhob und in ihre blau-grauen Augen blickte. Mit Tränen gefüllt, glitzerten sie, und ihre Unterlippe zitterte, aber noch immer sagte sie nichts.

„Bitte gib mir eine weitere Chance, Bec!"

„Wenn du mir nicht vertraust…"

„Doch, ich vertraue dir." Er bedeckte ihre Lippen mit seinen zu einem um Verzeihung nachsuchenden Kuss, einen, mit dem er sie anflehte, ihm zu glauben. „Du kennst mein Herz, meine Seele besser als jeder andere, und es gibt niemand anderen, mit dem ich lieber meine Geheimnisse teilen möchte." Mit brüchiger Stimme fügte er hinzu: „Ohne dich bin ich verloren."

Sie presste ihre Stirn fest gegen seine und stieß einen lauten Seufzer aus. „Sag es, Ethan! Ich muss hören, wie du es sagst."

„Ich liebe dich, Becca." Er drückte einen Kuss auf ihre Stirn und schlang seine Arme um sie. „Du reißt mich mit."

Sie legte ihren Kopf unter sein Kinn und hielt sich an ihm fest. „Ich liebe dich auch."

Und in diesem Augenblick hatte er das Einzige gefunden, das die Leere in ihm füllte.

Kapitel Neunzehn

Nichts Böses ahnend machte sich Becca an Heiligabend auf den Weg zu Familie Kelly. Ethan hatte sie bereits vorgewarnt, dass er sechs Brüder hatte, aber als sie beim Haus seiner Mutter in Chicago eintraf, wurde sie von einem wuchtigen, weißen Hund überfallen, der sie in eine Schneewehe am Rande der Auffahrt warf und ihr Gesicht ableckte.

„Das bedeutet, dass er Sie mag", rief eine Frau mit silbergrauem Haar aus der Eingangstür.

„Nein, Jasper ist einfach nur eine Bedrohung." Ethan verscheuchte den Hund, half ihr auf und klopfte ihr den Schnee ab, bevor er sie die Treppe hinaufführte. „Mutter, das ist Becca."

Seine Mutter umarmte Becca herzlich. „Ich freue mich, Sie endlich kennenzulernen."

Becca fiel ein Stein vom Herzen. Nach all dem Trubel der letzten Woche hatte sie befürchtet, dass seine Familie ihr die kalte Schulter zeigen würde, aber als Ethan ihr jeden seiner Brüder einzeln vorstellte, begrüßten diese sie mit der gleichen Herzlichkeit wie ihre Mutter es tat.

Jeder wollte sich Gehör verschaffen und sprach lauter

als der andere, so dass buntes Stimmengewirr das aus allen Nähten platzende Haus erfüllte. Überall war der Geruch von Tannennadeln und Lebkuchen wahrzunehmen, so ganz anders als die Düfte von gebratenen Lebensmitteln, die sie zum Jahresende gewohnt war. Noch ehe sie recht wusste, wie ihr geschah, wurde sie bereits eingeteilt, in der Küche auszuhelfen. Adams Frau Lia trug ihr auf, letzte Hand an den Kartoffelbrei zu legen, der mit dem Rostbraten serviert werden sollte, den Lia herrichtete.

Bis das Abendessen fertig vorbereitet war, fühlte sich Becca bereits als Teil der Familie. Ben und seine Frau zogen sie damit auf, ein Rangers-Fan zu sein, während Frank ihr predigte, doch ja die Giants anzufeuern. Sie fand heraus, dass Gideons nächstes Projekt ein Film mit Aris Bruder sein würde, und sie warnte ihn vor Gabes Angewohnheit, am Set ständig Scherze zu treiben. Sie bewunderte Fotos von dem Oldtimer, den Caleb und seine Frau Alex restaurierten, und seufzte, als sie bemerkte, wie Dan seine schwangere Freundin Jenny umhegte.

Nach dem Abendessen zog sich die Familie in das Wohnzimmer zurück, aber Ethan nahm Becca beiseite und deutete auf den Mistelzweig über ihnen.

„Ich glaube nicht, dass das eine Tradition zu Hanukkah ist", scherzte sie.

„Ach, tu mir doch bitte den Gefallen!" Er hob ihr Gesicht an und küsste sie so heftig, dass sie am Ende ganz atemlos war.

„Ihr solltet lieber euer Zimmer aufsuchen", scherzte Frank, der im Vorbeigehen Ethan spielerisch anrempelte.

Ethan schob den bulligen Linebacker scherzhaft von

sich. Ihr gegenseitiges Geschubse artete dann zu einer ausgelassenen Rauferei aus, bis ihre Mutter ihnen schließlich mit einem scharfen Ausruf Einhalt gebot. „Jungs!"

Frau Kelly hakte sich bei Becca unter.„Die werden wohl nie erwachsen", seufzte sie.

„Wir müssen dich doch auf Trab halten, Mutter", sagte Ethan und drückte seiner Mutter einen Kuss auf die Wange, bevor er sich wieder zu Becca gesellte. „Wir kommen in einer Minute nach."

Er führte sie in das Esszimmer zurück und holte die charakteristische, kleine blau-weiße Schachtel heraus, die nur von Tiffany's stammen konnte. „Ich weiß, dass Hanukkah heute zu Ende geht, aber besser spät als nie, oder?"

Ihr Puls beschleunigte sich, als sie das Geschenkband löste. Die Schachtel hatte genau die Größe für einen Ring, auch wenn sie sich selbst sagte, dass es noch zu früh dafür sei. Schließlich hatten sie sich erst vor etwas mehr als einer Woche ihre Liebe zueinander gestanden.

Doch als sie die Schachtel geöffnet hatte, fand sie darin statt des Rings einen mit Diamanten besetzten Platinanhänger in der Form eines Schlüssels. Sie stieß den Atem aus, den sie vor Aufregung angehalten hatte.

„Hast du etwas anderes erwartet?", fragte er, und aus seinen Augen sprach Heiterkeit.

„Ich bin eher erleichtert." Sie nahm die Halskette heraus und bewunderte das Funkeln der Diamanten. „Sie ist fantastisch."

„Genau wie du." Er nahm die Halskette und legte sie ihr um. „Ich vertraue dir den Schlüssel zu meinem Herzen an."

„Und ich verspreche dir, es dir niemals zu brechen."

„Ich weiß." Er drückte seine Lippen auf ihre und flüsterte ihr dann ins Ohr: „Und wenn es ein Ring gewesen wäre?"

„Hätte ich vielleicht ja gesagt", neckte sie ihn. „Schließlich reißt du mich mit."

Er lachte und gab ihr einen leidenschaftlichen Kuss, der ihr das Herz aufgehen ließ und ihr noch viele weitere in einer gemeinsamen Zukunft versprach.

Made in the USA
Las Vegas, NV
28 January 2026

40610189R00156